안녕, 아프리캇

HAKUNA MATATA

안녕, 아프리카

마쓰무라 미카 장편소설
김해용 옮김

달콤한 책

절대 지지 않겠어!

배에 힘을 주고 하쿠나 마타타!

차례

시간 여행, 인류의 요람으로

전혀 다른 경치
낯선 바람 소리
모험과 스릴
살아 있다는 느낌

단순하고 소박하지만 신비한 이 세계…

"이봐, 체크인 안 해?"

한껏 들이마신 상쾌한 공기에 담배 냄새가 뒤섞인다. 고료상사 식량부 과장, 모리와키 와타루가 연기를 내뿜으며 짐을 걷어찼다.

"빨리 옮겨!"

다이키는 성마른 목소리에 정신을 차렸다. 에티오피아의 절경, 아르바민치 대지구대*에 시선을 뺏겨 멍하니 있던 참이다.

"정말이지, 아프리카에 출장 와서 관광객 행세나 하고."

모리와키는 얽은 얼굴을 찡그렸다. 구겨진 양복, 신경질적인 마른 몸, 담배에 전 음울한 눈매가 피곤해 보였다.

"죄송합니다."

다이키는 사과하며 짐을 들었다.

"그런데… 관광 왔다고 생각하진 않습니다."

모리와키가 길게 째진 눈을 바짝 치켜떴다.

---

* 大地溝帶, great rift valley, 동아프리카를 남북으로 가로지르는 단층함몰지대. 약 4천만 년 전부터 시작된 지각변동으로 생겨났다.

"뭐야, 토 다는 거냐?"

"아뇨, 그런 거 아닙니다."

"그럼 뭔데?"

죄송하다는 말만 할걸…. 그러나 이미 엎질러진 물이다.

"그냥 과장님이 절 이해해주셨으면 해서…."

당황하여 고개 숙이는 다이키를 보며 모리와키는 짜증스럽게 담배꽁초를 집어던졌다.

"됐으니까 빨리 하기나 해."

벨보이가 슬쩍 손을 내밀었다. 다이키는 작은 소리로 "생큐" 하고 짐을 건넨 후 어깨를 떨구고 프런트 데스크로 향했다.

식량부 환금작물과 과장이며 마흔다섯 살인 모리와키는 기호식품 수입을 담당한다. 출장 전, 도쿄 본사에서 처음 만났다. 에티오피아 수입 커피에 문제가 생겨 급히 출장 준비를 하는 그에게 아프리카개발부의 다카미 부장이 부서 직원인 무라카미 다이키를 데리고 가달라고 부탁했다.

모리와키는 곤혹스러운 표정을 지었지만 다카미 부장은 와세다 대학 선배인데다가 입사 때 도움을 받기도 했다. 최근에는 아프리카 정보를 여러 번 제공받아서 청을 거절할 수 없었다.

"너, 여기 온 게 무슨 의민지 아냐?"

모리와키는 불퉁한 표정으로 말을 던졌다. 사고 처리만도 머리 아픈데 어린애까지 맡게 되어 출장 전부터 기분이 안 좋았다. 하도 툴툴대서 다이키까지 신경이 곤두섰다.

"제대로 알기 위해 노력하고 있습니다."

"얼씨구."

"… 죄송합니다."

성심껏 대답했지만 아무래도 마음에 들지 않는 모양이다.

"정말이지, 배불뚝이 애처럼 이상한 놈이야."

다이키는 어깨를 펴고 바로 서서 배를 쑥 집어넣었다. 학생 시절에는 탄탄했던 몸이 직장생활을 하면서 많이 물러졌다. 5년 동안 책상에만 앉아 일하느라 근력도 떨어졌고 배에는 쓸데없는 살덩이가 붙었다. 모리와키는 작게 한숨을 내쉬었다.

"됐으니까 방에서 쉬어. 7시에 저녁 먹는다. 그때까지 해산!"

"넵!"

다이키는 아랫배에 힘을 주며 대답했다.

벨보이를 따라 절벽 근처 오두막으로 갔다. 외관은 현지 주택처럼 버섯 모양이다. 아름다운 경관을 즐기기에는 안성맞춤이지만 쾌적함과는 거리가 멀다. 어두운 실내, 딱딱한 침대, 삐걱거리는 테이블, 지저분한 욕실, 말라비틀어진 수건…. 이 지역에서 제일 좋은 호텔이라는데 조악하기 짝이 없다.

하지만 사치스러운 소리는 금물이다.

그토록 염원하던 출장이 아닌가!

하네다에서 두바이를 거쳐 아디스아바바에 도착했다. 그후엔 커피 거래처 관계자의 조언에 따라 남부국가민족주*의 커피 산지를 방문하며 여기까지 이르렀다. 아르바민치는 지구상의 온갖 곳을 다녀본 자만 알 수 있는 '비경 중의 비경'이다.

다이키는 동쪽 테라스로 갔다.

---

* 南部國家民族州, 서쪽으로는 수단, 남쪽으로는 케냐와 맞닿아 있는 에티오피아의 한 주.

천하의 절경.

공룡이 활보할 듯한 태고의 세계.

눈앞에 펼쳐진 아프리카의 균열, 대지구대.

드넓은 계곡에 고대의 푸른 호수가 넘실거리고 맞은편에는 3천 미터 높이의 산맥이 그 위용을 자랑한다. 산맥은 대지 그 자체다. 그 거대한 대지가 갈라지고 함몰되어 계곡이 만들어졌다.

원시세계의 탄생을 보는 듯했다.

구름 틈새로 새어나온 몇 줄기 햇살이 장엄한 대지구대에 쏟아지고, 흰죽지참수리가 기류를 타고 유유히 계곡을 가로지른다.

다이키는 두 팔을 벌리고 심호흡했다.

아프리카!

46억 년 전 지구가 탄생했을 때 대지는 하나였다. 그 대지가 이곳을 기점으로 갈라지기 시작했다. 조금씩 조금씩 몇 억 년에 걸쳐 나일 강을 만들고, 아라비아 반도를 만들고, 갈라져 떨어져 나간 섬이 인도와 부딪혀 대륙을 밀며 히말라야를 만들었다.

그러고 보니 여기가 출발점이다. 이곳, 대지구대에서 대륙은 동과 서로 갈라졌고 인류의 조상도 동과 서로 나아갔다.

어린 시절, 우에노 과학박물관에서 본 복제품 '루시'의 모습이 떠올랐다. 신장 110센티미터. 인류 최초의 직립 원인. 전시관 속의 루시는 구부정하게 무릎을 굽히고 불안해 보이는 두 다리로 서 있었다. 루시라고 불리는 오스트랄로피테쿠스의 유골이 에티오피아의 대지구대에서 발견됐다. 320만 년 전, 이족보행의 인류가 여기서부터 여행을 시작했다는 증거다. 인류의 요람인 이곳에서.

드디어 왔다.

인류의 발상지, 원시 대륙.

여기에 내가 왔다.

스물여덟 살의 무라카미 다이키는 올봄에 아프리카개발부로 이동했다. 입사 6년 차인 상사맨치고는 늦은 출발이었다.

도쿄공업대학에서 전자공학을 전공한 후 고심 끝에 고료상사의 입사시험을 치렀다. 석사, 박사 과정을 밟아 학자가 될 줄 알았던 부모님은 깜짝 놀랐지만 할아버지는 "평생 기계에 미쳐 사느니 상사가 낫지" 하며 진심으로 응원해주었다.

다이키 집안은 세토 앞바다를 호령했던 무라카미 수군의 후예다. 조상의 은덕을 잊지 않은 할아버지 무라카미 다케토모는 유조선 선장이 되어 아랍에서 수에즈 운하를 넘고 말라카 해협을 통과해 석유를 운반했다. 하지만 그의 외아들 도모히로는 늘 부재중인 아버지에 대한 반발이었는지 집에 홀로 남은 어머니를 돌보며 야마구치 현의 공무원이 되었다. 세계를 누비며 살아온 다케토모는 아들에게서 남자다운 기상이 보이지 않는다며 한탄했다.

"다이키, 너는 세계를 목표로 살아라."

초등학교 때, 수업을 마치고 돌아오는 길이면 다이키는 할아버지 댁에 들르곤 했다. 은퇴한 할아버지는 어린 다이키를 무릎에 앉히고 항해하던 이야기를 들려주었다. 항구에서 있었던 일, 외국 여인들, 좌초에 대한 공포, 예기치 않은 폭풍, 푸른 하늘, 밤하늘을 수놓은 별, 아라비아 반도와 아프리카 대륙이 갈라져 생긴 수에즈 운하…. 할아버지가 들려준 무용담은 어린아이의 모험심을 자극했고, 선물로 받은 대형 유조선 장난감은 마음을 완전히 사로

잡았다. 서재에는 늘 오륙십 년대의 재즈가 흘러서 이국의 정취를 자아냈다.

부모님은 '괜히 바람 넣는다'며 할아버지가 다이키에게 들려주는 얘기를 그다지 환영하지 않았다. 어머니인 미요코가 꺼려해서 다이키는 서서히 할아버지 집에 가지 않게 되었다. 그 대신 컴퓨터나 전자부품에 푹 빠졌다. 신시사이저나 전기기타를 다루다 신기한 소리가 나면 희열을 느끼기도 했다.

하지만 다이키의 마음속엔 언제나 외국에 대한 동경이 가득했고 콩알만 한 전자칩 안에서도 드넓은 세상을 보았다. 집게손가락 위에 올린 고작 1밀리미터의 IC칩을 보면서 이게 세계를 바꿀 것이다 싶어 가슴이 두근거렸다.

다이키의 키는 175센티미터. 원래는 호리호리했지만 럭비부에서 땀을 흘리며 튼튼한 다리와 두꺼운 가슴으로 단련했다. 그리고 언젠가 국제사회에 뛰어들기를 꿈꾸었다.

운이 좋았는지 학벌도 연줄도 없었지만 순식간에 최종면접까지 올라간 다이키는 무사히 상사에 들어갔다. 그러나 소속은 그토록 바라던 해외부서가 아닌 시스템부였다. 다이키는 컴퓨터 전담직원이 되어 대형컴퓨터실의 관리를 맡았다. 그후 몇 년 동안 책상 앞에만 앉아 있었다.

반년마다 제출하는 목표관리보고서에 '해외부서로 이동 희망'이라고 계속 적었다. 5년째에도 희망이 보이지 않자 다이키는 시스템부 부장인 가마이시 다쿠지에게 사표를 내밀었다.

"제가 하고 싶은 일은 컴퓨터 관리가 아닙니다. 해외로 가기 위해 회사를 그만두겠습니다."

가마이시의 눈이 휘둥그레졌다.

50세의 가마이시는 둥글둥글했고, 목살은 이중 턱을 넘어 밖으로 비집고 나와 어깨로 이어졌다. 눈썹은 축 처졌고 입술은 얇았다. 가느다란 머리카락 몇 오라기가 밋밋한 뒤통수를 왼쪽에서 오른쪽으로 가로질렀다.

가마이시가 다이키를 완곡하게 만류했다.

"나는 말이야, 빈틈없는 자네 일솜씨가 맘에 들어. 신속하고 정확하게 문제를 처리하는 모습에 아주 감탄했네. 자네는 시스템부가 딱 맞아."

"하지만 이 부서에서는 제가 원하는 일을 할 수 없습니다. 제 희망이 이대로 방치되기만 한다면 차라리 그만두고…."

"뭐가 방치되었다는 거야? 게다가 그만두면 뭘 어쩌려고?"

"자원봉사를 갈까 합니다."

"뭐라고?"

가마이시는 기름진 얼굴을 일그러뜨렸다.

"아시아든 아프리카든 자원봉사를 하며 현장을 배울 겁니다."

"그 다음엔?"

"개발도상국은 인프라가 부족하니 최신 무선기술과 관련된 일을 찾아보려고요. 소비자들이 원하는 걸 파악해서 우리 기술로 만든 제품을 팔고 싶습니다. 소득계층의 최하위에 있는 사람들을 대상으로 비즈니스를 할 겁니다."

가마이시가 한숨을 작게 내뱉으며 팔짱을 끼었다.

"다이키, 자네는 열정 그 자체야. 더구나 정확한 일처리는 누구도 따라갈 수 없지. 하지만 현실을 몰라. 기계는 일정한 규칙으로 움직이니 논리적으로 진행하면 답이 나오게 돼 있어. 명확한 계산으로 구축한 시스템이니까. 하지만 사회는 달라. 디지털 세계에서 살아온 자네가 혼돈과 무질서로 가득한 개발도상국을 어떻게 이해하겠나. 자네는 아직도 꿈속에서 살고 있다고."

다이키는 뻔한 소리를 늘어놓는 가마이시가 혐오스러웠다. 총애를 받은 건 사실이지만 이대로 가다가는 부장처럼 뒤룩뒤룩 살만 찐 채 평생 우리 안에 갇혀 살 것 같았다.

"저는 현실사회에서 승부를 걸고 싶습니다. 과학과 인간의 접점을 찾는 게 제 꿈입니다."

다이키는 이글거리는 눈으로 호소했다.

작은 컴퓨터실에서 세계를 내다보며 만족하라고?

물론 인터넷상에선 세계 어디서건 대화할 수 있고 굳이 물리적으로 이동하지 않아도 그 안에 세계가 있다.

하지만 공기는 엄연히 다르다.

어린 시절 가슴을 뛰게 하던 설렘도 없다.

내가 원하는 건 모험과 스릴, 살아 있다는 느낌, 두근거림, 전혀 다른 경치, 낯선 바람 소리다. 이 모든 걸 오감으로 체험하고 싶다. 단순하고 소박하지만 신비한 세계를 직접 보고 싶다.

한바탕 얘기 끝에 가마이시는 아랫입술을 내밀며 일어섰다.

한참 후 가마이시가 들고 온 것은 '아프리카개발부로 이동하라'는 회사의 사령장이었다.

시스템부에서 아프리카개발부로.

"전기도 없는 곳에 전기기술자가 가봤자 뭔 소용이래?"

누이동생 사요미가 어이없다는 표정을 지었다.

"전기기술자가 아니지. 내 전공은 전자라고."

"그럼 더욱더 쓸모없잖아. 전기라면 그나마 기회가 있을지도 모르지만 전자라니."

"뻔한 말 하지 마."

"그래, 그래, 마음대로 해."

하지만 사요미 의견이 옳았다.

일주일 전에 에티오피아에 입국한 다이키는 모리와키를 따라 커피업체와 농가를 방문했다. 어디나 할 것 없이 과학기술과는 동떨어져 있었고, 도시와 지방의 격차는 극심해서 수도 밖으로 한 걸음만 나가면 문명과는 담을 쌓은 세계가 펼쳐졌다. 농촌에서 써먹는 기술이라곤 석기시대처럼 토기 제작 정도였다. 철기문화도 발달하지 않아 철판을 용접하여 붙이는 걸로 만족했다. 대장간은 어린 노동자가 풀무로 공기를 주입하고 망치로 두들겨 낫을 만드는 수준이었다.

자동차나 휴대전화는 있지만 수많은 농민은 선사시대나 다름없는 생활을 하고 있다. 이런 사람들에게 대체 무엇을 팔 수 있을까.

다이키가 자신에게 부과한 미션은 아프리카 물품 수입이 아니라 일본 제품을 판매하는 시장개척이었다. 그 가능성을 타진하는 것이 다이키에게 주어진 출장과제였다. 대학연구기관의 발표만 보면 아프리카는 인구가 10억 명이나 되는 우량시장이고 저소득층의 소비욕구는 왕성하다. 다이키가 아프리카의 비즈니스 잠재력을 높이 평가한 것도 무리는 아니었다.

에티오피아에도 물질문명이 밀려들고 있다. 하지만 시장에는 싸구려 중국제가 넘쳐난다. 가격 면에서 상대가 안 된다. 이곳 사람들은 한 달도 못 가 망가질 게 뻔해도 싼 제품을 선택한다. 하루하루 근근이 먹고사는 형편이라 좋은 물건을 살 수 없는 것이다.

"에티오피아 사람들은 중국 물건을 금방 망가지는 싸구려라고 우습게 봐. 하지만 그것조차 만들지 못해. 이 나라 사람들은 중국에게 감사해야 해. 엉터리 제품이라도 어쨌든 싸게 살 수 있잖아. 예전에는 엘리트 특권층밖에 살 수 없었던 전자 제품도 이제는 값이 많이 내렸으니 고맙게 생각하는 게 당연하지."

모리와키는 최근의 거센 중국 바람을 정당하게 평가해야 한다고 주장했다. 선진국의 품질 좋은 상품은 필요 없고 중국산 정도면 충분하다는 것이다. 일본 제품을 들여와 팔고 싶다는 다이키의 말에, "무리야, 무리. 터무니없어" 하며 코웃음을 쳤다.

"단순하고 싼 중국제면 충분해. 여러 기능이 딸린 일제는 방해만 된다고."

"하지만 통신 분야는 점점 확대되고 있는걸요."

"이미 중국이 독점계약을 맺었어. 아프리카에선 농산물이나 자원을 구입할 수 있으면 그걸로 충분해. 고가의 일본 제품을 파는 건 100년 후에나 가능할걸?"

다이키는 절벽 끝에서 멍하니 계곡을 바라보았다. 에티오피아 하면 근성 있는 마라톤 선수, 일본 천황가와 교류했던 황실, 유서 깊은 커피 무역이 떠올랐다. 아프리카 중에선 부유한 편이라고 생각했었다. 하지만 모리와키가 비웃었다.

"최빈국이야, 최빈국. 전쟁도 내전도 없는데 가난해. 물론 이 나라만의 이유가 있지. 원조에 익숙한데다 중국 제품이 넘쳐나거든."

전 세계를 통틀어 가난한 나라 베스트 10에 들면서도 그 굴레를 벗어날 생각은 하지 않는 사람들. 지중해 연안 지역을 제외하면 아무런 자원도, 매력도 없는 땅. 그래서 영국이나 프랑스도 손대지 않았다.

"강대국들은 에티오피아에 별 흥미가 없었어. 건질 게 없었거든. 그래서 식민지가 되지 않고 독립을 유지했지. 마지막으로 들어온 이탈리아는 멍청이라서 커피만 가지고 돌아갔어."

그게 모리와키가 생각하는 에티오피아였다.

"장사꾼에게도 결코 낙원이 아니야. 프랑스 시인 랭보가 무기를 팔고 매독에 걸렸던 곳이기도 하고."

자기가 생각하던 아프리카가 아니라는 사실에 뒤통수를 한 대 얻어맞은 것 같았다. 경제성장률 8퍼센트라는 수치는 대체 어디에서 온 걸까. 넘쳐나는 에너지와 구매의욕을 기대했는데 에티오피아의 나른한 분위기는 예상 밖이었다. 그래도 다이키는 대지구대를 바라보며 긍정적인 마음을 잃지 말자고 다짐했다.

관광지인 아르바민치에서 남부국가민족주의 주도州都인 아와사로 이동했다. 45개 이상의 소수민족으로 이루어진 남부국가민족주는 11만 평방킬로미터 넓이에 달하고 주보다 하위개념인 군郡에 각 부족의 이름이 붙는다. 해발 3천 미터가 넘는 험준한 산악지역이어서 산의 경계가 곧 부족의 경계다.

각 부족은 산봉우리와 강에 가로막혀 독자적인 풍습 속에 살면서 서로 다른 언어를 사용해왔다. 지금은 인구가 늘어 부족 간의 경계선이 바싹 닿아 있지만 전통농업사회의 온순한 성격 때문인지 타민족, 이문화에 대해 너그럽고 서로 대립하지 않는다.

사람들은 버섯 모양 집에서 살고 있다.

"잠깐 들러볼까?"

모리와키는 운전사에게 차를 멈추게 하고 방문해도 되는지 물어보게 했다.

운전사는 후다닥 뛰어 집으로 가더니 한 노인과 손짓 발짓 섞어가며 이야기를 나누었다. 민족마다 언어가 달라 같은 에티오피아 사람들끼리도 의사소통이 어려운 모양이다. 이윽고 운전사가 오라고 손짓했다.

집 안은 의외로 넓었다. 어두운 실내에 익숙해지자 높은 천장과 한복판에 서 있는 기둥이 눈에 들어왔다. 전기나 가스는 당연히 없었고 살짝 경사진 흙바닥에 금을 그어 솥 놓는 곳과 잠자는 곳을 구분했다. 실내에 소와 양도 있었다.

"여기에서 가축과 함께 사는 건가요?"

모리와키가 담배를 입에 문 채 빈정댔다.

"뭐, 석기시대 그대로지. 선사시대 유적지라고."

막돼먹은 표현에 불쾌했지만 다이키는 반론을 삼켰다.

"최근에는 국제구호단체의 도움으로 화장실만은 밖에 만들게 됐지. 보라고, 밖에 있는 저 작은 울타리가 화장실이야."

가지를 꺾어 만든 울타리를 보며 다이키는 "네에" 하고 대답했다.

"사람 분뇨는 불결하지만 가축의 배설물은 괜찮은가 봐. 우리로서는 이해하기 힘든 세계야."

“일본도 옛날에는 집안에서 가축을 키웠습니다.”

다이키는 모리와키의 오만한 말투에 더는 참지 못하고 한마디 보탰다. 모리와키가 입술을 일그러뜨렸다.

“그래, 옛날엔 그랬지. 분명 헤이안 시대*까지는 그랬을 거야.”

“에도 시대** 역시요!”

다이키는 발끈하며 정정했다. 모리와키는 코웃음 치며 적당히 맞장구쳤다.

“그래, 그래, 에도 시대까지 가축도 함께 살았어.”

멋대로 집을 보겠다고 들어온 주제에 저들은 못 알아듣는 언어로 불손한 얘기를 지껄인다. 모리와키는 무역상대국을 조금도 존중하지 않는다. 혐오감마저 가진 듯하다.

이런 태도로 좋은 거래를 할 수 있을까?

상사는 두 나라의 가교 역할을 한다. 구매자의 논리만 주장해선 안 되고 판매자에게도 경의를 표해야 마땅하다. 아무리 현금으로 지불한다고 해도 거래에서는 동등한 파트너이지 않은가.

다이키의 분노엔 아랑곳 않고 모리와키는 담배에 불을 붙였다.

“왜 가축을 실내에서 키우나요?”

다이키가 운전사에게 물었다.

“도난 방지를 위해서죠. 야생동물에게 습격당하는 일도 있고.”

“아… 이 지역 나름대로의 방책이군요.”

다이키는 흘낏 모리와키의 옆얼굴을 보았다. 40대의 자신감과

---

* 平安時代, 794년부터 1185년까지의 일본 정권.

** 江戶時代, 1603년부터 1867년까지 에도가 정치의 중심이었던 시대.

비애가 뒤섞인 얼굴. 구부정하고 마른 몸. 우두커니 먼 곳을 바라보며 담배만 피우고 있다. 아이들이 "머니, 머니" 하고 달려들자 모리와키는 지저분한 1비르 지폐를 던져주고 차로 돌아갔다.

대지구대의 서쪽에서 동쪽으로 차를 달려 아와사 호수와 맞닿은 아름다운 거리에 도착했다. 아르바민치부터 고작 3백 킬로미터에 불과했지만 비포장도로여서 일곱 시간이나 걸렸다. 도로 일부는 한국기업이 포장공사를 진행하고 있다.

"포장이 되면 뭐해? 사람과 가축만 다닐 텐데."

조수석에 앉은 모리와키는 좌석을 활짝 젖힌 채 한심하다는 투로 말했다.

"차를 가진 사람이 얼마 안 되나 보군요."

"차가 다 뭐야, 오토바이도 못 사는데."

"아시아에선 도로가 생기면 그 인근 주민은 일제히 차량을 구입한다던데요. 그래서 경기도 살아나고."

"한 사람이 하루에 1달러로 살고 있어. 농가에선 꿈도 못 꿀 일이야."

"그럼 인프라에 대한 투자가 경제 효과로 연결되지 않겠네요."

"그래도 양이든 당나귀든 울퉁불퉁한 논길보다야 걷기 쉬운 포장도로를 좋아하겠지."

여전히 빈정대는 모리와키를 보며 다이키는 입을 다물었다.

다이키 일행은 아와사 호반의 리조트 호텔을 숙소로 정했다.

영국인과 프랑스인이 좋아하는 콜로니얼* 양식의 호텔이다. 나무로 둘러싸인 중앙정원에 레스토랑이 있었다. 작은 원숭이가 나뭇가지를 흔들자 접시 위에 나뭇잎이 떨어졌다. 보이가 이따금 괴상한 소리를 지르며 원숭이를 쫓아냈다.

아프리카에서 이런 호텔에 머물 수 있는 사람이 몇이나 될까? 회사에서 비용처리를 한다고 해도 20대인 자신이 이런 곳에 머문다는 게 사치스럽게 느껴졌다.

붉은 해가 호수 저편으로 서서히 가라앉았다.

"내일부터 혼자 다녀."

"네?"

"내일부터는 조사하고 싶은 곳에 혼자 가라고."

다이키는 의중을 헤아리기 어려워 다음 말을 기다렸다. 기뻐해도 되나? 매사에 부정적인 모리와키와 떨어져 지내면 아프리카를 제대로 볼 수 있을지도 모른다.

"너, 조사계획서 제출했지? 나 따라다니느라 보고 싶은 걸 제대로 못 봤을 거야. 설치고 다닐까 봐 걱정되기는 하지만 보조통역을 붙여줄 테니 그 친구 안내를 받아."

"… 네."

"내일 8시 반에 로비로 온다고 했으니 그렇게 알아."

"과장님은 어떻게 하실 건데요?"

"여기 농업부 공무원과 약속 잡아뒀어."

"커피 잔류농약에 대한 의견을 듣는 건가요?"

---

* colonial, 식민지 시대풍의 복장이나 건축양식.

"그래. 어차피 원조하라는 둥 일본에 초대하라는 둥 자기네 유리한 말만 할 테지만 비위를 맞춰줘야 해. 넌 없어도 되니까 현장이나 돌아다니다 와."

"네, 알겠습니다."

다이키는 복잡한 기분으로 대답했다.

왜 모리와키는 부정적인 말만 하는 걸까.

아프리카를 우습게 여기고 아무렇게나 말한다. 찬찬히 듣다 보면 스스로를 비하하는 것 같다.

모리와키는 자기 자신을 비웃고 있다.

다이키는 모리와키의 옆모습을 보며 생각했다. 상대방을 우습게 여길수록 본인이 비참해진다. 그걸 알면서도 끊임없이 경멸의 말을 쏟아낸다.

세계를 누비고 다녀야 할 상사맨이 왜 이렇게 썩어빠진 걸까.

다이키는 마음을 다잡았다.

모리와키의 말은 흘려듣자. 안 그러면 나까지 불쾌해진다. 나는 아프리카에 꿈을 품고 왔다. 우리 제품과 우리 기술로 저들의 생활을 향상시키고 가난에서 구해낸다. 그렇게 함께 발전해간다.

지지 않겠다고 다짐하며 다이키는 배에 힘을 주었다.

알람이 울린다. 아니, 전화 소리다. 휴대전화가 울리고 있다.

침대에서 손을 뻗었다. 천장에 걸린 모기장이 걸리적거렸다. 버둥대다가 협탁 위에서 가늘게 떠는 스마트폰을 쥐고, 잠이 덜 깬 눈으로 액정화면에 초점을 맞췄다. 생각지도 못한 전 직속상관의 이름이 떠 있었다.

가마이시 시스템부 부장이 왜?

서양배 체형의 통통한 모습이 눈앞에 떠오르자 등을 타고 식은 땀이 흘러내렸다. 다이키는 서둘러 모기장을 걷고 침대 옆에 앉아 전화를 받았다.

"안녕하십니까, 가마이시 부장님!"

"여어, 일어났나?"

"아, 아닙니다. 지금 막 일어났습니다."

"그랬나? 미안하군. 거기는 아침인가?"

"네, 7시입니다. 일어나려던 참이었습니다."

"시차가 정확히 여섯 시간이군. 지내긴 어때?"

"… 그럭저럭 지낼 만합니다."

"그래, 좋은 아이디어는 찾아냈어?"

"그건 아직…."

"생각했던 것과 많이 다르지? 현실은 만만치 않아."

가마이시 부장은 다이키의 의기소침한 목소리를 눈치채고 충분히 그럴 만하다고 동조해주었다.

"그만 포기하지 그래? 거기 있어봤자 좋은 일감은 못 찾아."

"하지만 아직 일주일도 안 됐습니다."

"일주일이든 몇 개월이든 마찬가지야. 싫어지면 바로 돌아와. 아직 자리는 비워놨으니까."

"…."

"자네 마음은 알겠지만 아프리카로 가는 놈들은 좌천 신세나 마찬가지야. 출세하고는 담 쌓은 패배자들이지."

다이키는 곧바로 반박했다.

"이기고 지고는 관계없습니다. 제가 원해서 온 거니까요. 제겐 시스템부에 몸담고 있는 게 전선에서 이탈한 겁니다."

"뭐야, 아직도 정신 못 차렸나? 그래도 생각만큼 멋지지 않다는 건 실감하고 있지?"

"멋진 건 처음부터 바라지 않았습니다. 아직 시작도 안 했고요. 이제부터 열심히 가능성을 찾아다닐 생각입니다."

다이키는 발끈했다. 힘이 빠진 건 사실이었다. 하지만 그런 마음을 들켰다고 생각하니 자신에게 더 화가 났다.

"아무튼 격려 차원에서 전화한 거야. 잘해봐."

"전 끝까지 해낼 겁니다."

"하하하, 알았어. 힘내."

전화가 툭 끊겼다.

어깨가 축 늘어졌다.

하지만 다이키는 각오를 새로이 다지며 외출 준비를 했다.

아침식사는 레스토랑 뷔페였다. 유리창 너머로 아와사 호수가 보였다. 눈이 시리게 푸른 호수 위로 물새가 날아갔다.

아프리카는 더울 거라고 생각했는데 고도에 따라 기온차가 심했다. 해발 1,500미터를 넘는 아와사에선 지내기 편했다. 한낮에는 30도까지 올라가지만 아침저녁으로는 18도 내외라 약간 쌀쌀하다고 느껴질 정도였다. 태양이 작열하는 아프리카를 상상했는데 오히려 너무 선선해서 재킷을 걸쳐야 했다.

"안녕히 주무셨습니까!"

다이키는 먼저 와서 커피를 마시는 모리와키에게 힘찬 목소리로 인사를 건넸다. 그 옆에 다갈색 피부의 남자가 있었다.

"이쪽은 타레모스 메데보. 대졸 출신에 마흔 살. 네 안내를 해줄 거야."

"잘 부탁합니다."

타레모스는 눈을 살짝 치뜨며 인사했다.

노르스름한 눈 흰자위, 눈가에 불룩 튀어나온 혈관. 다이키를 쳐다보는 눈빛에 경계심이 비쳤지만 성실한 사람처럼 보였다.

뷔페 메뉴는 팬케이크, 피르피르, 달걀 프라이, 구운 고기 요리인 뜹스, 감자, 야채볶음, 스파게티였다. 피르피르는 에티오피아의 전형적인 아침식사 메뉴로, 전통 빵인 인제라와 함께 요리한 음식이다.

"어차피 어제 먹다 남은 거야."

모리와키는 얼굴을 찌푸리며 손대지 않았다. 다이키는 양념이 가미된 피르피르가 더 입에 맞았다.

인제라는 입자가 1밀리미터밖에 되지 않는 토종작물 '테프'를 반죽하여 발효시킨 빵이다. 철판 위에 지름이 30센티미터 정도 되도록 둥글게 펴서 굽는다. 연한 잿빛으로 표면은 구멍이 송송 나 울룩불룩했다. 역하고 시큼한 냄새가 났고 맛도 별로였다. 이 주식을 사랑하는 에티오피아 사람들은 자신들의 입맛을 고집스레 이어갔다.

"애당초 이런 걸 먹으니까 굶주리는 거야."

모리와키는 코를 막으며 다이키가 접시 위에 수북이 쌓아놓은 피르피르에 불쾌감을 보였다.

"꽤 맛있는데요."

"뭐가 맛있다는 거야? 시큼해서 상한 것처럼 보이는데."

"발효식품은 몸에 좋아요. 껍질과 싹도 함께 먹으면 섬유질도 섭취할 수 있고 단백질도 얻을 수 있습니다."

"영양도 중요하지만 이 나라는 절대량이 부족해. 농지에 테프 대신 수확량이 많은 밀이나 옥수수를 심으면 식량난을 해결할 수 있는데 말이야."

"그런가요?"

"테프는 수확량이 1헥타르당 1톤 밖에 안 돼. 쌀이나 밀은 5톤이고, 옥수수는 그보다 많지. 그런데 양보다 기호를 중시해서 배고프다며 원조를 요구해."

"네에…. 하지만 테프는 기후변화에 강하다고 들었어요."

"편하게 재배할 생각만 하니까 밀이나 옥수수가 귀찮은 거야. 물을 주거나 잡초를 제대로 뽑기만 해도 기후변화쯤은 충분히 극복할 수 있어."

"그럴지도 모르지만…."

"무엇보다 여기 사람들은 편식이 너무 심해. 좋고 싫은 게 너무 분명해서 굶주리는 거라고. 대충 먹으면 될 텐데, 말고기는 싫다, 개구리나 뱀도 싫다, 카사바*도 싫다며 엄청 가리지. 좀더 연구해서 뭐든 먹으면 기아 따위는 사라질 텐데 말이야."

타레모스도 들고 있던 마키아토를 내려놓으며 동의했다.

"확실히 에티오피아 사람들은 식사에 대해 보수적이에요. 예전에 어떤 중국인이 텔레비전에 나와서 모리와키 과장님과 같은

---

* cassava, 높이 2미터 정도의 열대 관목. 고구마와 비슷한 뿌리를 먹는다.

말을 했어요. 골고루 먹으면 기아 따위는 없을 거라고."

"문화적인 문제인가요?"

다이키의 물음에 타레모스는 조용히 끄덕였다.

"맞아요. 이곳 사람들은 전통에 너무 얽매이는 경향이 있죠. 에티오피아에는 아버지가 먼저 식사를 하고 아녀자들이 남은 음식을 나눠먹는 풍습이 있어요. 상식적으론 부모가 배를 곯더라도 아이를 먼저 먹이는데 아버지를 우선하는 전통 때문에 아이들이 굶주린다고 지적한 서양 여자도 있었답니다."

"타레모스의 가족은요?"

"저희는 기독교 계열이라서 남녀를 평등하게 대하고 어린이를 소중히 여깁니다. 하지만 남존여비 사상이 강하고, 약한 아이는 도태되는 게 당연하다고 생각하는 부족도 많아요."

끙 소리가 절로 나왔다. 은근슬쩍 서양문화와 민주주의를 도입하는 걸 좋다고 말할 순 없지만 남존여비나 식생활 문제를 생각한다면 역시 전통문화를 존중하자고만 주장하기는 어려웠다.

"이봐, 에티오피아 요리가 좋단 말이지? 그럼 냄새나는 인제라에다가 운코랄 쿠추쿠추라도 먹어."

"뭐, 뭔데요, 으, 응가?"

"운코랄 쿠추쿠추."

"왠지 엄청난 이름인데요. 뭘 먹는 건데요?"

"내가 주문해주지."

"앗, 하지만…."

모리와키가 웨이터에게 "운코랄 쿠추쿠추" 하고 큰 소리로 주문했다.

"하우 매니몇 개?"

"둘."

그는 양손의 엄지와 검지로 두 개의 원을 만들어 눈앞에서 들어올렸다. 웨이터는 씨익 웃으며 주방으로 사라졌다.

접시에 담겨 나온 것은 달걀 프라이였다.

"이게 응가… 쿠추쿠추인가요?"

"응가 쿠추쿠추가 아니라, 운코랄 쿠추쿠추다."

다이키가 황당해하는데 모리와키가 물었다.

"오늘은 어쩔 셈이지?"

"노천시장을 보러갈까 합니다."

"뭘 보려고? 뭐든 봐두겠다는 자세는 나쁘지 않지만 계획도 없이 마구 쏘다녀봤자 구체적인 수확으로 연결되지 않아."

구체적인 수확이라는 지적을 받자 할 말이 없었다. 아프리카로 날아온 건 좋았지만 특별히 생각했던 사안은 없었다.

"일단 가보겠습니다."

모리와키는 "일단이라…" 하며 작은 목소리로 중얼거렸다. 그 말을 듣고 "공부 삼아 다녀오겠습니다" 하고 서둘러 말을 바꿨다. 모리와키가 코웃음을 쳤다.

"뭐, 일단이든 이단이든 공부가 될지도 모르지."

다이키는 입술을 꽉 깨물며 "네" 하고 순순히 대답했다. 모리와키에게 대들어봤자 승산이 없다. 지금 길을 보여줄 수 있는 이는 이 사람뿐이다. 괜히 반항했다가 밉보이는 일은 피하고 싶었다.

"살 게 있어요?"

타레모스 메데보가 물었다.

"아뇨. 그냥 지방도시의 시장을 둘러보고 싶어서요."

"네에. 하지만 지갑은 조심하세요. 그리고 사진 촬영은 하지 않는 편이 좋아요."

타레모스는 주위를 둘러보는 다이키에게 조용히 조언했다. 그러고는 "그럼 가볼까요?" 하고 걸음을 재촉했다.

에티오피아의 시장은 색달랐다. 처음에는 분위기 때문에 괜히 위축되었지만 익숙해지자 사람들의 표정이 눈에 들어왔다. 여인들이 바닥에 좌판을 벌이고 채소를 팔고 있었다. 이들 사이를 훌쩍 넘어다녀야 했지만 무질서 속에 호흡이 느껴졌다.

걷다 보니 시장 나름의 규칙이 보였다. 곡물 판매구역과 청과물 판매구역을 지나면 플라스틱이나 도자기 제품을 파는 가게가 줄지어 있고, 스테인리스 냄비를 파는 구역도 있다. 원색의 플라스틱 제품을 비롯해 대부분의 물건이 중국산이다.

시장 구경을 하며 걷고 있는데 어른 아이 할 것 없이 다이키를 쳐다보며 "차이나!" 하고 소리쳤다. 그들에게 동양인은 중국인이다. '재팬'이라고 대답하고 싶었지만 동그란 눈을 크게 뜨고 하얀 이를 드러내며 킬킬 웃는 사람들을 보며 그만두었다.

사람들의 시선이 온통 다이키에게 쏠렸다. 피부가 검기 때문에 눈이 특히 인상적이다. 희번덕거리며 빛나는 커다란 눈이 다이키의 일거수일투족을 쫓는 듯했다.

"중국인과 일본인 구별이 안 되나요?"

다이키가 타레모스에게 물었다.

"우리한테는 똑같아 보여요."

"하긴, 우리도 흑인은 모두 같아 보이니까."

"전혀 달라요. 특히 에티오피아 사람은 다른 아프리카 사람들과 얼굴도 체형도 다르답니다. 다이키 씨, 저 사람이 어디 사람인지 알겠어요?"

"누구요?"

"저기 동양 여자 보이죠?"

"어디, 어디?"

다이키는 까치발로 타레모스가 가리킨 방향을 보았다.

"일본인이네요!"

"아시겠어요? 중국인인 줄 알았는데."

"일본 여자예요. 틀림없어요."

여자는 플라스틱 양동이가 놓인 잡화점 앞에서 가격 흥정을 하고 있었다. 검은 머리에 하얀 피부가 도드라졌다. 입고 있는 국방색 카고 바지도 날씬하고 긴 다리를 감추지 못했고 검은 민소매티 위에 걸친 얇은 가디건은 가냘픈 실루엣을 고스란히 드러냈다.

"어떻게 아셨어요?"

"분위기? 그리고 몸짓도요."

그때 여자의 등 뒤에서 검은 손이 쑥 나오더니 지갑을 낚아채고 부리나케 튀었다.

"소매치기다!"

다이키가 "이것 좀 맡아줘요!" 하고 타레모스에게 가방을 넘겼다. 도둑이 왼쪽 골목으로 꺾었다.

"다이키 씨! 노!"

타레모스가 외치는 소리에도 다이키는 본능적으로 달렸다.

"나쁜 놈! 내가 잡아주마."

남자는 맨발이었다. 누더기 옷을 걸친 마른 체구였지만 상상도 못할 만큼 다리 힘이 좋았다. 그는 장사치 소년을 밀치고, 땅바닥에 늘어놓은 노점상의 물건들을 흩뜨리며 토끼처럼 도망갔다.

다이키는 달리기라면 자신이 있었다.

고등학교 때는 100미터 달리기를 12초에 주파했다. 책상 앞에 앉아 있느라 체중이 늘었지만 운동신경은 남아 있다. 놀라서 우두커니 서 있는 소년을 살짝 피하고 선글라스와 양초 따위가 진열된 좌판을 뛰어넘어 달리는 다이키를 사람들이 쳐다봤다.

풀을 뜯는 양들이 앞길을 가로막았다. 두 손, 두 발, 온몸을 사용하여 쫓아내자 엉덩이를 걷어차인 양들이 울음소리를 내며 도망쳤다. 커다란 나무뿌리가 길 위까지 뻗어 있어서 목표물과 발밑까지 동시에 봐야 했다.

점프하면서 좌우로 사람들 피하기.

럭비에서 익힌 반사신경이 되살아났다.

반드시 쫓아가주마.

해발 1,500미터라 공기가 희박해서인지 숨이 가빴다. 하지만 빼빼 마른 남자에게 질 수 없다 싶어 더욱 박차를 가했다.

거리가 좁혀지자 소매치기는 설마 쫓아올 거라고 생각 못 한 듯 당황한 표정으로 몇 번이나 뒤돌아보았다. 다이키는 일직선으로 남자를 시야에 집어넣은 채 돌진했다.

남자가 몸을 기울이며 골목 오른쪽으로 꺾었다. 농민들이 파는 청과물이 땅바닥에 난삽하게 널려 있는 데다가 행인들 수까지 늘어 하마터면 놓칠 뻔했다.

광장을 지나 다시 골목으로 들어서자 이번에는 당나귀가 길을 막았다. 수레도 방해했다.

하지만 다이키는 포기하지 않고 당나귀가 끄는 짐차에 뛰어올라 남자를 덮쳤다.

목덜미를 잡힌 남자가 충혈된 눈을 부릅뜨며 저항하다가 분뇨로 뒤범벅이 된 길바닥에 쓰러졌다. 다이키는 훔친 지갑을 움켜쥐고 남자의 팔을 뒤로 잡아 밀어올렸다. 되찾은 지갑을 바지 주머니에 넣으려는 찰나, 남자가 다시 빼앗으려고 덤벼들었다.

그때 커다란 물체가 불쑥 튀어나왔다.

앗!

오른발에 힘을 주며 공중으로 뛰어오르는 순간 튀어나온 물체에 맞아 옆으로 쓰러졌다. 정통으로 부딪힌 왼발이 몹시 아팠다. 튼튼하고 딱딱한 휠체어가 다이키를 향해 돌진한 것이다.

사람들 다리 사이로 도망가는 남자가 보였다. 기운이 빠진 다이키는 대자로 뻗은 채 숨을 헐떡였다.

사람들이 우르르 몰려와 쓰러진 다이키를 들여다보았다. 에워싼 갈색 얼굴들이 역광 때문에 더욱 새까맣다. 그림자 저편에서 쏟아지는 햇살이 눈동자로 파고들고 흙냄새, 익은 바나나냄새, 당나귀 똥냄새, 시큼한 땀냄새가 코를 찌른다.

몸은 호흡을 요구하며 위아래로 들썩이고 심장은 두근대며 머리는 어지럽다. 산소 결핍인가? 고지 트레이닝도 하지 않고 해발 1,500미터에서 전력질주를 하다니 너무 무모했다.

그나저나 뭐였지, 그 휠체어는…?

은색으로 빛나던 휠체어의 돌진. 분명 추격자를 방해하고 소매치기를 도와주는 행위다.

그렇다, 여기는 에티오피아다.

문득 머릿속이 차분해졌다.

여기 빙 둘러선 사람들은 누구 한 사람 자신을 같은 편이라고 생각하지 않는다. 어중간한 흰 피부의 이방인에 불과하다.

"*&#차이나."

"!^$차이나#@!"

낯선 언어에서 '차이나'라는 말이 들렸다.

자신을 중국인이라고 여기는 것이다.

만약 사람들이 공격하면 그대로 죽을 수도 있다.

갑자기 공포가 몰려왔다.

"니하오마?"

에워싼 사람 중 한 명이 다이키에게 말을 건넸다.

괜찮으십니까, 라는 중국어다.

"노… 낫 차이니즈. 아이 앰 어 재패니즈전 중국인이 아닙니다. 일본인이에요."

다이키는 누운 채 대답했다. 사람들은 저마다 오, 라거나 아, 하며 술렁였다. 의미를 알 수 없었다.

"캔 유 스피크 잉글리시?영어 할 수 있나요?"

남자가 물었다.

"예스…."

"왓 해픈?무슨 일이죠?"

몸을 일으키려 했지만 온몸의 통증 때문에 다시 쓰러졌다. 넘어질 때 다리와 허리에 강한 타박상을 입은 듯했다. 팔도 아팠다.

될 대로 되라는 심정이었다. 그래서 "낫싱아무 일도 아닙니다" 하고 내뱉었다.

얼핏 저 너머에 동양 남자가 보였다. 어깨가 상당히 넓었고 더블 버튼이 달린 검은 양복 차림이었다. 머리 모양이나 안경 스타일이 전형적인 중국인이다. 눈이 마주친 것 같았는데 금세 시야에서 사라졌다.

낯익은 목소리가 들렸다.

"다이키 씨, 아 유 오케이괜찮아요?"

타레모스다. 사람들 울타리를 헤집고 들어온 타레모스는 쪼그리고 앉아 다이키의 상체를 일으켜세우고 등에 묻은 진흙을 털어주었다. 타박상 때문에 얼굴을 찌푸리자 타레모스는 걱정스러운 표정으로 "쏘리안타깝다"만 연발했다.

뒤에 여자가 서 있었다. 역광이라 얼굴이 잘 안 보였지만 날씬하고 얇은 허리는 동양인의 몸이었다. 그 일본 여자다.

다이키는 "지갑 찾았어요!" 하며 옷 속에서 지갑을 꺼냈다.

하지만 돌아온 것은 생각지도 못한 말이었다.

"무슨 짓이에요?"

빛과 노출이 어느 정도 맞자 서서히 여자의 얼굴이 또렷해졌다.

혹시 화내고 있는 건가?

"바보 아니에요? 이 나라에서 소매치기를 쫓아가다니! 그러다 보복이라도 당하면 어쩔 셈이었죠?"

"아… 하지만…."

"자칫하면 그 패거리들한테 잡혀 눈 깜박할 사이에 죽을 수도 있다고요."

"이, 이 지갑, 돌려드릴게요."

"거기, 돈도 별로 없어요."

감사와 칭찬의 말을 기대했던 다이키는 당혹스러웠다.

"천 원짜리 싸구려 지갑이에요. 에티오피아 비르 지폐만 넣어 두죠. 달러나 큰돈은 다른 데 넣고 다녀요."

여자가 다이키의 손에서 지갑을 낚아채고 그 속을 보여주었다. 지저분한 지폐가 꼬깃꼬깃 들어 있었다.

반박할 마음도 들지 않았다. 단정한 이마, 지적인 눈동자, 도톰한 입술. 아름다운 외모를 지녔지만 나오는 말은 가차 없었다. 고맙다는 말 대신 설교만 실컷 들었다.

"자, 일어서요."

여자가 하얀 손을 내밀었다. 보면 볼수록 미인이다. 다이키는 주저하다가 바지에 더러운 손을 문질렀다.

"계속 이대로 있을 거예요? 사람들 때문에 성가신 일이 생길지도 몰라요."

그녀는 쌀쌀맞게 말하며 다이키를 재촉했다.

겨우 일어서자 여자가 옅은 미소를 지었다.

"아무튼, 고마워요."

그리고 부끄러워 우물거리는 다이키에게 몸을 돌리고 총총히 사라졌다.

겉과 속

도망치지 마. 그런 자신을 즐겨.
감수성이 풍부한 자신을 받아들이라고.
신선함이 사라지면 창조적인 일도 할 수 없어.

모리와키에게 "넌, 실격이야" 하는 말까지 들으며 한바탕 혼쭐이 났다.

방으로 돌아와 찢어진 와이셔츠를 쓰레기통에 버리고 바지를 욕실에서 빨고 있자니 한심한 생각이 들어 한숨만 나왔다.

그래도 모리와키는 다음 날 아와사 대학에 가라고 지시했다.

"호텔에서 근신하는 게 마땅하지만 나는 다른 일이 있으니 네가 농업 전문가인 야마가타 씨를 만나고 와."

모리와키는 도쿄에 연락할 게 있다며 방으로 돌아갔다. 잔류농약 원인 규명이 쉽지 않아 고민하는 눈치였다. 전통적인 커피농장은 유통관리가 엉망이라 물류를 추적해봤자 원인을 찾을 수 없었다.

아와사 대학으로 가는 길에 차창 밖으로 짙푸른 호수가 보였다. 호수의 발원지를 조사하기 위해 일본에서 조사단이 왔다는 말을 들었다. 식수 부족도 문제인 만큼 우물파기나 급수차 도입 등 기술지원도 병행한다.

수많은 사람이 이 땅의 발전을 돕기 위해 노력하고 있다. 자신은 이익을 추구하는 상사맨이지만 그래도 할 수 있는 일은 있을 것이다. 잔류농약 원인을 규명하는 모리와키의 일 역시 어느 의미에서는 국제공헌이다. 상대국과 상사가 서로 도움이 되는 사업을 다이키도 꼭 찾아내고 싶었다.

대학 문을 들어서자 연구동 앞에서 수다를 떠는 여학생들이 보였다. 타레모스가 야마가타 연구실이 어디 있느냐고 묻자 모두들 한 방향을 가리켰다. 그러곤 커다란 눈으로 다이키를 훑어보며 자기들끼리 키득거렸다. 그 시선은 이성에 대한 싱그러운 호기심으로 가득했다. 다이키는 몸을 살짝 곧추세웠다.

"미인이네요."

다이키는 여대생들을 흘낏 돌아보며 말했다.

"네, 에티오피아 여자는 다른 아프리카 여자들보다 훨씬 매력적이에요. 얼굴 모양도 갸름하고 눈과 코도 또렷한데다 입술은 부드럽죠. 게다가 자신의 매력이 무엇인지 잘 알고 있어요. 자기주장도 강하고요."

"이 나라는 남존여비 사상이 심하다고 들었는데…."

"확실히 그런 면은 있지만 집집마다 달라요. 대학에 다닐 정도면 훨씬 개방적이라고 봐야죠."

캠퍼스를 오가는 여대생들은 당당해 보였다. 잘사는 집 딸들일 것이다. 신경 쓴 옷차림도 눈에 띄었다.

몸의 선을 강조한 셔츠, 활짝 열어젖힌 앞섶으로 보이는 풍만한 가슴, 탄력 있는 커다란 힙과 가는 다리, 하반신의 체형을 고스란히 드러낸 청바지. 달라붙는 스커트를 입고 구불거리는 머리칼을 어깨 밑까지 늘어뜨린 여대생도 보였다.

그들에게서 에티오피아의 활력이 느껴졌다. 새침한 표정이 웃음으로 변할 땐 사랑스러웠다. 이 찰나의 미소를 보기 위해 시중드는 남자가 있다 해도 전혀 이상할 것 같지 않았다.

여대생들은 다이키의 시선을 느끼고 다시 키득거렸다. 그들에게 한눈을 팔다가 돌계단을 헛디딜 뻔했다. 균형을 잃은 그를 보며 여대생들이 소리 높여 까르르 웃었다.

얼굴을 붉히며 당황해하자 한 여대생이 커다란 눈을 찡긋하며 에로티시즘이 감도는 두툼한 입술로 키스를 보냈다.

그늘진 벤치 옆 출입구를 통해 야마가타의 연구실로 들어갔다. 어두운 실내에 먼지가 날렸다.

"실례합니다."

"이야, 어서 오세요."

아디스아바바에서 우연히 야마가타를 만났었다. "꼭 제 연구실에 들러주십시오"라는 말에 모리와키는 사교적인 웃음으로 얼버무렸다. 약간 고지식한 전문가라는 게 모리와키의 평이다.

"어라? 모리와키 과장님은요?"

야마가타가 물었다.

"과장님은 다른 일이 있어서 제가 대신 왔습니다."

"아, 그렇군요…."

얼굴에 실망한 기색이 드러났다.

"이건 직접 만든 카사바 절단기예요."

"수동이네요."

70센티미터 높이의 네 발 달린 드럼통 안에 톱니바퀴 모양의 회전칼날이 달려 있었다.

"1호기인데 완전 실패작이에요."

엉성한 모양 때문에 성공작처럼 보이지는 않았다.

"돌려봐도 되나요?"

"그럼요, 물론이죠."

핸들을 돌리자 회전칼날이 움직였다.

"카사바는 가루로 만들어 쓰지 않아요?"

"대개는 그렇죠. 그런데 나는 카사바를 잘게 잘라서 인제라 원료와 섞을 거예요. 옥수수나 테프에 섞어서 양을 늘리려는 목적이죠. 가난한 아프리카 사람들은 모두 카사바를 즐겨먹지만 에티오피아인들은 '곰팡내 난다' '맛없다' 하며 먹지 않아요. 조사해보니 악취의 원인은 수확 후에 적절한 처리를 하지 않아서였어요. 그래서 이 카사바 절단기를 만들어…."

야마가타가 카사바 절단기를 쓰다듬었다. 고철덩어리로만 보이는데 소중한 보물이라도 되는 듯 애정 어린 손길이었다.

"칼날의 균형이 안 맞는 거 같은데요."

"오오, 용케 눈치챘군요. 칼날이 일곱 개거든요."

"이러면 고르게 움직이지 않을 텐데."

"그게 말이죠, 정말 힘들었어요. 설계도에는 여섯 개였는데 작업장에서 일곱 개로 만들었어요. 하나는 서비스라며…."

야마가타는 반백의 머리를 긁적이며 입을 크게 벌리고 웃었다.

"칼날 사이의 간격도 제각각이고."

"맞아요, 맞아. 설계도에서는 간격이 일정했는데, 완성한 걸 보니 빈틈이 있더라고요. 자기네가 맘대로 한 거죠."

야마가타는 다시 배를 잡고 웃었다. 다이키의 표정이 어두워졌다.

"이걸 만들어서 어떻게 하시려고요?"

"보급해야죠."

"무료로요?"

"현재로서는…. 하지만 돈을 내고라도 사고 싶은 수준으로 만들어야죠. 최대한 현지의 자재와 공구를 이용해서 이 나라 실정에 맞는 농기계를 양산하면 좋겠어요."

"하지만 수입기계 쪽이 더 인기 있지 않나요?"

"아뇨, 아뇨. 수입품은 비싸서 살 수도 없고 기술이 너무 복잡해서 관리가 어려워요. 고장 나면 부품이 없어서 폐기해야 하고. 그렇지만 여기에서 만들면 바로 고칠 수 있어요."

야마가타의 마음은 알겠지만 전적으로 동의하기는 힘들었다. 전자공학 세계에서 정밀기계만 다뤄왔던 다이키의 눈에는 장난감보다 못해 보였다.

벽에 붙은 포스터들이 눈에 띄었다.

"이건 뭐예요?"

야마가타는 씨익 웃으며 암하라어로 적힌 설명서를 번역했다.

"저수지 물을 논과 밭에 대는 방법이에요."

"아, 맞다! 세계은행과 국제농업개발기금IFAD의 지원으로 저수지활용 프로젝트가 진행됐죠?"

다이키는 공부한 정보를 떠올리며 말했다.

"그건 중단됐어요. 물을 끌어올 방법을 못 찾았거든요."

"그럼 이 포스터는요?"

“그건 망고 수확법입니다.”

“혹시 나무에 오르지 말고 도구를 사용하자, 그런 건가요?”

“하하, 맞아요.”

“이게 그 망고 수확기예요?”

다이키는 방 한구석에 세워놓은 긴 막대기를 가리켰다. 매미채처럼 생긴 둥근 바퀴 끝에 커터가 달려 있었다.

“여기 이 칼날로 망고를 싹둑 자르는 겁니다.”

야마가타는 수확기를 쥐고 둔탁해 보이는 칼날을 만지작거렸다.

“금형을 만들어 용접공에게 줬더니 겨우 팔 만한 제품이 나왔어요. 과일이 상하는 것을 막기 위해 만든 건데 아이들의 추락 방지를 위해 구입하는 경우가 더 많은 것 같아요. 가격은 20비르1,000원예요.”

“농가에서 살 수 있는 여력은 그 정도가 한계인가요?”

다이키는 어이가 없었다.

외국에서 전문가가 왔는데도 이 정도 수준에서 그쳐야 하나?

야마가타가 다이키에게 말했다.

“난 제작만 해서 보급과 판매는 잘 몰라요. 그래서 상사에 다니는 모리와키 과장님과 의논하고 싶었어요.”

다이키는 모리와키가 이 자리를 피한 이유를 비로소 깨달았다.

그때 “실례합니다” 하며 한 여자가 문을 벌컥 열고 들어왔다.

“앗, 당신은!”

시장에서 만난 일본 여성이었다.

그녀도 다이키를 알아보고 긴 속눈썹을 깜박였다.

“아키노 씨, 아는 사이예요?”

야마가타가 물었다.

"어제 시장에서 도둑 잡으러 쫓아갔던 사람… 맞죠?"

"휴우… 네, 어제는 죄송했습니다."

여자는 자신을 아키노 도모미라고 밝히며 익숙한 손놀림으로 명함을 내밀었다. 케냐에 주재한 지 8년째인 35세의 독신여성. 유엔개발계획UNDP에서 일하는 동아프리카 담당관으로, 에티오피아에는 프로젝트 시찰차 와 있다고 한다.

"도둑을 쫓다니?"

야마가타가 알 수 없다는 표정으로 물었다.

"그게, 이분이 말이죠…."

아키노 도모미는 소매치기를 쫓아 시장을 질주한 다이키 이야기를 야마가타에게 해주었다. 그러곤 다이키를 보며 덧붙였다.

"아프리카에 대해 전혀 몰라요."

다이키는 욱하는 마음에 반박했다.

"하지만 지갑을 되찾았어요. 휠체어가 달려들지만 않았다면 틀림없이 잡았을 겁니다."

"어이가 없군요. 정말 잡을 생각이었나 보네. 진짜 바보 같아."

그녀가 소리 높여 웃었다.

휠체어라는 말에 야마가타가 관심을 보였다.

"휠체어라면, 사람이 타는 그거?"

"아뇨, 사람이 아니라 껌이나 담배 같은 잡다한 물건이 실려 있었어요."

"음, 그럼 최근에 등장한 이동상점이군."

야마가타는 팔짱을 끼고 설명했다.

"이곳에선 차바퀴를 만들지 못해요. 운송수단이 거의 없다는 소리죠. 나무로 만들어 손으로 미는 외바퀴 수레가 있지만 약한 데다가 바퀴도 타원형이라 엉망이에요. 그래서 대량의 휠체어가 원조로 들어왔어요. 그게 이동상점으로 변한 겁니다."

"너무하네요. 지체부자유자를 위해 원조한 거잖아요."

방해받았던 것도 억울한데 엉뚱한 데 쓰인다니까 화가 치솟았다.

도모미는 코웃음을 치며 말했다.

"돈만 되면 뭐든 팔아요. 준 사람은 그걸 어떻게 사용하는지 확인할 수 없죠."

"그런 못된 짓을 순순히 보고만 있어도 되는 겁니까?"

"하지만 말이죠, 사회 변화에 그 나름의 역할을 하고 있어요."

"어떻게요? 휠체어잖아요? 함부로 용도를 바꿔 물건이나 파는 게 무슨 역할을 한다는 거죠?"

다이키는 흥분하여 야마가타에게 따져 물었다.

"수송혁명이죠."

"네에?"

"이곳 농민은 수확한 망고를 운반하라고 바구니를 갖다놓아도 두 손에 움켜쥔 채 열 번을 왕복해요. 바구니를 사용하면 두 번이면 끝나는데 원래 하던 대로만 하는 거예요. 머리를 조금도 쓰지 않는 거죠. 그게 여기 방식이에요."

"시간이 영원할 거라고 생각하죠."

도모미가 보충했다.

야마가타는 희끗희끗한 수염을 만지며 가볍게 웃은 후 다른 사례를 더 들었다.

"이를테면 물건을 운반하는 동물은 당나귀뿐이에요. 소를 이용할 생각은 하지 않아요."

아키노 도모미도 고개를 끄덕이며 그 말에 동의했다.

"정말 그래요. 소는 논밭을 가는 동물이지 짐을 나르는 동물이 아니라고 주장해요."

다이키는 얼굴을 찡그렸다.

무슨 의민지 알 수 없었다.

"왜 에티오피아에는 소달구지가 없느냐고 농업국 공무원에게 물어봤더니 눈이 휘둥그레지더군요. 소한테 짐을 끌게 하다니 말도 안 된다며 손사래를 치더라고요. 그런 말만 해도 모두들 킥킥거려요. 이 동양인이 이상한 소리를 하네, 뭐, 그런 뜻이죠."

"소달구지를 사용하지 않는 이유가 뭔데요?"

"명확한 대답은 못 들었어요. 소는 소중한 가축이라 죽으면 곤란하다, 물 긷는 중노동은 여자가 하면 된다, 그런 식이죠."

"하지만 그런 생각을 못 한다는 게 솔직한 대답일지도 몰라요."

도모미가 말했다.

"밭은 갈게 하잖아요?"

다이키는 혼란스러웠다.

"그런 모순은 신경 쓰지 않아요. 우리야 필요하다면 온갖 방법을 연구하는데 말이에요. 그러니 휠체어의 용도를 바꿔 이용할 생각을 한 건 깜짝 놀랄 일인 거죠."

다이키는 야마가타가 내놓은 의견을 좀처럼 이해하기 힘들었다.

"다른 아프리카 국가들도 그런가요?"

고개를 갸웃하며 물었다.

"아뇨. 여기만 그래요. 케냐나 우간다에는 100년 전에도 소달구지가 있었어요. 동아프리카 중에서도 에티오피아는 독자적인 문화와 생활습관을 그대로 간직하고 있죠."

"역사가 오래됐기 때문일까요? 황제가 오래 통치해서 일본 황실과도 인연이 있었고."

"통치한 건 북부뿐이에요. 에티오피아는 일본 면적의 세 배나 되니 이 남부국가민족주는 꽤 변경인 셈이죠."

"그래서 대항해 시대 때 유럽인도 여기까지는 들어오지 못했어요. 옛날부터 여러 부족이 정글 안에서 오붓하게 살았을 겁니다."

야마가타는 창가로 가며 차분히 말했다.

"에티오피아의 대지구대에서 두 다리로 걷는 인류가 탄생했어요. 하지만 조금이라도 호기심이 있고 발전 욕구를 가진 인류는 다른 지역으로 이주해간 게 아닐까 하는 생각이 들어요. 직립보행으로 유럽으로 건너가고 아시아까지 가는 과정에서 다양한 어려움을 극복하며 320만 년에 걸쳐 진화한 거죠."

야마가타가 하늘을 보았다.

"보세요, 하늘에는 공룡시대의 프테라노돈과 비슷한 무수리가 날고 있어요. 시간이 멈춘 곳이죠. 진화를 끝까지 거부하고 남은 게 에티오피아 원주민이 아닐까요?"

"무슨 그런, 밑도 끝도 없는 말씀을."

"아무 근거 없는 저만의 생각이긴 해요. 그냥 흘려들으세요. 하지만 이웃나라인 지부티나 미국 등에서 우수한 에티오피아 사람들이 활약하고 있어요. 지금도 호기심이나 발전 욕구가 있는 에티오피아 사람은 이 땅을 버리고 해외로 살길을 찾아 떠난다는 말이죠. 대신 어디도 가지 못하는 사람들이 빈둥거리며 대지구대 안에 남아 있는 것 같아요."

"그럼 농업 전문가로서 야마가타 선생님은 여기에서 뭘 하실 건데요?"

약간 가시 돋친 말투였다.

분노가 목소리에 묻어났다.

야마가타는 불쾌한 기색도 없이 느릿하게 대답했다.

"실은 이 나라에 대한 원조를 슬슬 중단하는 편이 좋지 않을까 생각 중이에요."

다이키는 할 말을 잃었다.

대화가 막다른 골목에 이르고 말았다.

"흠, 그러면 유엔개발계획의 보조금 사업도 백지화할까요?"

침묵을 깨고 아키노 도모미가 끼어들었다.

"아뇨, 그건 곤란하죠. 내가 하는 일은 100년 후를 위한 첫걸음입니다. 이 카사바 절단기는 최대한 이 땅의 자재를 사용해 싸게 제작하고 있으니까요."

"100년 후라니, 정말 길게 보시는군요." 다이키가 말했다.

"그런 마음가짐으로 일하지 않으면 계속할 수가 없어요."

"기업은 그렇게 느긋하지 않습니다."

"그렇죠. 그래서 보조금을 지원해달라는 겁니다. 그게 어느 정도면 농가에서 직접 노력해서 부담할 수 있을지 고민하고 있어요."

"스스로 노력한다는 게 중요한 포인트겠군요. 저도 보급과 지속성의 열쇠는 경제 원리를 무시하지 않는 거라고 생각합니다."

다이키가 동의하자 야마가타가 덧붙였다.

"원조는 사람들을 망가뜨립니다."

다이키는 고개를 갸웃거렸다. 원조하는 사람이 원조를 부정하는 게 몹시 이상했다.

"그럼 왜 잘못을 바로잡지 않는 거죠? 비판만 하지 말고 무엇이든 하면 되잖아요."

"말처럼 하루아침에 어떻게 안 되는 게 아프리카예요."

야마가타는 괴로운 표정을 지었다. 다이키는 더욱 몰아붙였다.

"하지만 이런 상황을 개선하려고 현장에서 애쓰는 거잖아요. 그럼 좀더 에티오피아 사람들과 대화를 나누며 원하는 것과 필요한 것을 파악해 원조해야 하지 않나요? 아프리카를 우습게 여기는 것 같아서 좀 불쾌합니다."

"그렇지 않아요. 오히려 저들이 우리를 우습게 보죠. 그 황색인종은 아침부터 밤까지 쉴새없이 일만 하고, 누가 됐든 굽신굽신한다고 비웃어요. 에티오피아 관료는 물론이고 사무원이나 급사도 우리를 우습게 여깁니다. 직접 기계를 만지고 청소까지 다 하는 일본인을 이해 못 하는 거죠. 하인들이나 할 일이거든요. 여기 전문가는 몸을 뒤로 젖힌 채 거드름만 피우면 됩니다. 인간이 평등하다는 어수룩한 말을 믿는 건 일본인 정도죠."

"그건…."

"차별과 약육강식. 이런 세계관을 가지고 있는 아프리카지만 쉽게 지원을 중단할 순 없어요. 우리는 여전히 모든 인간이 평등하다고 믿으니까요. 정말 사람 좋은 멍청이는 일본인이에요."

"하지만 정말 그렇다면…."

"그렇다면, 아무 의미 없으니 그만두고 돌아가면 된다고요?"

야마가타의 지적에 다이키는 할 말이 없었다.

"우리 같은 개도국 전문가는 귀국해봤자 직장도 얻을 수 없어요. 아프리카에 뼈를 묻어야 한다고 말하는 사람도 있죠."

야마가타의 얼굴에 희미한 웃음이 떠올랐다.

"그건 좀 그러네요. 너무 타산적이에요."

"그래요, 인정! 하지만 타산과 타협의 반복 속에서 아프리카의 현실과 마주할 수밖에 없어요."

다이키는 다음 말을 이을 수가 없었다.

약간의 침묵 후, 도모미가 다시 끼어들었다.

"이제 그 정도로 해두시죠. 야마가타 선생님도요."

도모미는 울분에 찬 다이키의 표정을 흘낏 보며 야마가타에게 말했다.

"선생님의 겸손은 아직 이 친구에게 통하지 않아요. 젊은 친구들은 발상이 너무 직접적이라 액면 그대로 받아들이고 오해하죠."

"난 별로 오해 같은 거…."

어린아이 취급에 다이키는 입술을 삐죽였다. 무시당하고 있다. 그렇게 생각하자 자존심이 상했다.

도모미는 고개를 갸웃하며 다이키의 표정을 살폈다.

"저기, 국제협력 일을 하는 사람이면 성인군자일 거라고 생각했나 보죠?"

"그러니까, 그게 좀 실망스러워서요. 좋은 일을 한다면 좀더… 뭐랄까, 희망과 발전이 있는 원조를 해주고 싶지 않을까요?"

"그래요. 하지만 나는 야마가타 선생님이 말하는 현실도 알고 있고, 절망스럽지만 포기하지 못하는 부분도 공감해요."

"하지만… 이런 건 오만한 원조입니다."

"맞아요. 오만하죠."

야마가타가 선뜻 동의했다.

다이키는 야마가타의 반응이 굴욕적으로 들렸다. 반론하길 바랐는데 왜 쉽게 긍정하는가. 다이키가 침묵하자 도모미가 꾸짖듯 말했다.

"저기, 무라카미 군. 원조 관련 일을 하다 보면 자신의 선의뿐 아니라 교활함이나 차별의식과도 마주치는 경우가 있어요. 아름다운 이상론을 부르짖는 사람일수록 독선적이에요. 야마가타 선생님은 현실을 너무 잘 아시는 거죠."

물론 이런 말은 아프리카에서 오래 일했던 사람들만 할 수 있는 얘기일 게다.

하지만 좀더 희망을 가질 순 없는 걸까?

에티오피아의 땅을 밟은 지 고작 며칠이 지났을 뿐인데 마음이 복잡해졌다. 빈곤을 퇴치하겠다는 순수한 마음과 평범한 수단으로는 어떻게 해볼 수 없는 현실. 여기에 뿌리를 내리고 일하는 사람들의 좌절.

반박은 하지만 다이키에게는 알맹이가 없었다.

경험이 부족한 지금의 자신은 가볍게 무시나 당할 뿐이다.

언젠가 이들과 건설적이고 유용한 토론을 하고 싶다.

무엇보다 도모미 같은 굳센 의지의 여성과 당당하게 맞서고 싶다.

다이키는 주먹을 꽉 쥐었다.

아직도 퇴근 안 했나?

호텔로 돌아와 컴퓨터를 켠 다이키는 인터넷 스카이프 전화에 로그인한 다지마 유스케를 보았다. 에티오피아는 오후 5시. 도쿄는 밤 11시다.

〈회사?〉

다이키는 채팅 창에 글을 입력했다.

곧바로 답장이 날아왔다.

〈응〉

〈퇴근은?〉

〈곧〉

〈통화 가능?〉

〈응〉

다이키는 음성통화의 콜 버튼을 클릭했다. 영상통화도 가능했지만 에티오피아의 통신망은 송수신의 질이 좋지 않아 스트레스만 받을 뿐이다.

"일은 잘 되고?" 다지마가 말했다.

"음, 뭐랄까, 문화충격이 심해." 다이키는 솔직하게 대답했다.

입사동기인 다지마 유스케는 동기 중에서 핵심부서인 에너지자원개발부에 배치된 우수한 사원이다. 메이지대학 경제학부 출신에 근성도 있었다. 학창시절에는 탐험부에 들어가 브라질의 아마존 강을 카누로 여행하기도 했다. 포르투갈어도 할 수 있어서, 최근에는 자원개발프로젝트로 아프리카의 앙골라에 자주 출장을 다닌다.

"갑자기 아프리카에 가면 힘들어."

"유스케는 어땠어? 첫 출장."

"나도 힘들었어. 아마존 경험이 있어서 어느 정도 예상은 했지만…. 그래도 역시 아프리카는 특별해."

"유스케도 그랬구나."

"여행과 일은 다르거든."

"그건 그렇지."

"즐기다 오는 것과 일의 성과를 만들어야 한다는 건 같은 해외라 해도 천양지차야. 하지만 다이키는 상관없잖아."

"왜?"

"여행 삼아 간 거잖아?"

다지마 유스케의 말에 다이키는 발끈했다.

"그렇지 않아. 프로젝트를 만들어 돌아가겠다고 했어."

"하지만 아무것도 모르는 사람이 두세 달 아프리카를 돌아다닌다고 프로젝트가 뚝딱 나오나? 지금까지 시스템부에 있었고 해외 출장도 처음인데."

다지마의 말투가 자존심을 마구 긁어댔다.

"나도 미국 출장은 가본 적 있어. 연수로 실리콘밸리에서 3개월 있었고, 영어도 많이 배웠다고."

"그래 봤자 연수잖아. 게다가 미국. 비교가 안 되지."

"뭐야, 깔보는 거야? 나도 고생하고 있는데."

"우리는 말이야, 연수 같은 거 보낼 여유는 없어. 늘 진짜 시험대 위에 올라 있으니까."

"나도 진짜야."

"하지만 아프리카 출장도 연수 차원일걸? 어차피 시스템부로 복귀할 테니까."

"복귀 안 해. 무슨 소릴 하는 거야?"

"어? 그래?"

"왜 놀라는데? 당연한 걸 가지고."

다지마가 놀라는 게 묘하게 마음에 걸렸다.

"나는 김 빼기 여행이라고 생각했어."

"김 빼기라니?"

"다이키가 시스템부 업무에 너무 스트레스를 받아서 부장 재량으로 아프리카 여행을 간 거라고 생각했다고."

"말도 안 돼. 여행이라니."

"아프리카의 혹독한 현실을 보고 몸서리치다 시스템부로 다시 돌아오게 만드는 작전. 그렇게 들었어."

"정말이야?"

얼굴에 핏기가 가셨다. 그럴듯한 시나리오다. 부서 이동부터 출장까지 그 재빠른 일처리도 그렇고, 가마이시 부장의 전화도 그렇고, 짚이는 게 아주 없는 것도 아니다.

하지만 설마 그런 일이 가능할까. 아프리카 출장의 진짜 목적이 회유라니! 바보로 만드는 것도 정도가 있다.

"그래서 성과 같은 건 기대도 안 했다던데? 대신 기대한 건 네가 백기를 들고 귀국해서 다시 시스템부로 복귀하는 거."

"… 그거, 거짓말이야!"

"모두 그렇게 말해."

"모두가 누군데?"

"다른 동기들 전부."

"그냥 소문이겠지."

"아니, 다카미 부장도 그렇게 말했대. 시스템부 부장이 부탁해서 어쩔 수 없이 잠깐 데리고 있는 거라고."

할 말이 없었다. 뭔가 말하려고 입을 벌렸지만 헐떡이다 공기만 빠져나갔다.

"네가 아프리카에서 얼마나 버틸지, 동기들도 관심이 많아."

"그런 말을 듣고 돌아갈 것 같아? 웃기지 마. 난 절대 그냥은 안 돌아가!"

다이키가 마이크에 대고 소리쳤다.

"아무튼 무리하지 마. 동기 녀석들은 모두 부러워하고 있어. 그만큼 시스템부의 신뢰를 받았다는 뜻이고, 포상으로 아프리카 여행을 간 거니까 대단하다고 말이야."

말 그대로 받아들일 수 없었다. 어딘지 모르게 우습게 여기고 있다. 깔보고 있다.

"여행이라니! 난 관광을 온 게 아니라고."

"하지만 업무 지시도 애매하잖아. 그런 건 일이 아니야."

"그럼 네가 하는 일은 일이냐? 늘 선배 따라다니며 서류나 만드는 게 고작이잖아. 옆에서 시중드는 건 이제 질렸다고 투덜댄 게 누군데."

열이 오른 다이키의 반격에 유스케도 지지 않았다.

"난 시중만 드는 게 아니야. 중요한 일도 한다고. 에너지자원개발부는 우리 회사에서 돈 버는 핵심 부서니까."

"많은 사람 가운데 한 명이겠지."

"한 명이라도 거기 들지 못하는 놈이 얼마나 많은데. 무능한 상사에게 맞춰주는 건 오히려 내 쪽이야."

"…."

다지마 유스케는 무엇이든 말할 수 있는 술친구다. 대개는 유스케가 먼저 술자리로 이끌었다. 컴퓨터를 잘 다루지 못하는 유스케를 여러 번이나 도와줘서 유스케는 다이키에게 호의적이었고, 스스럼없는 동기로서 해외 출장에 대한 이야기도 해주었다. 다이키가 시스템부를 떠나 현장으로 가고 싶다는 마음이 강렬해진 데는 유스케의 영향도 있었다.

"적재적소. 역시 넌 시스템부가 더 어울려."

"뭐야, 그 말! 예전에는 부서 이동을 응원해줬잖아."

"모두 밑바닥에서 기고 있는데 시스템부 양반들은 즐거운 해외 출장이라니, 화나는 건 당연해."

"나도 에티오피아에서 바닥을 기고 있어."

"연수 여행이잖아? 부럽다."

유스케가 이죽거렸다. 다이키는 오기가 났다.

"연수도 겸한 거긴 해. 하지만 여행이라고 생각지 않아. 반드시 성과를 가지고 귀국할 거야. 기존의 사업에 얽매이지 않은 나만의 참신한 발상으로, 재미있는 안건을 찾아낼 거라고. 다카미 부장도 그런 이유로 날 보내준 거야."

"흠, 다카미 부장은 사람 하나는 잘 다루니까. 하지만 상당히 교활해."

"뻔한 소리 하지 마."

"무리하지 말라고 충고하는 거야. 본사 영업부도, 아프리카도, 네 생각만큼 쉽지 않으니까. 너 같은 풋내기 컴퓨터쟁이가 살 수 있는 대륙이 아니라고."

"웃기지 마."

"웃기는 거 아니야. 전기 없이는 너도 무리잖아. 전기가 없으면 컴퓨터 전문가는 뭍에 올라온 생선이야. 괜히 무리하다가 다치기만 하지."

"계속 무리라고 말하지 마. 나도 너한테 현장의 무용담이나 불평은 들을 만큼 들었으니까."

"왜 그렇게 빡빡해? 좋잖아, 모처럼의 여행이니까 마음 편히 즐기라고."

"너 같은 놈한텐 안 져!"

"난 상관없어."

"… 알았다. 밤늦게 미안했다."

"그래, 들어가."

다이키는 인터넷 전화의 헤드셋을 벗어던지고 침대로 들어가 제길, 제길, 하고 소리쳤다.

전화로 언쟁을 벌이고 불쾌해진 기분으로 누워 있다 보니 깜박 졸고 말았다. 시간은 이미 6시 반. 사방에 어둠이 깔렸다.

모리와키 와타루는 접대 때문에 어딘가로 외출하고 없었다.

아니꼽고 말도 험한 모리와키였지만 그래도 의지가 되었다. 유스케와 통화한 후 마음이 상했던 터에 혼자라고 생각하니 소외감까지 강하게 밀려들었다.

비극의 주인공이라도 된 양 침울한 생각에 잠겨 있다가 배에서 나는 꼬르륵 소리에 정신을 차렸다. 배가 고프면 긍정적으로 생각하기 어렵다.

다이키는 호텔의 가든 레스토랑에서 배나 채워야겠다고 생각하며 일어섰다.

가든 레스토랑은 평일이었는데도 많은 손님들로 북적였다. 아와사 호수의 석양을 즐기려는 사람들이다.

"혼자세요?"

나비넥타이를 한 웨이터가 말을 건넸다.

주위를 둘러보자 호숫가 테이블에 낯익은 사람이 있었다.

"어, 아뇨, 저 사람과…."

다이키가 가리킨 쪽에는 멍하니 호수를 바라보는 아키노 도모미가 있었다.

국제사회에서 살고 있는 독신의 커리어우먼.

남자 따위는 걷어차고 자신의 일을 하러온 게 틀림없다.

하지만 이따금 보여주는 부드러운 웃음이 마음에 남았다.

망설일 까닭은 없었다. 다리가 제멋대로 움직여 테이블 사이를 비집고 도모미의 맞은편 자리를 향해 갔다.

"안녕하세요?"

"어, 어머!"

도모미가 눈을 깜박였다.

"이런 우연도 있네요."

"그러게요. 일본인이 즐겨 묵는 호텔이 아닌데."

"여기 앉아도 될까요?"

바싹 다가가 도모미 정면에 있는 빈자리를 가리키며 물었다. 도모미는 눈을 휘둥그레 뜨며 "네… 그러세요" 하고 대답했다. 다이키가 얼른 덧붙였다.

"그럼 실례하겠습니다!"

다이키는 늘 컴퓨터 앞에서만 일을 했기 때문에 인간관계가 서툴렀다. 럭비부 때 몸에 밴 운동선수 특유의 정중하고 딱딱한 인사가 고작이었다. 하지만 의외로 나이 먹은 사람에게는 반응이 좋았다. 어딘지 서툴고 어색한 태도를 사람들은 오히려 순수하다고 생각했다.

도모미도 미소를 짓고 있었다.

아니, 웃고 있네?

"내가… 이상한가요?"

"아뇨, 이상한 건 아니에요."

"하지만 억지로 웃음을 참고 있는 것 같은데요."

"호감이 가서요."

다이키는 상체를 쭉 펴며 정색했다.

"호감이 간다고요? 그게 구체적으로 어떤 의미입니까?"

다이키의 저돌적인 태도에 도모미는 약간 움찔했지만 솔직한 질문에 졌다는 듯 대답을 내놓았다.

"글쎄요, 귀엽다고나 할까?"

"내가 귀엽다고요?"

다이키는 정색을 하며 되물었다.

"어머, 미안해요. 귀엽다는 표현, 실례겠네요."

"아뇨, 왠지 좀 기쁩니다."

"하지만 남자들은 멋지다는 말을 더 좋아하잖아요?"

"난 멋진 스타일도 아니고, 더더욱 귀엽지도 않아서 칭찬해주시는 말이면 뭐든 좋습니다."

다이키는 볼을 붉게 물들이며 말했다.

"멋진 도모미 씨에게 그런 말을 들으니 무척 기쁩니다."

"내가… 멋져요?"

티셔츠, 청바지, 운동화라는 너무 뻔한 스타일. 도모미는 자신의 모습을 바라보며 고개를 갸웃했다.

"정말 멋지십니다. 8년이나 케냐에서 살고 계시죠? 거침없이 일하시는 걸 보면 대단하다는 생각이 들어요."

"그런가요? 뭐, 아무튼 고마워요."

도모미는 부끄러운 듯 인사를 하고 와인으로 손을 내밀었다. 그 모습이 다이키의 마음을 흔들었다. 말하지 않았으면 좋았을 텐데, 내친 김에 속마음이 튀어나왔다.

"하지만 오늘은 웃는 얼굴이 귀여운 것 같습니다."

"네?"

그대로 굳어진 도모미에게 다이키가 덧붙였다.

"연상의 여자에게 귀엽다는 말은 실례일 것 같아서 멋지다고 말했지만 실은 귀엽습니다."

"그건…."

"참, 도모미 씨라고 부르면 실례가 될까요?"

"아뇨, 상관없는데…."

말을 삼키며 곤란해하는 표정도 귀여웠다. 대화도 술술 잘 풀려서 왠지 모든 게 잘될 것 같았다.

호텔 웨이터가 추가 주문을 받으러 왔다. 세인트조지 맥주와 에티오피아식 구운 소고기 요리인 뜹스를 시켰다.

"여기 요리는 입에 맞나요?"

"그럭저럭요. 하지만 인제라는 좀 시큼해서 먹기 힘들어요."

다이키는 머리를 긁적였다.

"다이키 군은 솔직한 것 같아요. 아, 다이키 군이라고 불러도 되나요?"

"물론 좋습니다. 하지만 난 솔직하진 않아요. 말대답이나 한다고 선배나 상사가 싫어하죠."

"분명 너무 솔직한 거예요."

"무슨 뜻이에요?"

"자신에게 솔직한 편이죠? 사회나 현실에 물들어 그 틀에 맞춰 살아온 사람한테 다이키 군은 너무 직설적으로 보이는 거예요. 두려운 존재일지도 몰라요."

"두렵다니… 말도 안 됩니다."

다이키는 미간을 찌푸렸다.

"자신이 잊고 산 것, 내버린 것을 다시 생각나게 만든다고나 할까? 옳은 말로 또박또박 다그쳐 들어오면 자신의 우유부단함이 초라해 보이는 법이죠."

"무슨 말씀인지 잘 모르겠습니다."

다이키는 몸을 앞으로 내밀었다. 도모미가 미소를 지었다.

"과거의 자신과 대면하는 기분이 든다는 거죠. 젊은 시절의 순수한 마음은 사라지고 현실에 영합한 사회인에게 다이키 군이 던지는 의문들은 너무 어지럽다는 뜻이에요."

도모미는 와인을 들고 한 모금 마신 후 아와사 호수로 시선을 옮겼다. 파란 어둠 속에서 별이 반짝 빛났다.

"오늘 밤은 별이 유독 아름답네요. 신비해요."

"정말 그러네요."

그렇게 대꾸는 했지만 도모미가 더 아름답고 더 신비했다. 몇 억 광년 저편의 별이 지구에 빛을 보내고 있다. 그 순간 도모미와 만났다. 태곳적 바람을 검은 머리칼에 받아들이는 도모미는 기적의 선물 같았다.

맥주를 단숨에 비우고 크게 숨을 내뱉었다.

… 옆얼굴도 아름답다.

그래도 이쪽을 봐주면 좋겠다고 다이키는 생각했다.

별빛 영롱한 호수에서 다이키에게 시선을 돌린 도모미가 눈을 깜박였다. 다이키는 도모미의 눈동자를 바라보며 손짓으로 맥주 한 병을 더 주문했다.

그녀의 눈에 자신의 얼굴이 비쳤다.

왠지 의지하고 싶어졌다.

"나도 바보일까요? 현실을 모르는 고집쟁이일까요?"

도모미는 곤란한 듯 쓴웃음을 지었지만 말을 신중히 고르며 대답했다.

"현실을 모르면서 이상론만 떠들어대는 사람도 있을 거예요. 하지만 다른 사람을 신경 쓸 필요는 없지 않을까요?"

"신경이… 쓰여요. 모리와키 과장님은 나를 보면 화가 나는 것 같고, 야마가타 선생님께도 너무 들이댔습니다. 아까는 동기 녀석에게 풋내기라는 말까지 들어서 정말 분했어요."

다이키는 유리잔의 맥주를 다 마시고 두 병째 병을 집었다. 그리고 다시 유리잔에 콸콸 따르며 "아무도 이해해주지 않아요." 하고는 삐죽 나온 입술에 거품을 묻혔다.

도모미는 눈꼬리에 주름을 새기며 시원한 웃음을 만들었다.

"그래도 야마가타 선생님은 다이키 군이 마음에 든 눈치던데요."

"설마요. 그럴 것 같지 않은데요."

"후후후, 그런 분이거든요."

도모미는 의미심장한 미소를 지었다.

"그런 분이요?"

"순수한 젊은이를 정말 좋아해요. 이것저것 정론만 내뱉는 청년에게 현장의 모순과 부조리함을 던져주는 게 즐거움 중 하나죠."

"이상한 취미군요."

"맞아요. 모든 것에 달관한 듯 보이지만 여전히 애송이 같은 자신의 모습을 확인하고 싶은 게 아닐까 싶어요. 다음 세대의 젊은이에게 거는 기대도 있을 테고요."

다이키가 얼굴을 쑥 들이밀었다.

"그럼 말입니다, 도모미 씨는 나에 대해 어떻게 생각하십니까?"

도모미는 몸을 살짝 뒤로 젖히며 "어떻게… 라뇨?" 하고 반문했다.

"귀엽다는 말은 믿음직스럽지 못하다는 말이죠?"

다이키는 진지한 표정으로 대답을 촉구했다. 길게 째진 쌍꺼풀 없는 눈을 크게 뜨고 입술을 꽉 다문 채로. 도모미가 몸을 좀더 뒤로 했다.

"자, 잠깐, 얼굴이 너무 가까운데…."

오른손을 얼굴 앞에서 흔들며 웃음을 억지로 참은 듯한 목소리로 말했다. 다이키는 크게 뜬 눈을 더욱 크게 뜨며 "아앗, 정말 죄송합니다!" 하고 튕기듯 의자를 뒤로 물렸다. 그러곤 당황하며 눈을 내리깔았다. 금속제의 무거운 의자 끌리는 소리가 야외 레스토랑에 울려퍼지자 옆자리 서양인들이 놀란 표정으로 돌아보았다.

숨소리가 들릴 만큼 가까웠던 다이키의 얼굴 때문에 도모미는 쑥스러워했다. 다이키는 어쩔 줄 몰랐지만 창피함을 숨기기 위해 유리잔의 맥주를 단숨에 비우고 다시 채웠다. 취해버리고 싶었다.

어둠이 짙게 내리자 직원이 나와 호숫가의 장작더미에 불을 붙였다. 불길이 바람에 날리면서 노란 불똥들이 새까만 밤하늘을 향해 솟구쳤다. 타닥타닥 소리를 내며 덜 마른 나무 냄새가 연기와 함께 퍼져갔다.

요란한 음악 소리가 울리기 시작했다. 두 박자 중 첫 박자가 강해서 일본 민요가 떠올랐다. 낮은 북소리에 맞춰 휘파람을 부는 독특한 에티오피아 전통음악이다. 엔카*라고 해도 믿을 것 같은 곡조였다.

"마이클 잭슨은 에티오피아에서 이들의 춤을 보고 그 어깨를 비트는 댄스를 생각해냈대요."

"정말요?"

"좀 믿기 힘들지만 에티오피아 사람들 말에 따르면 그래요."

"1985년에 마이클 잭슨이 노래한 〈위 아 더 월드〉는 에티오피아 원조를 위해 만든 거였죠."

"어머, 나이도 어린데 잘 아네요."

"그 정도는 압니다."

---

* 演歌, 일본의 애수를 띤 일본 대중가요.

다이키는 분위기에 취해 몇 잔이나 비웠다. 장작불을 등진 도모미의 표정이 역광에 흔들렸다. 기분 좋은 부드러움이 향기를 내뿜는 듯했다. 다이키는 테이블에 오른팔을 올리고 손등에 턱을 괬다. 눈꺼풀이 무거웠다. 몽롱하게 흔들리는 빛과 깜박이는 눈의 리듬에 맞춰 도모미의 표정이 변해갔다.

"저기, 다이키 군, 취한 거 아니에요?"

도모미가 물었다.

"아뇨, 괜찮습니다."

다이키는 불안정한 상체를 겨우 유지하며 말했다. 똑바로 앉아 있다고 생각했는데 머리가 앞뒤 좌우로 흔들렸다. 힘주어 두 손으로 테이블을 잡았다. 숨도 멈춰보았다. 몸의 흔들림은 그친 것 같았다. 하지만 이번에는 눈이 빙글빙글 돌았다.

장작이 무너지고 노란 불꽃이 타닥거리며 사방으로 흩날렸다. 동시에 발그레한 도모미의 얼굴이 겹쳐 보이더니 돌아가기 시작했다. 소란스러운 음악이 심장을 난도질하듯 속도를 더욱 높였다.

"아, 역시 안 되겠어요. 취한 것 같습니다."

다이키는 이제야 깨달은 듯 말하다가 그대로 의자와 함께 뒤로 쓰러졌다. 그러곤 눈을 부릅뜬 채 회전하는 풍경을 지켜보았다. 도모미가 깜짝 놀라 눈을 크게 뜨고 두 손을 입에 대는 모습이 슬로모션처럼 흘렀다.

칠흑 같은 어둠, 장작 불꽃, 발그스름한 도모미의 얼굴.

일으키려는 그녀에게 다이키는 손을 뻗으며 입술을 가져갔다.

그 순간 귀에 익은 목소리가 들려왔다.

"너, 뭐 하는 거야? 기분 나쁘게!"

모리와키의 텁수룩한 수염이 눈앞에 있었다.

“잔뜩 취했군. 내 원 참! 어이가 없어서.”

“죄송합니다.”

다이키는 혼란스러운 머리로 사과했다. 도모미가 어느 틈에 모리와키로 바뀌어 있었다.

모리와키는 크게 한숨을 쉬었다.

“이제 됐어. 일본으로 돌아가.”

“네?”

다이키는 땅바닥에 쓰러진 채 취한 머리로 그 말의 의미를 더듬었다.

“예정이 변경됐다. 내일 아디스아바바로 돌아간 후 거기에서 비행기 타.”

서둘러 상체를 일으켰다.

“하지만, 얼마 후 케냐로 간다고….”

“어머, 케냐로요?”

도모미가 잠깐 끼어들었지만 모리와키는 그녀를 힐끗 봤다가 다시 다이키에게 시선을 돌렸다.

“중지다. 여러 가지 일이 생겨서 곧바로 귀국하라는 명령이야.”

“말도 안 돼.”

“뭐가 말도 안 된다는 거야? 당장 방으로 돌아가 짐이라도 싸.”

모리와키는 상의 호주머니에서 담뱃갑을 꺼내 한 개비를 입에 물고 불을 붙였다.

단숨에 취기가 가셨다.

내일 귀국하라니, 말도 안 돼! 이야기가 다르다.

"이건 귀국이 아니라 기권입니다."

도모미가 풋! 하고 웃음을 터뜨렸다. 모리와키는 손바닥으로 다이키의 머리를 찰싹 때렸다.

"바보 같은 소리 그만하고 당장 일어나."

다이키는 쓰러진 의자를 일으키고 자세를 바르게 한 후 모리와키와 마주했다.

"어떻게 된 겁니까?"

"커피 잔류농약 검사는 거의 끝났어. 볼일 다 봤으니까 돌아오라는 지시가 왔다. 인도네시아에서 오는 짐이 적체되어 도쿄는 클레임 처리에 정신이 없는 모양이야. 일손도 부족하겠지."

인도네시아의 아라비카 열매는 7월부터 10월이 수확기라 현재 막바지에 이르렀다. 반면 에티오피아는 10월부터 수확이 시작되므로 한창 준비가 진행되는 참이다.

"수확 후 처리와 물류관리는 현지 직원들에게 맡기고 일본으로 돌아가기로 했다."

"저기… 저도 말입니까?"

다이키는 조심스럽게 물어보았다.

"너 혼자 남아 어쩌겠다는 건데?"

모리와키가 미간에 주름을 모았다.

"제 예정은 에티오피아에서 케냐로 갔다가 잠비아를 거쳐 남아프리카공화국으로 가서 거기에서 귀국하는 걸로…."

"그런 게 가능할 것 같나?"

"하지만 원래 스케줄은 그렇습니다."

"다카미 부장님도 네 귀국에 이견은 없어."

"저는 아무 말도 듣지 못했습니다."

"아무튼 내일은 아디스아바바로 이동한다. 항공권은 여행사가 준비할 거다. 내일 저녁 두바이행 비행기를 타면 일본으로 가는 항공편은 간단해."

모리와키는 그대로 이야기를 끝내려 했다. 다이키가 서둘러 붙잡았다.

"잠깐만요. 제 항공권은 케냐, 잠비아, 남아프리카공화국 일주 티켓입니다."

모리와키가 얼굴을 찡그렸다.

"변경하면 되잖아."

"케냐의 나이로비 지점장님과도 만날 약속을 잡아놨습니다."

"그건 취소해."

"과장님 귀국은 식량부 사정 때문이잖아요. 저는 아프리카개발부의 다카미 부장님 지시만 받습니다."

"그 부장님도 귀국하라고 했다니까!"

"하지만 저한테는 최소한 한 달이라고 하셨어요."

"그런 긴 출장이 어디 있어?"

"연수도 겸하는 거라고 하셨는데요."

"소매치기 사건까지 일으키고 아무런 징계도 없이 연수라니."

도모미가 자신도 모르게 끼어들었다.

"그건, 제가…."

다이키는 도모미를 제지하며 단호히 말했다.

"그런저런 모든 게 다 공부입니다!"

"술 취한 주제에."

"이젠 다 깼습니다."

한마디도 지지 않는 다이키에게 모리와키의 얼굴이 일그러졌다. 뭐 이따위 놈이 다 있지? 하는 표정이었다. 대화를 듣고 있던 도모미는 어이없는 그 진지함에 하마터면 웃음을 터뜨릴 뻔했다.

"… 정말 이상한 문제에 집착한다니까, 이놈은."

팔짱을 낀 모리와키는 채신머리없이 다리를 떨면서 아랫입술을 앞으로 내밀고 콧방울을 벌름거렸다. 다이키는 꼼짝 않고 모리와키의 다음 말을 기다렸다.

"너, 정말 케냐에 가고 싶냐?"

잠시 후 모리와키가 물었다. 다이키는 곧바로 대답했다.

"네, 가고 싶습니다!"

"그래… 그럼 힘 좀 써볼까?"

"잘 부탁드립니다!"

90도로 허리 숙이는 다이키를 내려다보며 모리와키는 생각에 잠겼다. 그러고는 슬쩍 도모미 눈치를 살폈다. 도모미는 어깨를 으쓱이며 자신은 상관없다는 표정을 지었다.

"실은 다른 젊은 친구가 아프리카에 출장 왔을 때도 문제가 많았던 모양이더군."

"네? 문제라고요?"

"다지마 유스케라고 알아?"

생각지도 못한 이름이 나와서 다이키는 눈을 껌뻑였다.

"네, 압니다. 동기거든요."

"동기라… 그래서 다카미 부장님도 신경을 좀 쓴 건가?"

"다지마가 어쨌는데요?"

"그게, 아무래도 우울증인가 봐."

예상치 못했던 말에 다이키의 눈이 휘둥그레졌다. 다지마와 몇 시간 전에 통화를 했다. 그런데 그가 우울증이라니, 선뜻 믿어지지 않았다.

"요즘 이삼십 대 젊은이에게 유행하는 신종 우울증인지도 모르지. 요컨대 어른이 되지 않으려는 게으름병 말이야."

모리와키의 말에 다이키는 조건반사처럼 반박했다.

"다지마는 근성 있는 친굽니다. 게으름병 같은 것에 걸렸을 리 없습니다."

다이키의 위세에 눌려 모리와키는 성가신 듯 얼굴을 찌푸리며 시선을 돌렸다.

"도쿄의 상황을 좀더 설명해주세요."

다이키가 한 걸음 앞으로 나섰다.

모리와키는 마지못해 입을 열었다.

"다카미 부장님은 젊은 친구들을 아프리카에 보내는 건 무리였다고 결론 내린 것 같아."

"무슨 뜻인가요?"

"순수하고 진지한 모범생 타입의 청년에게 아프리카는 너무 혹독한 게 아닐까 하는 거지. 다지마는 탐험부 경험이 있어서 가혹한 환경에도 잘 견디리라 생각하고 발탁했다던데, 역시 곱게 자란 도련님이었는지도 몰라."

모리와키는 호주머니에서 담배를 꺼내 빙글빙글 돌렸다.

다이키는 다지마 유스케의 좌절에 대해 생각했다. 그 녀석에게 무슨 일이 있었던 걸까. 전화할 때는 눈치채지 못했지만 말투는 확실히 까칠했다.

“증상이 어떤가요?”

“무조건 주변 사람을 끊임없이 비판하나 봐. 일종의 자기방어일 테지만 말만 앞세워 자신을 정당화한대.”

“그게 우울증인가요?”

“뭐, 나도 잘 몰라. 정신과에서 그렇게 진단했다던데?”

“제가 알고 있는 우울증과는 다른데요.”

“그렇겠지. 좀더 우울하고 풀이 죽어 방에만 처박혀 있다거나 그런 이미지인데, 요즘은 양상이 다양한가 봐.”

“원인이 뭘까요?”

“원래 자신만만한 친구였는데 앙골라에서 힘든 일을 겪었을 거야. 아프리카 사회는 모순투성이라 완고한 신념을 가질수록 정신적인 타격이 크지. 너도 위험해.”

“신념이 있기 때문에 버틸 수 있다고도 말할 수 있습니다. 전 괜찮습니다.”

“하하하, 정말 한마디도 지지 않는군.”

모리와키는 메마른 웃음을 내뱉으며 얽은 눈가에 주름을 만들었다. 다이키는 연이어 강하게 몰아붙였다.

“케냐로 가게 해주세요. 부탁드립니다.”

“나한테 부탁하나마나야. 직속상관도 아니고. 다카미 부장님은 너도 엄청 걱정하는 모양이던데.”

“그러니까 과장님께서 저는 괜찮으니 출장을 지속하게 해달라고 말씀해주세요.”

“하지만 객관적으로 전혀 괜찮지 않아. 소매치기를 쫓느라 한바탕 말썽도 일으켰고."

옆에서 대화를 듣고 있던 도모미가 다이키를 대신해 사과했다.

"죄송합니다. 그땐 제가 실수한 탓에…."

모리와키가 말했다.

"아뇨, 소매치기를 당한 건 어쩔 수 없다고 생각해요. 아무리 주의를 기울여도 한번 먹잇감이 되면 막을 수 없죠. 호텔의 금고 역시 통째로 도둑맞는걸요. 아무것도 믿을 수 없습니다. 하지만 네가 소매치기를 쫓아간 건 세상물정도 모르고 내키는 대로 행동한다는 반증이지."

"그건… 확실히 신중하지 못했다고 반성하고 있습니다."

다이키는 우물거리며 말했다. 반론하기가 힘들었다.

모리와키는 불붙이지 않은 담배를 입가로 가져가며 보란 듯 크게 한숨을 쉬었다. 그러곤 곁눈질로 다이키의 미안해하는 표정을 힐끗 보더니 공허한 눈빛으로 말했다.

"아프리카 적임자는 약간 대충대충인 사람이어야 해. 그 정도가 딱 좋아. 대충 흘려넘길 수 있는 정도가 되지 않으면 마음에 큰 상처를 입거든."

무책임한 사람이 적임자라는데 딱 꼬집어 '네가 적임자야' 하면 기분이 나쁠 것 같았다. 자신은 딱딱하고 고지식한 편이다. 어떻게 대답하면 좋을지 몰라 애매한 표정을 짓고 있는데 모리와키가 담배를 입에 물며 말했다.

"하지만 어떤 면에선 너도 무책임할지 몰라. 회사원으로 먼 아프리카 오지까지 와서 뜬구름 잡듯 프로젝트를 만들겠다니. 정상적으로 생각하면 납득할 수가 없어. 모든 일을 곧이곧대로 처리하는 사람이라면 위험부담이 너무 크다며 꽁무니 빼겠지."

"그, 그건…."

"어쨌든 나는 네 사고방식이 마음에 들지 않는다. 무엇보다 너는 우리가 상사맨이라는 걸 잊고 있어. 원조나 자원봉사 같은 게 아니야. 우리는 아프리카에서 돈 될 거리를 찾아야만 해. 일인당 하루 1달러로 생활하는 사람들한테서 이익을 얻어내야 한다고. 정말 정신 나간 소리지. 성과만을 생각한다면 바로 도망치고 싶을 정도야. 이 사람들한테서 이익을 얻어내겠다고? 바싹 마른 걸레라도 쥐어짜면 혹시나 뭐가 나오지 않을까 버둥거리는 꼴이야. 그동안 벌어놓은 게 걸레에 흡수되기나 할 테지."

"그렇지만…."

모리와키가 "이제 됐다. 아무튼 내일은 아디스아바바로 이동할 거야"라고 말을 끊으며 자리에서 일어나 방으로 돌아갔다.

다이키는 멍하니 그 뒷모습만 바라보았다.

그런 다이키의 모습을 도모미도 묵묵히 지켜보았다.

아디스아바바의 힐튼 호텔은 별 다섯 개의 최고급 호텔이다. 대체 여기가 어느 나라인가 싶을 정도로 호화찬란하다. 넓은 홀 맞은편 통유리창을 통해 눈부신 광선이 쏟아지고 화려한 장미와 극락조화가 커다란 꽃병에서 향기를 뿜어낸다.

여종업원이 디저트 수레를 밀며 희고 둥근 식탁 사이로 지나갔다. 달콤한 딸기와 크림 향이 은은하게 코끝을 맴돈다.

동아프리카는 최근 화훼와 과일 생산으로 주목받고 있다. 에티오피아는 이스라엘의 투자로 대규모 온실재배가 가능해져 수출

산업으로 성장 중이다. 적도 바로 밑에 있고 해발고도가 높은 에티오피아는 1년 내내 안정된 기후를 유지하기 때문에 유럽시장의 겨울용 수요에 적당하다.

호텔의 오픈 카페에서 쇼팽을 연주하는 피아노 소리가 들렸다.

서툰 피아노 솜씨라고 다이키는 생각했다.

오른 손가락이 다음번 위치를 떠올리며 눈앞의 건반과 씨름하는 듯했다. 편곡을 가미한 쇼팽이라고 생각하면 아주 못 들어줄 것도 없지만 군데군데 간격이 벌어져 역시나 거북했다.

어린 시절, 피아노를 치던 누이동생 사요미가 떠올랐다. 늘 같은 곳에서 틀려 얼마나 되풀이 연습했는지 모른다. 건반과 씨름하는 사요미가 귀여워서 무심코 놀리다 울린 적이 있었다. 햇살 가득한 어린 시절의 기억이다.

다이키는 테이블 맞은편에 가려진 피아니스트의 모습을 보려고 자세를 바로 했다. 갈색 곱슬머리, 옅은 파란색 드레스. 광택 나는 매끈한 옷감이 갈색 피부 위에서 빛을 발했다. 어른스러운 드레스가 썩 어울리진 않았지만 열심히 연주하는 그녀에게 호감이 갔다. 훌륭한 솜씨는 아니었다. 하지만 에티오피아에서 피아노를 치는 여자라고 생각하니 온갖 드라마가 머릿속에 그려졌다. 부잣집 외동딸의 취미 같지는 않았다. 어느 교회에서 신부나 목사한테 배워 피아노가 좋아진 게 아닐까?

양 갈래 머리를 분홍색 리본으로 높이 묶은 소녀가 피아노 옆으로 다가갔다. 레이스 달린 양말과 빨간 신발이 화사해 보였다.

소녀는 종종걸음으로 테이블에 둘러앉은 흑인 가족에게 돌아갔다. 네 명의 아이들과 함께한 부부. 열두 살 정도 되는 소년을 비롯해 형제자매가 멋진 옷을 입고 있었다.

에티오피아의 부유층이다.

아마 이 나라의 빈부 격차는 일본과는 비교도 안 될 것이다. 일본인인 자신들조차 오성급 호텔에서 숙박하는 것은 쉽지 않다. 회사경비라고는 하지만 20대인 자신이 이런 고급 호텔에서 숙박하면 왠지 천벌을 받을 것 같다.

하지만 에티오피아의 부유층은 당연한 듯 이런 호텔을 가족 단위로 이용한다. 그들에게 농촌 아이들 따위는 안중에도 없다.

수십 년 전까지는 나라 전체가 가난하여 격차도 그리 크지 않았다. 독립 후, 사회주의 체제하에서 어찌어찌 공부할 기회를 얻은 소수가 특권계급이 되었다. 그들의 자녀는 길 위의 아이들과는 전혀 다른 인생을 살아간다.

피아노 연주가 끝날 무렵 주위가 갑자기 소란스러워졌다. 로비에 단체객이 온 모양이다. 다이키가 돌아보자 백인 어른 손을 잡은 흑인 아이들이 체크인을 기다리고 있었다. 입양 프로그램으로 맺어진 가족들로 보였다.

아이들은 유럽이나 미국에서 행복을 손에 쥘 수 있을까.

양부모는 이들과 함께 행복한 생활을 할 수 있을까.

가만히 바라보고 있는 자신을 깨닫고 퍼뜩 눈길을 돌렸다.

문화와 가치관이 다른 세계에서 머릿속이 혼란스러웠다. 뉴스에서도 본 적이 있고, 지식으로도 알고 있는 사실이다. 하지만 눈앞에서 비일상적인 사태를 목도하니 몹시 당혹스러웠다.

"이봐, 시간 다 됐다."

모리와키가 체크아웃을 마치고 다이키에게 말했다.

서둘러 일어서는 다이키를 모리와키가 돌아봤다.

"왜 그래, 멍해선?"

다이키는 입양아들을 슬쩍 쳐다보며 낮은 소리로 말했다.

"이야기로는 들었지만 처음 봤어요."

모리와키는 콧방귀를 흥 뀌었다.

"아주 드문 일도 아니야. 여기에서는 늘 보는 거지."

"그런가요?"

"그래, 자세히는 모르겠지만 에티오피아에서는 자주 봐."

"전 처음 봐서 좀 놀랐습니다. 왠지 거부감도 들고…. 좋은 일인지, 나쁜 일인지 잘 모르겠어요. 백인의 오만함이란 생각도 들지만 가난한 생활보다는 나을 것 같고. 양쪽 모두, 운명이 크게 바뀌는 순간이겠죠?"

다이키는 약간의 망설임도 섞어가며 솔직한 심정을 털어놓았다. 모리와키는 다이키의 열띤 표정을 보며 나지막이 말했다.

"정말, 네가 부럽다."

"네?"

"그건 말이지, 단순명쾌해. 문화충격이야."

"전 그런 충격 같은 건…."

다이키가 발끈했지만 모리와키는 의외로 긍정적이었다.

"너를 보고 있으면 아무런 감동이나 느낌도 없는 내 둔감한 뇌세포가 슬퍼져. 신선함이 사라지면 창조적인 일도 할 수 없어. 역시 젊은 친구들을 외국으로 내보내는 게 맞는 것 같아. 확실히 위험부담은 있지. 하지만 젊은 힘을 이용하지 않으면 새로운 길은 개척할 수 없어."

"… 그건 분명해요."

"경탄과 감동을 잃으면 애당초 새로운 길은 기대할 수 없어."

모리와키는 가만히 다이키의 눈을 보았다.

"알겠나, 해외로 나가면 누구든 문화충격을 받는다. 거기서 도망치지 마. 그런 자신을 즐겨. 감수성이 풍부한 자신을 받아들이라고. 그게 널 성장시켜서 언젠가 분명히 새로운 아이디어로 연결될 거다."

"… 네."

다이키는 반신반의하는 심정으로 모리와키의 말을 들었다. 늘 나무라기만 하던 모리와키가 마지막에 준 조언은 긍정적이었다.

호텔에서 나온 다이키와 모리와키는 공항으로 향했다.

아디스아바바공항에서 모리와키는 일본으로, 다이키는 케냐의 나이로비로 날아간다. 중도 귀국을 막아준 사람은 내내 독설로 다이키를 괴롭혔던 모리와키였다.

"정말 여러모로 고마웠습니다."

다이키는 깊이 고마움을 표시했다.

"나는 아무것도 하지 않았어. 나이로비의 가키누마 지점장님이 너무 심심하니까 가끔은 젊은 친구도 보내달라고 해서 협조한 것뿐이야."

여전히 모리와키는 곧이곧대로 말하지 않았다. 하지만 도쿄와 나이로비에 연락하여 다이키가 출장을 계속할 수 있도록 손을 써준 것은 분명했다.

나이로비행은 두바이행보다 30분 일찍 탑승하라는 방송이 나왔다. 모리와키가 공항 보안검색대까지 바래다줬다. 그러곤 검색대를 통과하는 모습을 유리 너머로 보며 오른손을 가볍게 들어 작별 인사를 했다. 다이키는 벨트도 풀고 신발도 벗은 상태였지만 고개를 깊이 숙였다. 모리와키는 눈꼬리에 주름을 모으며 쓰게 웃고는 몸을 돌렸다. 뒷사람 때문에 얼른 짐을 정리하고 다시 고개를 들자 모리와키는 이미 4번 탑승구로 사라지고 없었다.

문득, 어떤 시선이 느껴졌다.

동양인.

틀림없는 중국인.

노천시장에서 보았던, 검은 양복의 남자였다.

그도 케냐로 가는 모양이다.

대체 어떤 장사를 하고 있을까. 다이키는 양복 차림의 중국 남자를 의식했다. 분명 그도 아프리카에 시장을 개척하러 온 게 틀림없다.

질 수 없다.

다이키는 더욱 힘을 내야겠다고 생각했다.

약육강식, 패배자에게는 죽음을

누가 질 줄 알고!

누가 죽을 줄 알고!

케냐의 마사이마라 자연보호구역.

다이키는 차량의 지붕 밖으로 목을 내밀고 지평선까지 계속되는 사바나를 바라보았다.

너무 넓어서 카메라 파인더는커녕 시야에도 전부 담을 수 없다. 새소리가 바람에 실려오고 짙은 풀냄새가 코끝에 스민다. 낮은 구릉에 누 떼가 있다. 마라 강을 건너는 험준한 노정에서 수많은 동족을 잃으며, 멀리 탄자니아의 초원으로부터 케냐의 마사이마라 자연보호구역까지 도착한 누 떼다.

새까만 누 떼 속에 얼룩말도 섞여 있고 그 맞은편에는 임팔라 새끼들이 가벼운 발걸음으로 깡충거린다. 우산 모양의 아카시아 나무 밑에 기린들이 목을 늘이고 있고, 약간 높은 산자락에서 코끼리 가족이 어슬렁댄다.

"수컷은 5톤에서 7톤 정도 합니다. 암컷은 그 반 정도고요."

사파리 차의 핸들을 잡은 가이드가 설명했다. 보호구역에서는 반드시 가이드를 동반해야 한다. 그들의 적절한 안내와 설명은 대자연을 보다 생생하게 보여준다.

"중형 트럭이 나란히 있는 것 같아요."

"네, 육지에서 제일 큰 동물의 왕이죠. 사자보다 강합니다. 딱딱한 피부와 기다란 코, 날카로운 이빨 덕에 사자도 접근 못 해요."

"권투로 치면 팔이 긴 쪽에 속하겠네요."

"하지만 인간은 총을 가지고 있으니까요. 영국 식민지 시절부터 남획이 계속되어 지금은 멸종위기종이 되었어요. 아시아의 상아 수요도 코끼리한테는 수난이었죠."

다이키는 망원경을 눈에 갖다댔다.

들소 세 마리가 보였다.

귀가 찢어지고 표정도 험악해 고기가 질길 것 같았다.

"저 세 마리는 나이 들어 암컷에게 버림받은 수컷입니다."

자신의 삶을 원통해하는 듯, 어두운 얼굴이 인상적이었다.

사바나 동물들을 보면서 다이키는 수컷의 고독에 대해 생각했다. 임팔라도, 코끼리도, 사자도 생식활동 때 외에는 거의 단독으로 행동한다. 암컷들이 새끼들과 공동체를 형성하는 데 반해 수컷은 따로 떨어져 혼자 살고 승자와 패자가 명백하다.

"임팔라 수컷 중엔 평생 독신으로 사는 놈도 있어요. 강한 수컷이 모든 암컷을 차지하는 하렘이거든요. 사자도 마찬가지예요. 짝짓기에 성공하는 수컷은 얼마 안 됩니다."

야생동물의 세계는 약육강식. 자손을 남기기 위해서는 수컷끼리의 치열한 경쟁에서 이겨야 한다.

경쟁을 뚫고 공동체의 왕이 된 수컷조차 늙으면 젊은 수컷과의 싸움에서 패해 쫓겨나고 마지막 순간에는 다른 육식동물에게 먹혀 고독하게 죽는다.

돌풍이 불고 빗방울이 후드득 떨어졌다.

차 앞쪽에서 검은 비구름이 몰려왔다. 선명한 원통 모양의 비기둥이 밑에서부터 바람에 날려 동쪽으로 흔들렸다.

얼마 되지 않아 사파리 차는 빗속으로 진입했다.

세차게 떨어지는 빗방울 때문에 시야가 흐릿했다. 폭우는 거친 파도 같아서 와이퍼도 소용없었다.

"어, 하이에나네요."

가이드가 다시 액셀에서 발을 떼고 브레이크를 밟았다.

흠뻑 젖은 하이에나가 꼬리를 내리고 바로 앞을 가로질렀다.

세레나 호텔로 돌아온 다이키는 정원 계단을 통해 통나무집처럼 생긴 방으로 갔다. 언덕에 지어진 이 호텔에서는 어느 객실에 묵더라도 사바나를 내려다볼 수 있다. 9월, 10월은 누 떼를 보려고 관광객이 밀려들어 호텔 예약이 쉽지 않다. 그런 만큼 자연보호구역을 조망할 수 있는 인기 호텔에 묵게 된 것은 행운이었다.

창가에 섰다. 격렬하던 비가 순식간에 지나가고 열어진 구름 사이로 붉은 석양이 반짝였다.

자신에게 주어진 미션을 잊어서는 안 된다고 생각했다. 하지만 세계에서 몇 안 되는 자연보호구역에 오고 보니 웅혼한 대지와 동물들의 삶에 압도되어 자신이 하는 일이 초라하게 느껴졌다. 보잘것없는 자신이 한심하게 느껴졌다기보다는 머리를 싸매고 끙끙대봤자 별수 없다는 기분이 들었다.

창밖으로 거대한 무지개가 보였다.

창을 열고 몸을 내밀어 하늘을 올려다보았다. 비가 그친 후의 무지개는 햇빛을 일곱 색깔로 나누어 사바나에 윤기를 더했고, 드넓은 초원은 느릿하게 내려앉는 황혼으로 짙게 물들어갔다.

저녁 식사를 마친 다이키는 커튼을 닫고 불을 켠 후 컴퓨터 전원을 넣었다. 덩굴갓 아래 은은히 비치는 유백색 전등 빛에 방 안은 한층 아늑해졌다.

벽에 걸린 유선형의 커다란 거울 테두리는 아프리카의 천진난만한 예술을 상징하듯 빨간색, 주황색, 노란색, 초록색 타일로 화려하게 꾸며져 있었다. 대자연 속에는 직선이나 직각이 없다는 걸 알고 있는지 방도 미묘하게 구부러진 형태였다.

수첩을 펼쳐들고 컴퓨터 앞에 앉았다. 오늘 메모에 남길 것은 진귀한 새들과 식물 이름뿐이다. 아프리카대머리황새, 땅코뿔새, 스위티캇, 블랙헤디드헤론…. 입력하다가 곧바로 손을 멈췄다. 이런 메모가 장사와 관련된 프로젝트로 발전할 것 같지 않았다. 수첩을 던져버리고 두 손을 머리 위로 깍지 끼며 한숨을 쉬었다.

컴퓨터 화면에는 아프리카에서 경험한 것과 아이디어 들이 중구난방으로 적혀 있다. 며칠 전 나이로비에 도착한 다이키는 정력적으로 번화가를 돌아다니며 마트를 조사했다. 판매 품목, 인기 상품, 케냐인들이 주로 사는 일용품을 체크하고 그중에서 일본산은 무엇인지 계속 뒤졌다.

일본의 수출산업에서 대표 품목은 가전제품이라고 생각해왔는데 케냐도 에티오피아와 마찬가지로 텔레비전이나 냉장고는 한국산이나 중국산이 독점하고 있었다. 과거의 종주국이었던 영국 제품을 찾는 것조차 힘들었다. 계산대 앞에 진열된 건전지는 일제가 아닐까 싶어 잠깐 눈을 빛냈지만 자세히 보니 유사한 이름의 중국산이었다. 일본 브랜드도 있긴 했지만 아무래도 중국에서 만든 가짜처럼 보였다.

케냐 사무소의 현지 직원인 마니샤 케비로가 가르쳐준 인기 일본 상품은 가발이다. 케냐인의 머리칼은 꼬불꼬불하게 말려 있어서 다리미로 다려도 똑바로 펴지지 않는다. 하지만 곧게 뻗은 긴 머리를 동경하는 여자가 많아서 도시에 사는 성인 여자 대부분은 가발을 애용한다. 짧은 머리카락에 곧은 셀룰로이드 가발을 가늘게 이어 붙여, 자세히 관찰하지 않으면 가발인지도 모른다. 치장을 위해 몇 시간이고 공을 들여 미용실에서 가발을 붙이며 머리가 좀 아프더라도 참는 것이다.

튼튼하고 자연스러운 탄력이 있는 일제 가발은 여자들에게 인기가 많아서 약간 비싸더라도 잘 팔리는 듯했다. 금전적인 여유가 있어서 치장에 돈을 쓰는 것인지, 아니면 돈이 없는데도 치장만은 꼭 해야 하는 것인지 알 수가 없었다.

케냐의 키쿠유족 여성은 엉덩이가 유난히 튀어나오고 코가 낮으며 입술이 두툼하다. 다이키 눈에, 크고 둥근 케냐 여성의 얼굴은 이목구비가 세련된 에티오피아 여성보다 약간 뒤지는 것 같았다. 그래도 치장만은 열심인 모양이다.

키쿠유족 남성과 결혼하여 케냐 사무소에서 근무하는 나카야마 치에코는 케냐인의 소비성향에 대해 '합리적이라기보다는 쾌락 위주'라고 했다. 새로운 것, 진기한 것을 좋아한다. 언제 죽을지 모르는 미래를 위해 악착같이 돈을 벌기보다 현재를 즐기는 경향이 강하다.

나이로비 지점장인 가키누마 사다오가 조사 내용을 보더니 한마디 했다.

"넌 유형의 것에만 너무 얽매이고 있어."

일본 물건을 팔고 싶다는 다이키에게 가키누마는 그런 시대는 끝났다고 단호히 말했다.

"우리는 이익만 내면 그뿐이야. 굳이 우리 것만 고집할 필요는 없다고."

"하지만 역시 메이드 인 재팬이 좋은 것 아닌가요?"

"그건 제조업체가 할 일이야. 대형 메이커에는 판매부가 버젓이 있는데, 이제 와서 새삼 우리 같은 상사가 나설 일은 없지."

"보이지 않는 것에서 자신의 존재가치를 느끼기는 어렵습니다. 국가 브랜드를 높이기 위해서라도 메이드 인 재팬의 보급은 중요하다고 생각합니다."

"나이에 비해 머리가 너무 굳었어, 넌."

가키누마 사다오는 다이키의 머리에 주먹을 갖다댔다.

"전 상당히 유연한 편이라고 생각하는데요."

"아니, 발상이 다 늙은 노인 같아. 1980년대의 꿈이여, 다시 한번 오라! 이런 건 예순 살 아버지 세대가 생각하는 거야. 물건 같은 건 만들어봤자 이익이 되지 않는다고."

"하지만…."

"요즘엔 중국인도 물건 따위는 팔지 않아. 아직 젊으니까 좀더 새로운 걸 생각해봐."

가키누마 사다오는 쉰아홉 살로 내년이면 정년퇴직이다. 하지만 숱 많은 머리털과 햇볕에 그을린 건강한 피부 덕에 열 살은 젊어 보였다. 배는 약간 나왔지만 관록이 붙은 사람답게 자세도 좋았다. 본사에선 가키누마가 정년퇴직 후에도 일을 계속할 것이라는 소문이 있었다.

아프리카에서 일 잘하는 사람이란 웬만하면 대충대충 넘어가는 사람이다. 나이로비의 가키누마 지점장처럼….

모리와키 와타루의 말이 떠올랐다.

생각이 젊은 것도 외모에 영향을 미쳤을 것이다. 대충대충인지는 모르겠지만 낙관적이고 호쾌한 에너지가 매력적이다. '가끔은 젊은 친구도 보내달라'고 본사에 부탁하여 다카미 아프리카개발부장의 승낙을 얻어냈다.

조모케냐타국제공항에 도착한 다이키는 지점장이 직접 마중나와 깜짝 놀랐다. 지점장은 양손 가득 짐을 든 다이키를 위아래로 훑어보았다. 어깨를 만지고 배를 만지는 바람에 마치 정육점 고기가 되어 상태를 확인당하는 기분이었다.

"그럭저럭 괜찮군" 하며, 엉덩이를 꽉 움켜쥐었을 때는 기겁하여 아랫도리가 바싹 움츠러들었다.

가키누마는 사파리 투어 예약까지 해주었다.

평소에는 아이같이 크고 둥그런 눈이 승부수를 던질 땐 매섭게 변해 상대방을 위축시키는 사람이다.

"케냐의 주요 산업은 관광이야. 유형의 것만이 산업은 아니라는 거지. 서비스업이 주목받으면서 사람들이 움직이고 소비가 발생해. 너도 관광지에 다녀오도록 해."

꺼려하는 다이키를 보며 가키누마는 크게 웃었다.

"자연공원을 모르고서는 케냐를 방문했다고 할 수 없어. 사파리에서 동물에 푹 빠져 상쾌한 공기를 마시고 나면 머리도 맑아지지. 그러면 아이디어가 마구 떠오르게 된다는 말씀. 위대한 대자연 속에 있으면 하루 1달러로 생활하는 사람들에게 어떤 물건을 팔 것인가 하는 협소한 발상에서 완전히 해방될 거다."

"국립공원에서 괜찮은 생각이 떠오를까요?"

당혹스러워하는 다이키를 가키누마 사다오는 환하게 웃으며 격려해주었다.

"아프리카 사업이란 열 건 해서 한 건 성공하면 그나마 다행이야. 백 가지 아이디어가 있어도 아흔 가지는 쓰레기나 마찬가지지. 아무도 너한테는 기대하지 않으니까 마음 편히 먹고."

기대하지 않는다고 대놓고 말하니 기분은 좀 상했지만 어깨에 걸린 무거운 부담감에서는 해방되었다.

다이키는 컴퓨터 화면에서 떨어져 호텔 침대에 그대로 쓰러졌다. 마치 구름 위에 누운 듯 푹신했다. 두 손 두 발, 대자로 쭉 뻗었다.

어깨가 뭉쳤다. 스트레스 때문인가 싶어서 고개를 좌우로 돌렸다. 배짱 좋게 현지 속으로 녹아들려 했지만 긴장한 것만은 틀림없었다. 다이키는 관절의 통증을 풀어주려고 가벼운 스트레칭을 하며 천천히 호흡을 가다듬었다.

레이스 달린 모기장이 매끄럽게 침대에 걸려 있고 흐릿한 오렌지색 불빛이 주위를 달콤하게 비추었다. 천국에 온 듯한 기분을 연출하는 관광산업에 이런 식으로 온몸을 맡겨도 되는가 싶어 죄책감이 들었다. 다지마 유스케가 뒤에서 손가락질할 것 같았다.

가키누마의 말에 따르면, 아프리카엔 소비자 욕구가 무한정 있으며 선진국의 발상으로 사회를 보면 무엇이든 다 필요해 보인다. 전기든 상하수도든 교육이든 의료든, 모든 게 필요하다. 하지만 그것들에 대가를 지불할 사람이 얼마나 될까. 무료라면 필요하지만 유료라면 필요 없다는 사람들을 상대로 물건을 팔고 거기에서 이익을 얻는다는 건 지극히 어려운 일이다. 원조를 받는 데 익숙한 사람들에게 편리하고 쓸모 있는 물건을 보여줘봤자 '갖고 싶다'고만 말할 뿐 '사겠다'고 말하지는 않는다. 돈 주고 살 만큼 매력적인 물품을 제시하는 건 결코 쉽지 않다.

또한 아프리카 성인 남성에게 여자와 어린이는 편리한 노동력이다. 그 노동력을 돈을 지불하면서까지 문명의 기계로 바꿀 필요성은 전혀 느끼지 못한다.

그런 한편으로 남자든 여자든 치장에는 돈을 쓴다. 인생을 찬양하며 생식과 번영에 무게를 둔다. 동물들의 생활을 바로 옆에서 보는 그들에게 경쟁사회나 약육강식은 극히 당연하다. 몸치장을 하여 자신의 우월함을 과시하고 우수한 개체와 생식하여 자손의 번영을 이룬다는 단순한 본능. 그 기본을 받아들이지 못하면 아프리카 사회는 이해할 수 없다.

머리가 아닌 몸이 원하는 것.

효율과 이성이 아닌, 감정과 욕망이 원하는 것.

돈을 지불하더라도 손에 넣고 싶은 욕망을 자극하여 이익을 만들어내는 것이란 대체 무엇일까.

아프리카 모든 국가에는 빈곤한 사람들이 지천이다. 그러나 서양 못지않게 부유한 생활을 누리는 사람도 늘고 있다. 연간 8퍼센트 경제성장률을 기록하는 아프리카 신흥국에서는 의식주를 충족하고 여가를 즐기는 부류도 나타났다.

그후에 올 욕구는….

다이키는 침대에서 벌떡 일어나 '정보' '몸치장'이라고 메모했다.

휴대전화를 갖길 원하고 가발을 즐긴다.

하지만 그 휴대전화를 좌지우지하는 건 중국이다.

중국이 파는 것은 휴대전화뿐만이 아니다. 정보시스템이다.

양복 차림의 중국인.

나이로비의 케냐타국제공항에 내린 양복 차림의 중국인을 가키누마가 날카롭게 쳐다봤었다. 그는 최근 아프리카 여러 나라에서 통신망 독점매매계약을 체결하고 있는 우슈밍이라고 한다. 정보 통제를 바라는 아프리카 각국 정부에게 중국의 통신기술은 매력적이다. 우가 팔고 있는 것은 통제시스템이다.

왠지 분한 마음이 들었다.

경제발전을 이룬 아프리카에 반민주주의 시스템을 파는 중국 파워에 계속 지고만 있을 것인가. 좀더 자유를 누릴 수 있는, 민중의 미래를 밝히는 산업을 찾아야 한다.

펜을 코와 윗입술 사이에 끼우고 다시 침대 위에 누웠다.

아프리카 사람들이 원하는 행복….

우리가 생각하는 행복과는 다른 것일까.

우리가 추구하는 행복이란 무엇일까.

다이키의 머릿속에 문득 도모미의 미소가 떠올랐다.

그녀의 웃는 얼굴을 보면 기분이 좋아진다. 하지만 그 웃음을 떠올리면 왠지 슬퍼진다.

스마트폰을 손에 쥐고 아키노 도모미의 전화번호를 검색했다.

침대 위에 똑바로 앉아 천천히 심호흡을 하며 엄지손가락으로 발신 버튼을 눌렀다.

"안녕하십니까. 고료상사의 무라카미 다이키입니다."

순간 침묵이 흘렀지만 곧 반응이 돌아왔다.

"어머, 어디서 거는 거예요?"

다이키의 전화가 뜻밖인 듯 놀란 목소리였다.

"지금 케냐에 있습니다."

"그럼 모리와키 씨는요?"

"일본으로 귀국했습니다."

"와, 케냐로 왔군요. 대단한데요. 용케 허락받았네요."

"여러 말을 듣긴 했습니다."

"나이로비에 있어요?"

"아뇨, 어제부터 마사이마라에 있습니다."

"어머, 부러워라. 누 떼가 와 있나요?"

"네, 엄청나게 감동적이었습니다."

자연스레 목소리가 커졌다. 수화기 저편에서 도모미가 미소 짓는 모습이 그려졌다. 심장이 마구 뛰었다.

"그래서 용건은요?"

"아, 네."

갑자기 사무적으로 용건을 묻자 당황스러웠다. 하지만 곧바로 마음을 다잡았다.

"나이로비에서 8년 동안 사셨죠? 케냐의 경제 사회 전반에 대해 설명을 듣고 의견도 여쭙고 싶어서요. 내일 이후 편한 날짜에 시간을 내주실 수 있으신가요?"

평소보다 훨씬 더 정중한 말투를 쓰느라 손바닥에 땀이 고였다. 도모미는 딱딱한 목소리긴 했지만 "네, 그러시죠" 하고 흔쾌히 허락했다.

"고맙습니다."

다이키는 정좌한 자세 그대로 고개를 깊이 숙였다. 도모미가 쿡 웃은 것 같았다. 작게 새어나온 웃음이 자신에 대한 호의 같아 볼이 붉어졌다. 이틀 후 저녁 때 보기로 했다. 사무적인 만남인데 마음은 주책없이 두근거렸다.

전화를 끊은 후 다이키는 허벅지 사이가 뜨거워진 것을 느끼고 몸부림쳤다.

"안 돼, 이 음흉한 수컷 같으니!"

불끈 일어선 남근에 두 손을 갖다대며 침대 위를 굴렀다.

호텔 정원에서 본 몽구스의 성교 장면이 떠올랐다. 아프리카인의 사고방식은 야생동물의 연장선상에 있는 모양이라고 생각했는데 자신도 다르지 않은 것 같았다.

마음을 들뜨게 하는 이 감정은 동물적인, 암컷에 대한 단순한 흥미일까?

아니면… 사랑?

연속된 긴장으로 피곤했지만 하반신은 뜨겁게 흥분하여 끝까지 가라고 소리치고 있었다.

다이키는 들끓는 쾌락에 취해 몸부림치며 하늘로 올라갔다.

"음악을 들을 수 있는 곳?"

마니샤가 가뜩이나 굵은 목소리를 더욱 크게 내며 되물었다.

다이키는 입술에 집게손가락을 대고 쉿! 했다. 마니샤도 쉿! 하고 따라하며 위로 말린 긴 속눈썹을 장난스럽게 깜박였다.

마니샤는 남편의 바람기 때문에 이혼한 후 8년 전부터 사환으로 일하고 있다. 수다 떠는 걸 좋아하는 밝은 성격이라 사무소의 분위기 메이커로 한몫했다. 청소든 심부름이든 쇼핑이든 싫은 내색 없이 즐겁게 처리했고 푸짐한 몸을 위아래로 흔들며 자주 웃었다. '포레포레 사와사와천천히 해도 돼' '하쿠나 마타타문제없다'를 입에 달고 지냈다. '이 스와힐리어만 할 수 있으면 어떤 힘든 일도 다 극복할 수 있다'고 케냐에 막 도착한 다이키에게 말해주었다. 두 아이를 키우면서 일하는 서른두 살의 싱글맘이지만 지금은 독신이라고 말하며 윙크하는 모습을 보면 어쩔 수 없이 가발과 패션을 즐기는 애교 만점의 여성이다.

"어디 보자…."

마니샤는 두꺼운 입술을 약간 앞으로 내밀며 턱에 손을 댔다. 시선을 천장으로 향하고 적당한 장소를 기억의 서랍에서 뒤적였다.

"목적은?"

"앗, 그게… 인터뷰예요."

다이키는 작은 목소리로 대답했다.

마니샤는 팔짱을 끼며 생각에 잠기는 척하더니 다이키를 쓰윽 훑어보며 이맛살을 찌푸렸다.

"상대는 남자? 여자?"

빛나는 커다란 눈동자에 꿰뚫어보는 힘이 숨어 있는 걸까?

다이키는 망설였지만 마니샤의 시선에서 도망칠 수 없었다.

"여, 여자…."

"둘만?"

"네."

"젊어?"

"30대예요."

마니샤는 의미심장하게 고개를 끄덕였다.

"일류호텔의 바 같은 곳은 어때?"

"그것도 생각해봤지만 그래도 동네 사람들이 드나들 만한 가게가 좋아요. 케냐의 서민생활도 알고 싶거든요."

"분위기 있는 곳이 좋겠지?"

"앗, 그건 별로…."

"어느 쪽이야? 확실히 말해."

"네…, 그쪽으로 부탁합니다."

마니샤는 만족한 듯 희고 가지런한 이를 드러내며 활짝 웃었다. 온갖 경계심을 무너뜨리는 천진한 웃음이었다. 그녀는 고개를 끄덕끄덕하면서 "그럼, 타마샤가 괜찮겠는데" 했다.

타마샤는 스와힐리어로 엔터테인먼트란 뜻이다. 10년 전에 생긴 라이브 하우스로 젊은이들이 주로 찾는 곳이고 비싸지 않은 가격에 안주도 다양하다.

"예전에는 쇼군이라는 일본식 레스토랑이었어. 과거에는 일본 사람이 나이로비에 많이 살아서 번창했는데 지금은 많이 줄어들어 밴드가 연주하는 라이브바로 바뀌었어."

"어떤 음악을 연주하는데요?"

"재즈 계통이야. 링갈라 뮤직도 하고, 지역색이 풍부한 밴드도 참가해. 날마다 밴드가 교대하고."

링갈라 뮤직은 콩고민주공화국옛 자이르의 음악이다. 타악기와 기타가 여덟 박자 리듬으로 연주하면 보컬이 그에 맞춰 절규하듯 노래한다. 동서아프리카에서 유행한 링갈라 뮤직은 쿠바의 룸바와 뒤섞여 노예무역과 함께 널리 퍼졌다. 동아프리카만 놓고 보면 북부는 아라비아 음악, 남부는 가스펠 음악의 경향을 띤다.

"에티오피아 음악은 듣기가 좀 힘들어요."

"에티오피아가 특수한 거야. 나도 그 음악은 이해 못 해."

마니샤가 말했다. 에티오피아는 아프리카 남부가 아닌, 아디스아바바 음악의 흐름을 이어받았다. 어두운 멜로디지만 리듬은 격렬하다.

"일본의 민요나 엔카를 대중적으로 만든 느낌이 들었어요. 크게 들으면 청각이 마비될 것 같기도 하고…."

"에티오피아는 동아프리카의 다른 국가들과 많이 달라. 음악도 이질적이고 사고방식도 다르고. 레게의 신, 밥 말리가 에티오피아를 아프리카 회귀의 상징처럼 만들어놓는 바람에 그 나라 사람들은 자기네가 특별하다고 생각해. 그래도 그 음악에 익숙해지는 건 쉽지 않아."

"마이클 잭슨의 춤이 에티오피아에서 태어났다고 들었어요."

"그건 거짓말이야. 난 믿지 않아."

마니샤는 오른손으로 허공을 가르고 풍만한 가슴을 흔들며 어이없다는 듯 웃었다.

"그럼, 에티오피아는 독자성을 줄곧 유지해온 거네요?"

"고집스러울 정도지. 이 근방 사람들은 밀가루와 옥수수로 만든 우갈리를 먹는데, 에티오피아 사람은 인제라라는 희한한 빵을 구워. 문화가 다른 거야. 정말 이상해."

같은 아프리카 대륙에 살면서도 서로 반목하는 걸까? 케냐는 내부의 민족 문제도 있지만 이웃나라와도 미묘한 관계이다. 아프리카 국가는 모두 같다고 생각했던 건 무지의 소치였다. 한국, 중국, 일본을 똑같은 아시아 민족이라고 말하면 거부감을 느끼듯 아프리카인들도 저들만의 정체성과 독자성을 주장할 것이다.

"우간다나 탄자니아는 어떤가요?"

"언어, 음악, 음식이 다 비슷해서 에티오피아보다는 이해하기 쉬운 편이지."

"흠, 그렇군요."

아프리카에서는 음악이나 식사가 동족의식을 형성해서 서로에게 공감하거나 반목하는 건지도 모른다. 적어도 영국의 통치를 받아온 나라들끼리는 어느 정도의 공감대를 만들고 있다. 다이키는 생각했다. 아프리카라는 시장을 이해하려면 역사적 배경을 알아야만 한다고.

케냐는 1963년, 영국의 식민지 지배로부터 독립했다.

제1차, 제2차 세계대전 때 영국군에 섞여 참전하면서 조국과 애국의 의미를 생각하는 케냐 병사가 생겨났고 마침내 독립운동으로까지 발전했다. 영국은 제2차 세계대전에서 승리한 후 20년도 채 되지 않아 수백 년간 지배해온 대부분의 식민지를 잃었다.

아프리카 독립국 대부분이 사회주의 체제를 채택한 것과 달리 케냐는 영국과의 관계를 유지하면서 자본주의 진영에 가담했다. 서구세계의 지원 덕에 케냐는 비교적 안정적인 사회 속에서 순조롭게 경제성장을 이뤄냈다.

1980년대, 이웃나라 에티오피아는 최빈국으로 몰락했지만 케냐는 아프리카에서 몇 안 되는 성공 국가로 높은 평가를 받았다. 영국이 남겨둔 농장과 공장을 이어받았고 관리 역시 영국식으로 해나갔다. 하지만 케냐는 다양한 불씨를 안고 있었다.

"우선 국경을 포함한 토지 문제와 다민족 국가의 성립에 대해 알아야 해요."

아키노 도모미는 테이블 위에 팔꿈치를 괴며 말했다. 블라우스를 두 번째 단추까지 풀어 쇄골이 훤히 드러났다. 평소보다 짙은 립스틱이 선정적으로 보였다.

빨갛고 노란 알전구가 천장의 미러볼에 반사되어 어두운 객석으로 흩어졌다. 스피커에서 흘러나오던 요란한 음악이 끝나고, 한 뼘 높이의 작은 무대 한쪽에서 흑인 뮤지션 세 명이 나타났다. 객석에서 커다란 박수가 터져나왔다. 하지만 대부분은 개인적인 대화에 열중하거나 바 위에 설치된 텔레비전의 유럽 축구 리그에 정신이 팔려 있었다.

다이키는 500밀리미터 맥주병을 왼손에 든 채 머리를 끄덕였다.

"아프리카 국경은 자로 금을 긋듯 만들었다고 예전에 학교에서 배웠어요."

뻔한 대답밖에 생각나지 않아 일방적으로 듣고만 있는 처지였다. 진지한 이야기를 하고 있는데 시선은 눈, 입술, 쇄골, 가슴만 오갔다. 그녀의 논리정연한 말에 성숙한 여성미가 뒤섞여 그저 멍할 뿐이었다.

"민족 간의 합의로 확정된 게 아니라서 지금도 국경선과 토지

소유권에 대한 문제가 남아 있어요. 당시 아프리카에는 현대적인 측량기술이나 문서제도가 없었거든요. 세력권 개념만 있어서 사바나에서 서로 대치했을 때 소동이 발생하는 정도였죠. 그래서 서양인이 그어놓은 국경선의 의미를 전혀 알지 못했어요."

"영국령 시대의 행정구분이 독립 이후에도 남아 있군요."

"하지만 토지 재산에 관한 주장은 복잡해지고 말았죠."

"어떤 식으로요?"

"수많은 주변국들이 독립 후에 토지를 국유화했고 사유화는 부정했어요. 그와 달리 자본주의 진영에 가담한 케냐는 영국인으로부터 되찾은 토지를 개인에게 판매했죠. 영국인이 소유했던 땅은 대지구대의 비옥한 지역이라 농지정비도 진행했었는데, 독립 당시 현금과 정보를 가지고 있던 일부 키쿠유족이 헐값으로 사들였답니다. 결국 옛날부터 그 토지에서 살던 민족은 독립 후에도 토지를 되찾지 못한 거예요. 케냐타 대통령의 독재는 키쿠유족에게 유리하게 전개됐어요."

"혹시 마사이마라 주변도 그런가요?"

"네. 리프트발리 주에는 마사이족이 살고 있었는데, 나이로비 주변에서 현대문명에 익숙한 키쿠유 사람이 새로운 헌법과 각종 법률에 의거해 농지를 손에 넣는 일이 많았어요. 경제학에서 말하는 정보의 비대칭성이라는 거죠."

"시장의 실패인 거죠?"

"그래요. 일부 키쿠유 사람들 외에는 정보를 전혀 알지 못했을 테니까요."

다이키는 아프리카로 출장 오기 전 인터넷을 검색해서 자료를 찾아보았고 여러 책도 섭렵했다. 그 정보들은 케냐에서 생활하는 도모미의 설명을 통해 살아 있는 생물처럼 더욱 윤택해졌다. 케냐에서 8년을 지낸 도모미의 말은 하나하나 다 무게가 있었다.

무대에서 드럼이 여덟 박자로 울리기 시작했다. 이어서 피아노와 색소폰이 눈빛으로 신호를 교환하며 서서히 리듬을 새겨갔다.

소리가 커져서인지 머리가 아팠다.

다이키는 관자놀이를 손으로 눌렀다.

몸 상태가 안 좋았지만 도모미가 알게 하고 싶지 않았다.

도모미는 소리에 아랑곳없이 계속해서 케냐에 대한 자신의 생각을 밝혔다.

"그런데 2007년 선거 때 각지에서 분쟁과 살육이 발생하여 치안은 엉망이 됐어요. 아프리카 모범국가로서 안정된 사회를 유지하던 케냐의 질서가 순식간에 무너져버린 거죠. 국제사회도 경악했어요. 케냐 사람들은 교육 수준도 높아서 어떤 일이 닥치든 성숙하게 대처할 거라고 생각했으니까요."

다이키는 도모미의 목소리를 계속 듣고 있었지만 음악이 크게 울려서인지 두통이 심해졌다.

낭만적인 분위기는커녕 개인적인 화제로도 발전하지 않았다. 사무적인 말투로 응답하는 게 점점 피곤해졌다.

"2011년 아랍의 봄*도 갑작스러운 사태였죠."

이마에 살짝 밴 식은땀을 닦아내며 간신히 도모미의 말에 장단을 맞춰주었다.

---

* 2010년 12월 이래 중동과 북아프리카에서 일어난 반정부 시위.

"케냐에서는 1990년에도 분쟁이 벌어진 적이 있어요. 그러고 나서 2007년이었나, 그때 일어난 사태는 선거 때문에 벌어진 권력투쟁이었죠. 하지만 지금의 나이로비가 치안이 악화된 근본 원인은 사회에 절망한 사람들이 자포자기했기 때문이에요. 가난한 사람들의 분노와 울분이 마구 폭주하고 있다고 보는 편이 옳을지도 모르고요."

"노예무역 시절에 비하면 경제발전도, 인권의식도 많이 개선되었을 텐데 역시 불만스러웠나 보군요."

"아프리카인에게는 그들 나름의 질서가 있다고 생각해요. 우리가 모르는 암묵적인 이해나 조화를 유지하려는 분위기가 있죠. 《아프리카의 일상》이라는, 20세기 초에 덴마크 여성작가가 쓴 소설이 있는데 백인사회와는 전혀 다른 아프리카의 모습이 묘사된 게 상당히 재미있었어요."

"그 책, 영화로도 만들어졌죠."

"맞아요. 서양 여성의 시각에서 쓴 서정적인 소설인데 책을 읽으면 흑인사회가 서서히 서양의 영향을 받아가는 모습을 알 수 있어요. 인종차별적인 문학이라고 비판하는 사람도 있긴 하지만 지금의 차별과는 약간 다르기도 하고…. 그래서 소중한 기록이라고 생각해요."

"… 다음에 읽어 볼게요."

다이키는 두통을 참으며 관자놀이를 꾹꾹 눌러댔다. 도모미가 다이키의 얼굴을 가만히 바라보았다.

"저기… 다이키 군, 어디 안 좋아요?"

"아뇨, 괜찮습니다."

실은 상당히 몸이 무거웠다. 대꾸하는 게 고작이었다.

"얼굴빛이 안 좋아 보여요. 전혀 먹지도 않고."

"음악 소리가 커서… 하지만 괜찮아요."

다이키는 다음 말을 재촉했다. 도모미는 고개를 갸우뚱하다가 현대의 격차에 대한 주제로 옮겨갔다.

"지금의 격차는 아주 위험해요. 백인이 왔을 때는 백인사회와 흑인사회를 구분 짓는 저마다의 영역이 있었어요. 전혀 다른 세계였기 때문에 흑인이 백인 부유층에게 불만을 품는 일은 없었을지도 몰라요. 하지만 이번에는 흑인 사이에서 격차가 생겨버렸어요. 같은 동족 내의 격차는 근친에 대한 증오 같은 거죠. 백인을 쫓아냈더니 정보를 가진 일부 흑인이 지배계층이 되어 부를 독점한 거예요. 화가 날 만해요."

"똑같이 가난했던 옆집 형님이 어느날 갑자기 지배자가 된 느낌을 받았겠네요."

"착취구조는 전혀 바뀌지 않았고, 새로운 흑인 리더는 식민지 규칙을 그대로 답습하며 대다수 주민을 지배했어요."

"하지만 선거도 치렀잖아요."

"케냐의 부패는 유독 심하거든요. 정권을 잡은 정치가는 드디어 자기 차례라는 듯 당연하게 뇌물을 받아먹어요. 사법부가 독립되어 있지 않으니 하고 싶은 대로 하겠죠."

"인허가 문제가 얽혀 있으면 기업에 뇌물도 요구하겠네요?"

"맞아요. 아프리카 국가들은 원조가 아닌 민간투자가 필요하다고 호소하지만 기업은 정부의 다양한 인허가를 얻어야만 하죠. 틀림없이 그 과정에서 뇌물이 오갈 거예요. 그게 무서워서 투자를 못 한다는 게 한 편으론 이해가 돼요."

"그런 위험부담을 피할 방법은 없나요?"

"우리 같은 국제기관이나 금융기관을 끼고 보험을 들거나 정보나 조정을 부탁하기도 하죠. 단독으로 들어오는 건 아직 위험해요. 유엔개발계획은 그런 사정을 보완하고 활용할 수 있는 공적 서비스에 대해 정보를 제공하고 있어요."

"외국기업이 케냐에서 사업을 전개하는 건 힘들까요?"

"그래요, 힘들어요. 하지만 뭘 하든 힘들어요. 편한 사업이라는 게 이 세상에 그리 많지 않잖아요."

"우리가 할 만한 잠재력 높은 사업 같은 건 없을까요?"

"음… 지금까지는 섬유였는데 최근 들어 조금씩 주목받고 있는 건 지열발전인 것 같아요."

다이키는 마사이마라 자연보호구역으로 가는 도중에 보았던 대지구대를 떠올렸다. 깎아지른 계곡 한구석에서 연기가 올라오는 시설을 보았다. 가이드가 '지열발전소'라고 말했었다.

아프리카의 균열인 대지구대 밑에는 거대한 마그마가 소용돌이치고 있다. 대지구대를 따라 고대로부터 이어진 화산이 곳곳에 있어 지금도 연간 몇 밀리미터 단위로 대륙은 계속 이동한다. 그 엄청난 지열에너지를 이용하여 전력을 공급하는 게 지열발전이다. 화석 연료를 사용하지 않는 재생 가능한 친환경 에너지로 주목받기 시작했다.

"일본기업도 지열발전 투자에는 적극적이에요."

"전기를 팔면 투자비는 건지겠군요."

"그렇죠. 케냐는 심각한 전력 부족으로 힘들어하고 있으니까

지열발전에 대한 기대는 상당히 높은 편이에요."

도모미는 미소를 지었다. 발그레한 둥근 뺨이 아름다웠다. 그녀의 두 눈은 웃으면 초승달 모양이 됐다. 눈동자 속에 반사된 전구 불빛이 빙글빙글 돌았다.

다이키는 맥주병을 입에 댔다. 긴장을 풀고 싶지만 좀처럼 입이 열리지 않았다.

오늘은 추태를 보여서는 안 된다.

긴장으로 부르르 몸을 떨며 상체를 똑바로 폈다.

하지만 그런데도 온몸이 부자연스러웠다. 취한 건 아니었다. 아직 맥주 한 병도 다 마시지 않았다. 그런데 이상하게 혀가 꼬인 느낌이었다.

"후우."

다이키는 두 어깨를 몇 번이고 들었다 내리며 근육을 풀었다.

긴장 탓인지 음식도 제대로 넘길 수 없었다.

"괜찮아요? 아까부터 어깨를 들썩이고 안색도 안 좋아요."

도모미가 물었다.

"어깨가 뭉쳤나 봐요. 관절도 아픈 것 같고. 별거 아닙니다."

다이키는 웃으며 대답하려 했다. 하지만 턱이 굳어 입매만 살짝 올라갔다.

도모미는 걱정스러운 듯 다이키의 얼굴을 보았다.

"식욕도 없어요?"

"아뇨. 배는 고픈데 왠지 턱이 잘 안 움직이네요."

"언제부터요?"

"어제… 아니, 엊그제부터 좀."

"전에 소매치기를 쫓아가다가 다친 데는 어떻게 됐죠?"

도모미가 물었다.

다이키는 왼팔을 오른손으로 눌렀다.

"이제 상처는 거의 아물었어요."

도모미는 여전히 굳은 표정이었다. 가만히 다이키를 보며 더욱 걱정스러운 듯 미간의 주름을 모았다.

"병원에는 갔었나요?"

"아뇨, 일본에서 가져온 소독약만 발랐어요."

"… 예방주사는 맞았어요?"

"황열병 주사는 확실히 맞았어요."

"황열병 말고 파상풍은요?"

"파상풍이요?"

"네. 파상풍균은 어디에나 있어요. 대부분은 어린 시절 혼합백신을 맞긴 하지만."

"글쎄요…."

다이키가 고개를 갸웃거리자 도모미는 얼굴을 찡그렸다.

"다이키 군, 병원에 가보는 게 어때요?"

"상처를 입은 지 벌써 일주일이 지났는걸요."

"파상풍의 잠복기간은 3일에서 3주예요."

"앗, 그런가요?"

몸이 떨리고 어깨가 무거웠다. 뭔가 말하려 했지만 혀가 꼬이고 입이 뜻대로 움직이지 않았다.

"어깨가 뭉치고 입을 움직이기 힘들면 병이 난 건데… 짚이는 거 없어요?"

"아뇨, 별로. 그 정도까지는…."

하지만 확실히 엊그제부터 어깨가 뭉쳐 있었다. 턱 주변과 혀가 불편했고 말하는 게 어려웠다. 몸이 뜨거운 것 같기도 했다.

그러고 보니 설사 기미도 보이고 두통도 있다. 이리저리 생각하니 몸에 문제가 있었다.

얼굴에 핏기가 가셨다.

파상풍에 대해 자세히는 모른다. 하지만 무서운 병이라는 것은 알고 있다. 치사율이 높은 감염병이라는 것도.

다이키는 침을 삼켰다.

"다이키 군, 회사에 연락하죠."

다이키는 애원하듯 도모미를 보았다. 뭐라고 말하면 좋을지 몰랐다. 불안이 몰려왔다. 도모미는 다이키의 어깨를 짚으며 시선을 맞춘 채 고개를 크게 끄덕였다.

"괜찮을 테니까 일단 병원에 가서 검사해봐요."

그리고 손을 들어 웨이터를 부르고 유창한 영어로 계산을 부탁한 후 휴대전화의 통화 버튼을 눌렀다.

도모미는 전화를 받은 가키누마 지점장에게 사정을 설명했다.

"노파심에서 하는 말인데, 만일에 대비해 지금 병원에 데리고 가려고요. 보험 처리 등 수속 좀 부탁드려도 될까요?"

다이키는 미세하게 떨려오기 시작한 몸을 두 팔로 감싸 안으며 정체를 알 수 없는 병원균 앞에서 두려움에 사로잡혔다.

택시가 응급실 앞에 도착했다.

"아니, 잠깐, 여기는 국립병원이잖아요!"

도모미는 뒷자리에서 몸을 앞으로 내밀며 택시 운전사에게 항의했다.

"나이로비 병원으로 가달라고 했는데요."

"여기도 응급병원이라고요."

운전사는 어디로 가든 상관없지 않느냐는 듯 불만스러운 표정으로 퉁명스럽게 대답했다.

다이키는 암흑 속에 잠긴 병원을 힘없이 바라보았다.

머리에서 피가 흐르는 여자가 남자의 부축을 받고 붉은 조명이 달린 입구로 들어갔다. 더러운 옷에 검붉게 변색된 피가 묻어 있었다. 두툼한 허리에 한 손을 대고 다리를 질질 끌며 걷는 흑인 여성의 표정은 고통과 공포 그 자체였다.

응급실의 통유리를 통해 푸르스름한 형광등 불빛에 둘러싸인 실내가 어렴풋이 보였다. 벽은 탁한 하늘색이었는데 손때가 묻어 거무스름했다. 그 손때가 짙은 핏빛으로 보여 다이키는 자신도 모르게 숨을 삼켰다.

침대 커튼 사이로 검은 다리가 보였다. 링거가 아무렇게나 놓여 있고 바닥에는 전선이 뒤엉켜 있었다.

자세한 모습은 볼 수 없었지만 짙은 소독약 냄새가 풍겨오는 듯했다. 그렇게 생각해서인지 신음 소리까지 생생했다. 하얀 시트를 씌운 이동용 침대가 통로를 가로질렀다. 들릴 리가 없는데 덜컹거리는 바퀴 소리가 다이키의 귀에까지 와닿았다.

이 분위기는 무엇일까.

조명이 어두워서 그런지 모든 게 음울해 보였다. 마치 죽음을 부르는 것만 같았다. 응급실이라는 긴박감 대신 말로 표현할 길

없는 절망감이 어려 있었다.

어둠 속에서 본 그 지옥 같은 광경에 등골이 오싹해졌다. 응급실에서 이쪽으로 오는 직원의 날카로운 눈이 차갑게 빛나 더욱 무섭게 느껴졌다.

도모미가 강하게 말했다.

"여기는 아니니까, 나이로비 병원으로 가주세요!"

"나 참…."

운전사는 혀를 차면서 기어를 바꾸고 천천히 차를 돌렸다. 어둠 속 응급실 불빛이 백미러에 비쳤다. 엇갈리듯 진흙투성이의 빨간 경트럭이 미끄러져 들어갔다. 급브레이크 밟는 소리를 내며 정차하더니 짐칸에서 내린 남자가 큰 소리로 외쳤다. 조수석의 남자도 뛰어내렸다. 긴박한 응급상황이 시작되나 싶었는데 뜻밖에도 접수처 여자는 꿈쩍하지 않았고 병원은 여전히 축 늘어진 모습이었다. 붉은 기운을 띤 어둠 너머 스산한 풍경. 그 광경을 백미러에 담으며 택시는 조용히 그 자리를 벗어났다.

다이키는 곧바로 긴장이 풀렸다.

"미안해요. 좀더 큰 병원으로 갈 거예요."

도모미는 걱정스러운 듯 다이키의 표정을 보았다. 다이키는 얼굴에서 힘을 빼며 한숨을 내뱉었다.

"네에, 거기에서 진료를 받는다고 생각하니 좀 무섭더군요."

"그래도 국립병원 중에서는 제일 좋은 병원이에요. 그런데도 역시 공포영화에 나올 것 같죠?"

"식은땀이 나던데요."

"폭탄 테러로 부상자가 속출할 때는 많이들 실려 오지만, 거기에는 가고 싶지 않다고 버티는 사람도 많이 있나 봐요. 의료비는 무척 저렴하지만….”

“전 업무 중이라 보험 처리가 될 거예요.”

“그래요, 영국계 사립병원으로 가죠. 그러는 편이 더 안심돼요.”

도모미는 쿡 웃으며 말했다.

다이키는 뒷자리에 몸을 파묻고 크게 숨을 내뱉었다. 몸을 앞으로 빼고 전방을 보는 도모미의 손을 잡고 싶었다. 그 손을 잡으면 불안이 날아갈 것 같았다. 하지만 도모미는 그저 정면만 응시한 채 택시 운전사가 제대로 가는지 감시하는 데 열중했다.

택시가 큰길을 지나 나이로비 병원에 도착했다. 여기 건물도 결코 밝은 분위기는 아니었다. 병동에서 새어나온 빛은 흐릿했고 불그스름한 갈색으로 물든 밤하늘 아래 을씨년스러운 모습으로 우뚝 서 있었다.

그래도 외래접수의 안내판은 손님을 맞이하는 현관답게 화려했다. 문 너머에서 대기하고 있던 경비원이 웃으며 다가오더니 “어디 가시죠?” 하고 싹싹하게 말을 건넸다.

“내과 외래에 왔어요.”

도모미가 대답했다.

“이쪽은 입원병동입니다. 외래는 맞은편 입구인데 이 안을 통해서도 갈 수 있습니다.”

왼편에 총을 찬 그는 상냥하게 미소 지으며 오른손으로 안쪽 복도를 가리켰다.

“여기로 똑바로 가면 다른 건물과 연결된 복도가 나옵니다. 거기를 지나가세요.”

"네, 알겠습니다. 고맙습니다."

도모미의 인사에 이어 다이키도 고개를 숙였다. 또다시 목이 아팠다.

병원 복도에는 흑백사진 액자 여러 개가 걸려 있었다.

기독교 계열의 이 병원은 영국 통치 때 설립됐다. 벽에 걸린 사진은 1800년대 창립 당시에 찍은 것들이다. 당시에는 수많은 사람들이 말라리아와 황열병 같은 열대병에 걸려 죽었다. 의사조차 열대병으로 목숨을 잃었다.

두 사람은 밝은 크림색 벽의 입원병동에서 좁은 연결 복도로 이어진 문을 열고 외래병동으로 갔다. 거무튀튀한 물색 벽에, 차가운 회색 바닥의 낡은 병동이었다. 전력이 부족한 탓인지 조도가 낮아 좀 전에 들렀던 국립병원처럼 어두웠다.

외래 접수처 앞에서 사람들이 조용히 차례를 기다리고 있었다.

"여기서 기다려 줄래요?"

도모미는 다이키를 대기실 의자에 앉히고 접수처로 갔다. 시키는 대로 앉아 도모미의 뒷모습을 바라보았다. 그리고 시야에 들어온 나이로비 병원 풍경을 마치 다른 사람 일인 양 바라보았다. 도모미만 있으면 아무런 걱정도 없을 것 같았다. 그러나 그 순간 이루 말할 수 없는 불안이 얼굴을 내밀었다. 어깨, 허리, 목이 묵직하고 왠지 열이 나 뱃속까지 불편했다. 속으로는 지면 안 된다고 생각하면서도 바로 옆까지 두려움이 바싹 다가왔다.

로비는 밤늦은 시간이라 한산했다. 의자는 초록색 비닐에 싸여 있었다. 여기가 케냐 최고의 유서 깊은 사립병원이라는데 주변에 보이는 물건들을 보면 왠지 미덥지 않았다.

"어이, 괜찮아?"

가키누마 지점장이 비서인 마니샤와 종종걸음으로 달려왔다.

"네, 별거 아닌데…."

하지만 역시 목부터 어깨까지 무겁고 턱은 굳은 상태였다.

"뭐야, 너, 보통이 아닌데! 일본인 모임의 마돈나와 데이트 중이었냐?"

가키누마는 접수처에서 수속 중인 도모미를 턱으로 가리키며 씨익 웃었다.

"그런 거 아닙니다. 인터뷰였어요."

"인터뷰가 아니었을 텐데…."

가키누마는 의심스러운 눈초리로 다이키의 얼굴을 바라보다가 말을 툭 내뱉었다.

"저 여잔 너보다 연상이야. 벌써 서른다섯이 넘었을걸?"

순간, 나이는 상관없습니다, 라며 반박하고 싶었지만 성가실 것 같아 입을 다물었다. 부하직원이 아파서 병원에 왔는데 가키누마는 농담이나 하고 있다.

다이키는 입을 일그러뜨린 채 바른 자세 그대로 앉아 침묵했다. 가키누마는 다이키의 기분이 상한 걸 눈치채고 "나도 같이 수속해볼까?" 하며 접수처로 갔다. 마니샤는 다이키의 어깨에 손을 살짝 얹으며 다정하게 눈을 맞춘 후 가키누마의 뒤를 좇았다.

오래지 않아 마니샤가 돌아왔다.

"진찰실로 가래."

그녀는 옆에 있던 다이키의 가방을 왼손에 들고 오른손으로 등을 받쳐주었다.

"괜찮아요. 그렇게 힘들지는 않으니까."

다이키는 자신의 힘으로 일어나며 입술을 꽉 깨물었다. 몸 상태는 정상이 아니다. 하지만 이상한 병에 걸릴 만큼 나약하진 않다. 대학 때는 럭비를 했다. 최근에는 컴퓨터 앞에만 앉아 있어 운동 부족이었지만 기초체력은 남아 있다고 자부한다. 익숙지 않은 아프리카 여행으로 피곤이 좀 쌓였을 뿐 감염됐을 리 없다.

진찰실에서 하얀 옷을 입은 흑인 여의사가 다이키를 맞았다. 두꺼운 입술에 짙은 갈색의 셀룰로이드 가발. 여의사의 가슴에 닥터 마리아라는 명찰이 달려 있었다. 의사는 지적인 눈을 곧장 다이키에게 향하며 굵고 차분한 목소리로 "테이크 어 시트앉으세요" 했다. 외국인에게 진찰을 받는 건 처음이라 긴장이 됐다.

"열이 있나요?"

"아뇨, 없는 것 같습니다. 재보지는 않았어요."

"그럼 일단 재보도록 하죠."

의사는 등 뒤에서 대기하던 마른 체형의 간호사에게 체온을 재라고 지시했다. 다이키는 간호사가 시키는 대로 겨드랑이 밑에 체온계를 끼웠다. 차가운 감촉이 온몸에 전해졌다.

"증상을 말해주세요."

"어깨가 뭉쳤습니다. 목도 아프고 두통도 있어요. 설사까진 아니지만 에티오피아에 있을 때부터 묽은 변을 봅니다."

"'아' 하세요."

다이키는 의사를 향해 입을 벌렸다.

"좀더 벌릴 수 없어요?"

다이키는 미간을 찌푸렸다.

"좀더, 조금만 더 벌리세요."

턱이 굳어서 더는 벌어지지 않았다. 다이키는 얼굴을 찡그리며 입을 벌리려 했지만 결국 포기한 채 입술만 깨물었다.

"말하기 어려운가요?"

"네…."

"에티오피아에서 다친 적이 있었네요."

의사는 접수처에서 작성한 서류를 읽으며 확인했다.

"다친 데를 보여줄래요?"

옆에 서 있던 간호사가 다이키가 옷 벗는 것을 도와주었다. 한쪽 소매에서 팔을 뺄 때 반대쪽 겨드랑이에 끼었던 체온계가 삐삐하고 울렸다. 간호사는 재빨리 체온계를 잡아 의사에게 건넸다. 의사는 "열은 없네" 하며 진료기록카드에 체온을 적었다.

"팔의 상처는 완전히 말랐지만 뭔가 뾰족한 것에 찔렸을 가능성은 있어요."

"넘어졌을 때 과일을 담았던 나무상자 파편이 바닥에 있었던 것 같아요."

"못 같은 데 찔렸나요?"

"글쎄요."

"파상풍균은 혐기성 세균이라 공기에 접촉하면 살 수 없어요. 몸 안으로 세균이 들어가 공기와 차단되면 그때부터 독소를 배출하기 시작합니다."

"파상풍인가요?"

다이키는 쭈뼛거리며 물었다. 파상풍이 어떤 병인지는 잘 모르겠지만 그 말의 울림은 몹시 우울한 증상들과 맞닿아 있었다.

"아직은 몰라요. 심장 박동 소리도 들어볼까요?"

"파상풍에 걸리면 뭔가 심장에 변화라도?"

"아뇨. 아직 모른다는 말은 소거법으로 다른 병의 가능성을 지워나간다는 뜻입니다. 혈청을 투여하는 건 딱 한 번뿐이라 확실하게 진찰해야 해요."

"달리 의심해볼 수 있는 게 또 있는 모양이군요."

닥쳐오는 불안과 싸우는 다이키 옆에서 가키누마는 여전히 자신의 생각만 확인했다.

"그렇습니다."

"아프리카의 감염병은 여러 가지잖아요? 말라리아, 에볼라 출혈열, 최근에는 마버그 출혈열인가 하는 것도 화제던데요."

"열이 있는 건 아니니까 그럴 걱정은 없을 것 같아요."

"그럼 설사 증상은요?"

"원래 파상풍에 설사 증상은 없지만 이건 장 안에 들어간 다른 세균일지도 모릅니다."

"이질이나 A형 간염 같은 건 아닐까요?"

"아마 아닐 거라고 생각합니다. 그래도 만일을 위해 검사는 해보죠. 소변과 대변을 받고 혈액검사와 엑스레이 촬영도…."

다이키는 더는 생각하기가 힘들었다. 파상풍일지도 모른다는 말을 듣고 나서부터 가키누마와 의사의 대화가 메아리 울리듯 귀 저편에서 멍하니 들렸다. 뒤쪽에 있을 도모미를 확인하고 싶었지만 목이 아파 돌릴 수가 없었다.

눈앞이 침침해졌다. 몸이 덜덜 떨리고 혀가 딱딱하게 말렸다.

다른 생물이 몸 안에 있다. 통증을 호소하려 했지만 목소리가 나오지 않았다. 정신을 잃을 것 같은 통증이 온몸을 덮쳐와 경련이 일었다.

다이키는 겨우 반쯤 몸을 일으켜 의사에게 매달렸다. 그녀는 두 팔로 다이키를 지탱하며 간호사에게 "당장 침대로!" 하고 소리쳤다.

간호사의 하얀 제복 아래, 금십자가 목걸이가 보인다. 갈색 피부에서 빛나는 십자가에 환자는 기도의 마음을 담는 것일까.

가키누마가 다른 때와 달리 진지한 표정으로 다이키를 보고 있었다. 그 뒤에 선 도모미는 두 손으로 입을 가렸고 마니샤는 문 너머로 진찰실 안의 모습을 살폈다.

이상하리만치 의식은 또렷했다. 하지만 자신의 의지대로 몸을 움직일 수 없었다. 떨림을 멈추려고 배에 힘을 주어도 의지와는 달리 온몸이 경련하며 멋대로 움직였다. 꽉 닫힌 이 사이로 혀가 말리며 목구멍을 압박했다.

의사는 당황하여 입에 금속 기구를 물리고 그대로 쓰러뜨리듯 다이키를 침대에 눕혔다. 어디에서 그런 힘이 나오는 것인지 다이키의 팔을 누르며 "도와줘!" 하고 간호사에게 외쳤다.

간호사뿐만 아니라 가키누마도 다이키의 팔을 눌렀다. 의사는 가키누마에게 오른쪽을 맡기고 안으로 뛰어 들어가 또 다른 간호사에게 "경련 억제 주사!" 하고 소리쳤다. 간호사는 재빨리 작은 병을 골라 주사바늘에 액체를 주입했고 주사기를 받아든 의사가 곧바로 다이키의 팔에 찔렀다.

외마디 비명을 질렀지만 고통은 순간이었다. 바늘의 아픔보다 경련이 더 끔직했다.

의사는 그대로 액체를 주입한 후 바늘을 뽑았다. 한바탕 소동을 치른 터라 가키누마의 힘이 살짝 빠졌다. 그 틈을 놓치지 않고 다이키는 다시 침대 위에서 등허리를 활처럼 꺾으며 몸부림쳤다. 두 명의 간호사가 다시 몸을 눌렀고, 의사는 이마에 솟은 땀을 오른 손등으로 닦았다.

"발작은 금방 멈출 거예요."

의사는 그렇게 말하며 의자 등받이에 다시 몸을 깊이 파묻었다.

"파상풍이 확실한 것 같습니다. 그래도 일단 소변검사와 혈액검사는 해보도록 하죠. 대소변검사도 같이요."

"입원해야 하나요?"

가키누마가 물었다.

"네, 파상풍이 맞다면 시간이 아주 중요하니까요."

"괜찮겠죠?"

"성인인데다가 체력도 있는 것 같고 잠복기도 길었으니 그리 심각하지는 않을 거라고 생각합니다."

의사는 팔짱을 끼며 고개를 갸우뚱했다.

"일본인이 파상풍에 걸리다니 좀처럼 드문 일입니다. 케냐에서도 영유아기 때 파상풍 예방주사를 맞아 상당히 보기 드문 병이 되었거든요. 이 병원에서도 지난 몇 년 동안 발병자를 치료한 기록은 없습니다."

마리아 의사는 이상하다는 듯 다이키를 보았다. 다이키는 조금씩 정상호흡을 되찾아 눈에 눈물을 글썽이면서도 제정신을 유지하고 있었다.

작은 목소리로 의사에게 물었다.

“파상풍은 아프리카에서는 위험한 병인가요?”

의사는 온화하게 미소 지으며 “아프리카에만 있는 특별한 균은 아닙니다” 하고 대답했다.

“어느 나라, 어디에나 있는 균이고, 평소에는 작은 상처를 입은 정도로는 발병하지 않습니다. 혐기성이라 상처 깊이 침투하지 않는 한 괜찮은 편이에요. 깊이 다친 경우에는 의사가 반드시 파상풍 예방조치를 하니까 걱정할 필요는 없는 병이죠.”

“그러니까 예방주사를 맞지 않은 것과 다친 후 곧바로 병원에서 조치하지 않은 게 지금의 사태를 초래한 원인이군요.”

가키누마가 작은 한숨을 토해냈다. 도모미도 할 말을 잃은 표정이었다.

“왜 어렸을 때 파상풍 예방주사를 맞지 않았을까?”

“그러게요. 당분간 고생하겠어요.”

진찰실에 차가운 침묵이 흘렀다. 가키누마는 팔짱을 낀 채 꼼짝하지 않았다. 마리아 의사는 진료기록부를 작성했고 간호사는 빈 병실이 있는지 확인하러 너스 스테이션으로 갔다.

도모미가 입을 열었다.

“일본으로 귀국해서 치료받는 건 어떨까요?”

가키누마는 몸을 돌려 걱정스러워하는 도모미의 얼굴을 보았다.

“여기에서 일본까지는 두바이를 경유해 20시간 이상이 걸려요. 도중에 발작이라도 하면 큰일 아닐까요?”

“아직 초기 단계라서 괜찮을 것도 같은데.”

“일본도 파상풍 치료에는 익숙지 않을걸요. 의료 기술은 거의 비슷할 겁니다."

"하지만 일본은 전력도 충분하고 더 안심할 수 있잖아요."

"여기도 자가발전이 있긴 한데."

가키누마는 한숨을 쉬면서 다이키에게 물었다.

"일본에 가서 천천히 치료할래? 그러는 편이 좋겠나?"

다이키는 아픔을 참으면서 고개를 좌우로 움직였다.

"아뇨…."

"음, 그렇겠지. 지금은 남자로서 중대 고비니까."

"하지만… 파상풍은 그리 만만한 병이 아니에요. 치사율도…."

도모미가 말을 하다말고 침을 삼켰다.

"파상풍은 공기 감염이 안 되니까 비행기에도 탈 수 있어요. 집중치료실을 갖춘 곳으로 이동하는 편이 좋을 것 같은데요."

"귀국하기 전에 발작이 일어나면 큰일인걸요."

"그렇긴 하지만…."

"아무튼 의사의 판단에 맡기도록 하죠."

가키누마는 마리아 의사에게 영어로 솔직히 물었다. 여기에서 치료할 수 있겠는가, 선진국 병원과 비교하여 손색이 없는가 등의 의견을 물었다.

"충분한 조치는 빠를수록 좋으니까 일단 여기서 하겠습니다. 곧바로 상처 부위를 절개해서 공기를 집어넣고 감염된 부분을 절제할 겁니다. 그러고 나서 파상풍 면역 글로불린*을 주사해 체내에 들어간 독소를 중화시키죠. 그후에는 발작이 다시 시작될 때

---

* globulin, 동물의 혈청 · 난황 등에 함유된 단백질의 하나.

까지 지구전으로 가야 해서 대처요법으로 대응합니다."

"대처요법이라면?"

"혀가 경련을 일으키거나 호흡곤란이 되기도 하니 기도 확보를 중심으로 하게 됩니다."

"그렇게 어려운 일은 아닌 거죠?"

"네. 면역력이나 체력만 충분하면 지금의 발작 정도는 극복할 수 있을 테지만…. 그래도 만약 집중치료실을 갖춘 병원을 원하신다면 영국으로 이동하는 건 어떨까요?"

"영국이요?"

가키누마가 몸을 앞으로 내밀었다.

"저희와 기술교류를 하는 병원이 런던에 있어요. 거기에 소개장을 가지고 가면 치료해줄 겁니다."

"음, 그것도 나쁘지 않겠네."

가키누마는 다이키의 표정을 살폈다. 발작이 멈춰서인지 얼굴빛이 정상으로 돌아왔다. 하지만 몸은 경직된 그대로였다.

"어떻게 할래?"

"그렇게 물으셔도 어떻게 하면 좋을지 판단이 서지 않아요."

"하지만 지금 귀국하는 건 싫지?"

다이키는 그렁그렁한 눈으로 고개를 끄덕였다. 무섭지 않다고 말하면 거짓말이다. 하지만 지금 돌아가면 모든 게 어중간한 상태라 후회만 남을 것 같다. 패배감과 자신의 무력함이 오랫동안 괴롭히지 않을까?

가키누마는 큰 눈으로 다이키의 얼굴을 바라보며 그 마음속을 헤아렸다. 그러더니 "나는 갑자기 런던에 가고 싶어졌다" 하고 싱글거리며 입꼬리를 올렸다.

"예전엔 파리나 런던을 경유해서 귀국했는데, 최근에는 두바이 같은 중동공항이 잘 갖추어져서 유럽을 경유하지 않게 됐거든. 그래서 지난 몇 년 동안 런던에 가보지 못했어. 내가 수행할 테니 같이 런던으로 갈래?"

어떻게 대답하면 좋을지 알 수 없었다. 대답을 못 하자 가키누마는 더욱 가고 싶어졌는지 입술 사이로 하얀 이를 드러냈다.

"좋아, 이건 묘수다. 런던에서 입원하자. 너도 이대로 귀국하는 건 싫으니까. 그럼 런던으로 결정했다. 일본으로 가는 것보다 그러는 편이 나중을 위해 더 재밌을 것 같지 않냐?"

가키누마의 마음은 이미 런던으로 굳어진 듯, 본사에 어떻게 설명할지 이리저리 궁리하는 모습이었다.

다이키는 아침 햇살이 쏟아지는 나이로비 병원의 개인병실에 누워 있었다. 진찰실에서 경련 발작을 일으킨 후에는 특별히 힘든 증상은 없었다. 목이 아프고 등도 묵직했지만 경과는 나쁘지 않았다.

다이키가 눈을 뜬 것을 확인하고 가키누마는 본사에 연락하겠다며 나갔다. 마니샤는 런던행 비행기 티켓을 확인했고, 치에코는 짐 정리와 체크아웃을 하러 호텔로 갔다. 런던에서의 입원이 얼마나 길지 알 수 없었기 때문에 신변정리가 필요했다.

꼼짝도 할 수 없어서 다이키는 눈만 움직여 주위를 확인했다.

조용한 문 너머 복도에서 왜건 지나가는 소리, 타박타박 걷는 간호사 특유의 슬리퍼 소리가 들렸다. 그 희미한 소리가 정적을 더욱 고독하게 만들었다.

귀국하고 싶다고 말하는 게 좋았을까.

가슴 위에 돌덩어리가 올라앉은 듯했다.

돌아가겠다고 말할 순 없었다. 단순한 고집일지도 모른다. 하지만 그런 고집조차 부리지 않고 순순히 따른다면 대체 무엇이 남을까.

쓸데없이 고집부리지 말고 빨리 일본으로 와.

어머니는 아마 그렇게 말할 것이다.

어린 시절부터 위험한 길은 피해 가라고 늘 말했었다. 위험하니까 그리 가면 안 돼, 성가신 일에는 휘말리지 않도록 해라. 그런 어머니의 애정을 한 몸에 받아왔다. 하지만 착한 아이인 척 어머니의 눈치를 보면서도 늘 위험과 맞닿아 있는 세계를 동경했다.

파상풍에 걸렸다는 말을 들으면 당장 데리러 올지도 모른다. 잘 깔린 레일 위에 올라타 아버지처럼 안전한 삶을 선택하라고 말할 것이다.

아버지의 삶을 부정하는 건 아니다. 지역과 밀착하여 일하는 것을 존경한다. 하지만 할아버지가 바다를 항해했듯, 자신도 바깥 세계를 보고 싶었다. 자신의 가능성을 시험해보고 싶었다.

다지마 유스케의 떨떠름한 표정이 떠올랐다.

모리와키 와타루의 빈정대는 목소리가 들렸다.

지고 싶지 않다.

다이키는 모포 밑에서 두 주먹을 꽉 쥐었다. 가슴속에서 뜨거운 것이 치밀어 올랐다.

돌아가고 싶다고 하면 가키누마 지점장도 알았다고 할 것이다.

정말 괜찮겠느냐고 거듭 되물었다. 그 눈동자는 결코 장난스럽지 않았다. 이 판단을 지점장으로서 진지하게 받아들이고 자신이 최종 책임을 지겠다는 각오의 눈빛이었다. 돌려보내는 게 더 편한 조치였을지도 모른다. 굳이 런던으로 가자고 제안한 것은 런던 관광을 하고 싶어서가 아니다. 그 의도를 알고 있다. 자신을 믿어주었고 그 신뢰 때문에 지점장 본인도 같은 배에 타는 도박을 감행한 것이다.

이 병을 이기고 반드시 살아 돌아와야만 한다.

다이키는 마음을 굳게 먹었다.

누가 질 줄 알고!

누가 죽을 줄 알고!

뜨거운 눈물이 흘렀다.

이를 악물고 오열했다.

가만히 시간만 지나기를 기다리는데 간호사가 아침식사를 가져왔다. 밀가루와 옥수수로 만든 우갈리였다. 곡식의 달콤한 향기가 어슴푸레한 병실에 퍼지며 다이키의 코를 자극했다.

간호사는 아무 말 없이 전동침대의 등받이를 세웠다. 갈색 피부에 하얀 유니폼이 눈부셨다. 다이키는 간접조명의 희미한 불빛 속에서 접시에 담긴 우갈리를 천천히 입으로 가져갔다.

간호사는 다이키의 입을 바라보다가 흘릴 것 같으면 천으로 턱을 닦아주었다. 입을 벌리기가 힘들었다. 파상풍의 전형적인 증상이다. 케냐 요리는 싫지 않았지만 맛을 느낄 수 없어서 금방 식욕이 돋지는 않았다. 먹지 않으면 체력을 유지할 수 없다. 인상을 쓰면서 한 입 더 먹었다. 씹지 않아도 되었으므로 그냥 삼켰다.

다시 문이 열렸다.

도모미였다.

다이키의 심장이 크게 요동쳤다.

"괜찮아요?"

도모미는 낮은 목소리로 조용히 물었다.

"네. 이 정도는 별것 아닙니다."

다이키의 빈말에 도모미는 미소로 응대해주었다.

싫지는 않은 것 같다.

하지만 그 이상의 감정을 표현해주지도 않는다.

그녀의 마음을 사로잡으려면 남자다운 모습을 보여주는 게 좋을까, 아니면 약한 소리를 하며 응석을 부려볼까. 정체를 알 수 없는 감정이 다시 솟구쳤다.

마음을 털어놔볼까.

그렇게 생각하니 흥분하여 목이 막혔다. 심장 박동이 빨라지고 식은땀이 났다.

2년 전, 학생 때부터 사귀던 애인에게 차인 후 여자와는 인연이 없었다. 왜 차였는지도 알 수 없었다. 누이동생 사요미는 여자의 마음을 몰라서 그런 거라고 말했다.

"괜찮아요?"

도모미는 몸을 숙여 다이키의 안색을 살폈다.

"못 먹겠어요?"

"아뇨, 조금은."

다이키는 스푼으로 우갈리를 한 입 더 떠서 입술로 빨아들였다. 그러곤 "맛없어요" 하며 쓴웃음을 지었다.

"런던으로 옮긴다면서요?"

"네."

"호흡곤란이 제일 큰 문제라는데…. 그것만 극복하면 금방 기운 차릴 거래요."

"반드시 돌아올 겁니다."

"흠, 믿음직스럽네요."

도모미가 살짝 웃었다.

"런던의 식사도 맛없을 거예요."

"그렇겠죠. 맛있다고는 할 수 없을걸요. 일본에서 입원하면 매일 일식을 먹을 텐데 말이에요. 그나저나 런던으로 옮긴다고 해서 깜짝 놀랐어요."

좀더 오래 이야기하고 싶었다. 하지만 턱이 굳어 말이 잘 나오지 않았다. 입을 잘 움직일 수 있다 해도 딱히 할 말이 있는 것도 아니었다. 마음이 초조하고 불안해졌다.

이대로 대화가 끊기면 바로 돌아가 버리지 않을까?

침묵이 두려워진 다이키의 입에서 갑자기 말이 튀어나왔다.

"나, 죽을지도 몰라요."

도모미는 곤혹스러운 표정으로 부정했다.

"무슨 소리예요? 그럴 리 없어요. 골치 아픈 병은 맞지만 죽을 정도는 아니에요."

"아뇨, 난 죽음을 각오했습니다."

도모미는 이맛살을 찌푸렸다.

"바보 같은 소리 말아요."

"이 목숨을 도모미 씨한테 드릴게요."

"… 무슨 말도 안 되는."

도모미는 당황한 듯 얼굴을 일그러뜨렸다.

"난 정말 감사하고 있어요."

"그건… 천만의 말씀이에요."

부끄러운 듯 미소를 보이던 도모미가 시선을 살짝 침대 옆으로 떨어뜨렸다. 그 비스듬한 45도 각도의 표정, 오렌지색 간접조명 속에 드러난 단정한 이목구비, 강한 의지로 빛나는 눈, 부드럽고 달콤한 여성미. 심지가 굳고 믿음직스러워 보이지만 어딘지 귀엽기도 하다.

이 고고한 여자를 내 여자로 만들 수 있다면….

다이키는 마른침을 삼켰다.

"도모미 씨, 나에 대해 어떻게 생각하세요?"

"네?"

"인간은 언제 죽을지 모르잖아요. 그래서 지금 내 마음을 꼭 전해야겠다고 생각했습니다."

"뭐라고요? 잠깐만요."

도모미는 얼굴을 들고 미간에 주름을 모았다.

"말하게 해주세요."

"죽을지도 모른다는 등 그런 말은 안 돼요."

"아뇨, 그게 아니라…."

"틀림없이 병은 나을 거예요."

"아뇨…."

"런던에서 치료받을 거잖아요?"

일부러 그러는 건가?

도모미는 은근슬쩍 다이키의 말을 피하며 못 들은 척하고 있다.

하지만 이렇게까지 말한 이상 물러설 수는 없다.

다이키는 마음을 다잡았다.

"난, 도모미 씨가…."

"스톱, 스톱."

도모미는 다이키의 입을 손으로 막았다.

입술에 닿은 손가락이 탐스러웠다.

두 사람은 서로를 바라보며 이제 어떻게 할지 생각했다.

다이키는 뭐가 뭔지 알 수 없었다. 온몸의 신경이 도모미 손에 닿은 입술로 몰려 머리가 혼미해졌다. 혹시 파상풍이 아닌 다른 병에 걸려 머리가 이상해진 것일까?

사랑이라는 질병에….

도모미는 서둘러 입술을 막았던 손을 떼었다. 늘 침착하던 도모미라 낭패한 모습은 좀처럼 볼 수 없었기에 더욱 사랑스러웠다.

다이키는 점점 더 참을 수 없었다.

"난 도모미 씨가 좋습니다!"

말하고 말았다. 온몸은 경직되어 감각이 없었다. 부끄러워 도망치고 싶어도 꼼짝할 수 없었다.

도모미는 입을 반쯤 벌린 채 다이키를 쳐다봤다.

침묵과 함께 시간이 흘렀다. 간호사가 아침식사를 치우러 왔다가 두 사람을 보고 이상한 표정을 지었다.

"난…."

다시 목소리를 쥐어짜는데 거의 동시에 도모미가 말을 막았다.

"다이키 군, 피곤하죠?"

"하지만… 조, 조, 좋아합니다."

"미안해요. 너무 갑작스러워서… 아무런 대답도 할 수가 없네요."

다이키가 계속 말하려 하자 도모미가 재빨리 말을 이었다.

"내가 몇 살인 줄 알아요? 다이키 군보다 한참 많아요."

"나이 따위는 상관없습니다."

"그렇지 않을걸요?"

"사랑은 인종을 초월합니다."

"그게, 인종은…."

"사람에 따라서는 서, 성별도 초월합니다."

"네? 무슨, 그런 억지가."

"나, 나는 동성애자도 인정해야 한다고 생각하지만, 아니, 그게, 나는 남자고 당신은 여자니까, 장애물은 아무것도 없잖아요."

"…."

도모미는 당황하며 할 말을 찾았다.

대답은 노일까.

초조와 절망이 덮쳐왔다.

"난…."

작은 목소리로 다시 말하기 시작한 도모미를 이번에는 다이키가 막았다.

"괜찮습니다. 죄송해요. 난, 이제 죽어도 상관없습니다. 후회는 없어요."

"그게 아니라…."

"그럼 내 마음을 받아주시는 건가요?"

간절한 눈빛으로 도모미를 보았다.

"아니, 그건."

"난 안 되나요?"

동정이라도 좋으니까 가능성을 남기고 싶었다.

"난 술은 마시지만 담배는 안 피우고 도박도 하지 않습니다. 폭력도 휘두르지 않습니다. 여자에게는 상당히 부드럽고…."

"내 말 좀 들어요!"

도모미의 강한 말투에 다이키는 입을 다물었다.

"착각하는 거예요. 아프리카에 와서 일본 여자를 많이 보지 못해서요."

"그런 거 아닙니다."

"내 말이 맞아요. 체격 좋은 흑인 여성만 있으니까 하얗고 마른 사람이 귀엽게 보였을 거예요. 착각, 오해, 헷갈리는 거예요."

"아뇨, 이 마음은 진짜예요."

"말도 안 돼요. 완전히 병 때문이에요. 마음이 약해진 거죠."

"도모미 씨의 마음을 알고 싶어요. 절 어떻게 생각하나요?"

"어떻게라니… 그, 그래요."

도모미는 턱에 손을 대고 잠시 생각에 잠겼다.

"으음… 꼭 동생 같아요."

동생이라고?

뭐야.

난 남자로 보이지 않는 건가.

"다이키 군은 내 동생보다 세 살 더 어려요. 체격은 크지만 그래도 더 어리고, 그래서인지 좋아할 수 있는 대상 같진 않아요."

그 말에 실망한 다이키는 얼굴을 찌푸렸다. 파상풍 때문인지 표정은 크게 움직이지 않았다. 오히려 얼굴의 근육이 팽팽해져 울고 싶은 기분인데 묘한 웃음을 만들고 말았다. 안타까움에 몸을 비틀고 싶을 정도였지만 그것조차 마음대로 되지 않았다.

"그러니까, 남자로는 안 된다는 말씀이군요?"

"장래도 유망하고 착한 남자라고 생각해요."

"그냥 그렇고 그런 놈이라는 말씀이죠?"

"그렇게 말하지 마요. 당신이 얼마나 좋은 사람인지는 잘 알고 있으니까."

"차갑게 걷어찼다가 이번에는 추켜세우시는 건가요? 나 같은 놈은 살 가치도 없어요."

"쓸데없는 생각 말고 치료 잘 받아서 빨리 회복해야죠."

"누군가를 좋아하는 게 쓸데없는 생각인가요?"

아아, 왜 이렇게 비굴한 말밖에 하지 못하는 거지? 마치 어린아이 같다. 내가 싫다.

도망치고 싶었지만 침대 위에서 움직일 수가 없었다.

"혹시, 어디 안 좋아요?"

그토록 상처를 주었으면서 도모미는 걱정스러운 듯 다이키를 바라보았다.

"파상풍 때문에 얼굴이 마비된 것뿐이에요."

"그럼 다행이지만… 화난 것 같아서."

"내 자신에게 화가 났을 뿐입니다."

도모미가 쿡 웃었다. 그 웃음에 다이키는 다시 상처받았다.

하지만 그런 한편으로 묘한 투지가 샘솟았다.

그녀에게 좋은 평가를 받고 싶다. 깜짝 놀라게 만들고 싶다. 그리고 존경받고 싶다.

"난 반드시 아프리카로 돌아올 겁니다."

"앗, 아아, 그래요."

도모미는 몇 번 눈을 깜박이다가 애매하게 대꾸했다.

잘 봐둬요.

다이키는 이를 악물었다. 울고 싶은 기분이었지만 코만 킁킁대며 겨우 참았다.

휠체어에 앉은 다이키는 가키누마와 함께 제일 먼저 기내에 탑승하여 승무원 안내로 일등석 자리에 앉았다. 항공료는 보호자 비용까지 해외여행자보험으로 충당했다. 서비스가 얼마나 지극하던지 젊은 다이키는 황송할 정도였다. 지나친 병자 취급에 실제보다 더 중병을 앓는 기분이 들었다.

독소가 몸 안에서 돌고 있으면 빛에 민감해진다기에 치에코가 선글라스를 준비해주었다. 다이키는 그저 묵묵히 앞만 보며 시키는 대로 움직였고, 물음에는 희미하게 고개를 움직여 의사 표시만 했다.

"이륙하면 곧바로 마리아 의사한테 받은 수면유도제를 먹을 거다. 푹 자고 일어나면 런던 도착이지."

가키누마는 다이키의 안전벨트를 매주며 어깨를 툭 쳤다. 처방전과 약은 모두 가키누마가 관리해주었다. 귀찮았을 텐데도 가키누마는 불평 한마디 하지 않았다. "어쨌든 아프리카니까" 하며 극히 자연스럽게 받아들였고 우왕좌왕하는 일 없이 이따금 소탈한 농담을 섞으며 도와주었다. 마음이 약해졌는지 가키누마의 따뜻한 한마디 한마디에 금방이라도 눈물이 나올 것 같았다. 치에코가 건네준 검은 선글라스는 감정을 숨기는 데 안성맞춤이었다.

병에 걸려 슬픈 건지, 여자에게 차여서 슬픈 건지… 아무튼 눈물이 많아졌다.

기장이 이륙 준비가 완료됐음을 알렸다. 화면에선 비상시 대피 요령을 알려주는 안내방송이 나왔다.

덜컹….

기체 바퀴가 움직이자 몸에 진동이 전해졌다.

파상풍균 때문일까? 빛, 소리, 진동, 모든 것이 힘겨웠다. 기체가 천천히 활주로로 나아가다가 잠시 멈췄다. 기장의 영어 방송이 나오고 다시 움직인 기체에 속도가 점점 붙기 시작했다. 중력이 실린 몸이 비스듬히 뒤쪽으로 밀렸다.

비행기가 날아오르자마자 발밑으로 대지가 떨어졌다. 기체는 고도를 높이고 왼쪽으로 크게 선회하여 석양이 지는 방향으로 진로를 바꾸었다.

숨을 삼킨 채 몇 분의 시간이 흐르자 이윽고 부드럽게 땡! 하는 소리와 함께 벨트 표시가 사라졌다. 여기저기에서 긴장이 풀어지는 소리가 들렸다. 안전벨트 푸는 소리, 좌석에서 일어나는 사람들의 옷 스치는 소리, 통로를 걸어가는 소리.

잠시 후 정적이 돌아오자 기체의 소음이 몸을 찰싹 휘감았다.

가키누마가 옆에서 생수병 뚜껑을 따 다이키에게 건네주고, 앞좌석 주머니에 넣어두었던 약봉지를 조심스레 뜯었다.

"자, 약 먹어. 좀처럼 타기 힘든 일등석인데 넌 식사도 못하겠다. 아무튼 안정을 취하려면 푹 자는 수밖에 없어. 약 먹고 나면 등받이를 눕히고 담요를 덮어줄게."

다이키는 시키는 대로 약을 먹고, 시키는 대로 누웠다.

머릿속이 갑자기 붕 떠오르더니 두터운 안개가 내려앉듯 시야가 어두워졌다.

자고 싶다.

그렇게 생각하고 얼마 안 돼 깊은 어둠 속으로 떨어졌다. 칠흑 같은 어둠은 아니었다. 어딘가에서 안개등이 어둠을 밝히고 있다. 에티오피아, 아르바민치 대지구대, 눈부신 햇살에 둘러싸인 아와사 시장, 케냐의 마사이마라 국립공원….

물결치는 노랫소리에 맞춰 마사이 전사들이 춤을 춘다. 신명나는 리듬이 잦아들자 아득한 저편에서 아카펠라가 들려온다. 어둠 속에 원색의 빛이 흘러넘친다.

이젠 런던으로.

생명의 노래

쓰러져도 살아만 있다면
아무것도 잃은 게 없다는 생각이 들어.
잃고 싶지 않은 게 아직 많다는 생각도 들고.

지난번엔 많은 폐를 끼쳤습니다. 덕분에 무사히 퇴원했습니다.

며칠간 런던에서 요양하며 사업 아이템 구상에 힘쓸 생각입니다.

여러모로 귀찮게 해드려 죄송합니다. 부디 용서해주세요.

아키노 님의 건강과 앞으로의 활약을 기원합니다.

마흔 줄이나 되는 긴 이메일 내용을 몽땅 삭제하니 고작 여섯 문장만 남고 말았다. 구차한 변명을 늘어놔봤자 더 한심해질 뿐이다. 혼자 설치다가 실수한 꼴이 우습기만 했다.

다이키는 뚫어지게 화면을 보다가 전송 버튼을 클릭했다. 며칠 동안 고민했던 문장이 순식간에 화면 속으로 빨려들어갔다.

"휴, 보내버렸어요."

병원 침대 위에 앉으며 다이키는 힘없이 어깨를 늘어뜨렸다.

"정말 괜찮겠어요?"

"보기 좋게 차였는걸요, 뭐."

"당연하지. 낯선 나라에서 병에 걸렸으니 친절하게 대해줄 수밖에 없었던 건데, 그걸 좋아한다고 착각하면 엄청 실례잖아."

걱정스러운 듯 부드럽게 말을 건네는 고노 마나에에 비하면 다이키보다 세 살 어린 스물다섯 살의 누이동생 사요미는 신랄했다.

"하지만 여자는 누구나 처음 한 번쯤은 튕기는 게 아닐까요?"

마나에가 다이키를 옹호했다. 입사동기인 고노 가쓰미가 첫눈에 반한 부인인 만큼 대화도 상대방에 대한 배려로 가득했다.

"아무리 그래봤자 소용없는 사람도 있어요. 오빠는 안 돼요. 약한 모습으로 속마음을 털어놓으면 어떡해. 비겁하잖아요. 거절하기도 어렵고 그래서 뒷맛도 개운치 않고."

사요미의 타박에 마나에는 어색하게 웃었다.

다이키는 노트북 컴퓨터를 닫고 한심한 얼굴로 다시 침대에 누웠다. 무슨 말을 들어도 어쩔 수 없다. 위로를 받든 욕을 먹든 차인 남자는 비참하다.

집중치료실에서 열흘. 침대 난간에 묶인 팔에 링거를 맞고 입에는 산소를 강제로 주입하는, 마치 재갈 같은 호흡기를 찬 채 지냈다. 안으로 말린 혀가 목구멍을 압박하지 않도록 관이 들어와 있어 아무 말도 할 수 없었다.

정기적으로 찾아오는 발작과 싸우며 다이키는 겨우 정상적인 호흡을 되찾았다. 손발을 묶은 고무줄을 풀고 호흡기도 떼어내 비로소 자신의 힘으로 기지개며 심호흡을 할 수 있었다. 파상풍의 독소가 몸에서 빠져나가니 주변의 잡음이나 햇빛도 살아 있다는 환희로 같이 춤춰주는 것만 같았다.

생각해보면 이 생사를 다투는 싸움이 실연의 아픔을 잊게 해주었는지도 모른다. 창피해서 죽고 싶다고 생각할 만큼 침울해지기도 했지만 경련으로 몸이 떨릴 때마다 살고 싶다는 절규가 목구멍 안에서 솟구쳤다. 죽으면 고통으로부터 해방되고 편해진다. 하지만 지지 않겠다고 몇 번이나 마음을 고쳐먹었다. 이렇게까지 생명에 집착하는 자신이 놀라웠다.

커튼 너머로 들이치는 햇살이 사랑스러웠다. 말 많은 누이동생과 친구의 아내, 마나에가 나누는 일상 대화도 감격스러웠다. 비참했지만 사람의 온기가 더할나위없이 기뻤다.

"그래도 내일 무사히 퇴원할 수 있다니 안심했어요."

"정말이지, 오빠는 사람들 귀찮게 하는 재주가 있다니까."

"너, 그만 일본으로 가라."

다이키가 입을 삐죽이며 말했다.

"뭐? 그렇게나 사람을 걱정시키고 매달리며 손을 꽉 잡았던 게 누군데? 내가 도모미 씨가 아니라 미안하긴 하지만."

"아, 알았다니까. 저리 가."

사요미는 혀를 날름거리며 어깨를 으쓱였다. 눈꼬리가 살짝 빛났다. 여권이 없는 어머니 대신 런던으로 달려온 사요미는 오빠의 발작에 잔뜩 겁먹고도 헌신적으로 간병해주었다.

"오빠, 정말 일본에 안 갈 거야?"

"몇 번이나 말해야 돼?"

"하지만 엄마가 얼마나 걱정하는데."

"네가 와준 건 고마워. 만약 어머니였다면 훨씬 더 시끄러웠을 테니 말이야."

"정말, 전화에 대고 얼마나 난리 쳤는데. 엄마가 병원에 왔다면 마음 편히 쉴 수도 없었을걸? 그렇게 생각하면 동생이 퍼붓는 독설 정도는 귀엽게 봐줘야지."

사요미는 두 손을 허리에 대고 뻐기듯 가슴을 내밀었다.

고노 마나에가 "그럼 전 이만 딸을 데리러 가야 해서" 하고 대화를 끊었다.

"아, 저도 갈게요."

"좀더 같이 계시죠."

"이제 간병도 질렸어요. 잠깐 런던 구경도 하고 싶고."

"남편이 회사 끝나고 들를 거예요" 하고 미소 짓는 마나에. "기운 내, 오빠!" 하며 파이팅 포즈를 취하는 사요미. 다이키는 침대에 누운 채 손을 흔들었다. 두 여자가 서로 번갈아 간병하러 와준 행운이 새삼 고마웠다. 그런 한편으로 아키노 도모미가 멀게 느껴졌다. 물리적인 먼 거리가 그녀를 저편으로 몰아내버린 듯했다. 아프리카에서 보낸 날들이 꿈만 같았다.

다이키는 천장을 바라보았다. 창으로 쏟아지는 농밀한 석양빛이 병실 안을 불타는 붉은색으로 물들였다. 아프리카는 멀다. 일본도 멀다.

나는 대체 무엇을 하고 있는가.

하지만 고독한 감상과 달리, 살아 있다는 벅찬 감정이 신비스러울 정도로 힘차게 솟아올랐다.

저녁식사를 마치고 간호사가 식기를 치우고 나자 고노 가쓰미가 병실로 찾아왔다.

"여어, 몸은 좀 어때?"

거침없는 행동거지가 전형적인 상사맨이다. 하루의 일을 마치고 넥타이가 약간 느슨해진 게 오히려 더 멋스러웠다. 런던생활이 2년째 접어들어 영국 본토 영어도, 두 손을 이용한 몸동작도 완전히 이곳 사람이 다 되었다.

"상태가 좋아서 내일 퇴원해도 괜찮을 것 같아."

"케냐의 가키누마 지점장님이 아까 전화하셨어."

"뭐라고 그러셔?"

"초조해하지 말고 건강에만 신경 쓰래."

가슴이 뜨거워졌다. 지점장은 다이키와 함께 런던에 와서 이틀을 묵은 뒤 다시 나이로비로 돌아갔다. 발작이 심해 제대로 인사도 못했다. 반드시 보은하겠다고 다짐했다.

"내일모레까지는 호텔에서 천천히 쉬고, 좀 괜찮아지면 우리 사무실에 들러."

"그래, 그럴게. 런던금속거래소에도 가보고 싶어."

"증권거래소와 달라서 조금 한가해 보일 텐데."

"그래도 거긴 세계의 금속 거래를 견인하는 곳이니까. 광물자원이 풍부한 아프리카와 인연도 있고."

"너, 아프리카 자원개발에 참여할 생각이야?"

고노는 알 수 없다는 표정을 지으며 물었다.

"아니, 그건 생각해보지 않았는데…."

"아시아 통화위기 때 구리 가격이 폭락했어. 그때 모든 상사가 아프리카에서 발을 뺐지. 우리 회사도 2002년에는 지사가 열일곱 개나 됐는데 다섯 개를 폐쇄하고 활동을 축소했어. 공적개발원조* 안건도 최악의 역풍을 맞았어. 아프리카에 머물 의미가 없어진 것

* ODA, 선진국에서 개발도상국이나 국제기관에 하는 원조.

같아."

"하지만 언제까지 그럴 순 없어. 앞으로는 아프리카 시대라고 정부나 언론도 한창 떠들고 있어."

"현실을 모르니까 그러겠지. 게다가 지금의 상사는 더이상 과거의 상사가 아니야. 물건을 매매해서 마진을 남기는 시대는 끝났어. 굳이 말하자면 투자은행에 더 가깝지."

"투자은행이라면 자원개발도 가능하겠네?"

"그렇긴 해. 그래도 선불리 위험부담을 안고 가겠어? 금융 상품을 사고파는 게 제일 편하지."

"그것도 위험부담은 있어."

"그 말도 맞아. 하지만 적어도 신변의 위험은 없어. 굳이 직접 가지 않아도 컴퓨터 앞에 앉아서 거래할 수 있는 시대니까."

"정말 그걸로 충분하다고 생각해?"

다이키의 질문에 가쓰미는 팔짱을 끼며 한숨을 쉬었다.

"우리가 장차 이익을 창출할 수 있는 사업모델은 대체 뭘까? 런던에서 일하며 세계 경제의 흐름도 주시하고 있지만 앞이 보이지 않아. 매일 달라지는 수치 변화에 우왕좌왕하고 막연히 앞으로 달려가는 듯해도 이거다, 하는 청사진 같은 건 전혀 보지 못했어."

"우리 스스로 새로운 사업모델을 만들어야지."

"말이야 쉽지. 이것저것 닥치는 대로 다 해봤자 결국에는 늙어서 힘만 빠지고 말아."

"그건 고노가 런던에 있어서 그래. 성숙한 국가에서는 미래가 정체되어 보이는 법이라고."

"그럼, 아프리카에는 미래가 있다는 소리야?"

"그래, 아마도. 아니, 반드시."

다이키는 단호했다. 고노는 쓴웃음만 지었다.

우수한 사원으로 뽑혀 선진국에서 근무하는 고노 가쓰미는 시스템부에서 아프리카개발부로 이동한 다이키를 불쌍하게 보았다. 탄탄대로를 걸으며 순조롭게 가정도 꾸린 고노에게 아프리카 개발은 어리석음의 극치였다. 파상풍으로 쓰러져 실려 왔으면서도 아직 정신을 못 차렸나 싶어 어이가 없었다.

"나, 왠지 자신감이 마구 솟구쳐."

다이키는 가슴을 쭉 폈다.

"쓰러져도 살아만 있다면 아무것도 잃은 게 없다는 생각이 들어. 잃고 싶지 않은 게 아직 많다는 생각도 들고. 잘될 것 같아."

"뭐가 잘될 것 같다는 거야? 정신 차려."

"발상의 전환이 필요해. 물건이 아닌 다른 게 있을지도 몰라."

"알았다. 그 '물건이 아닌 다른 게' 뭔지 가르쳐줘."

고노는 포기했다는 듯이 물었다.

"그건 아직 못 찾았어."

다이키는 자신만만하게 대답했다. 왠지 개운했다.

"하지만 분명 찾아낼 것 같은 예감이 들어. 지금 이리로 오고 있는 듯한…."

"그래. 하지만 정도껏 해. 다지마 유스케 짝 나지 않게."

우울증을 앓고 있다는 유스케에 대한 소문은 고노도 알고 있었다. 다이키는 충고의 무게를 느끼며 미소 지었다. 고노의 적당한 균형 감각이 부럽기도 했지만 이 녀석에게 없는 미래가 나에게는 있다고 생각하니 콧노래라도 흥얼거리고 싶었다. 근거 없는 자신감도 가끔은 필요하다고 자신을 다독였다.

살아남았다.

죽지 않은 데는 분명 이유가 있을 것이다.

다이키는 자신의 소명을 꼭 찾게 되리란 생각이 들었다.

고노가 말한 대로 금속거래소는 상상 이상으로 작았고 느긋한 느낌이었다. 격식을 중시하는 트레이더들의 매매 모습은 신성한 의식처럼 보였다. 수요와 공급의 균형 상태가 시장가격을 만든다고 하지만 가격동향을 결정하는 것은 극히 소수의 거래자들인지도 모른다.

대부분의 트레이더들이 직업을 세습했다는 말은 의외였다. 하지만 어시장에도 몇 대째 대를 잇는 중매인 가문이 있다고 하니 금속거래중개업에도 전통이 있는 건 당연할 것이다.

"중개회사를 인수하는 경우도 있지만 간판은 바꾸지 않아. 지역의 반발을 살 수 있거든."

고노 가쓰미가 설명했다. 고노가 파견근무를 하고 있는 금속거래업체도 실소유자는 50퍼센트나 출자한 고료상사다.

다음으로 찾아간 런던증권거래소도 전산화되어 전통적인 공개호가* 방식의 생생한 현장은 볼 수 없었다. 수신호를 지켜보면서 거래하기 위해 시작된 증권시장이었지만 다이키에게는 딱히 느낌이 없었다. 자신이 있어야 할 장소는 여기가 아니라고 생각했다. 모니터 속의 차트를 바라보며 가격변동에 일희일비하는 일

---

* open outcry 중개인들이 직접 고함을 질러 서로 거래 가격을 맞추는 제도.

은 생리에 맞지 않았다.

고노와 헤어진 다이키는 혼자 이층버스를 타고 홀본 거리 서쪽으로 향했다. 주변 경치가 상업중심지구에서 서서히 쇼핑 거리로 바뀌었다. 런던에서는 보기 드물게 맑은 날씨가 계속되어 붉은 이파리들이 파란 하늘 밑에서 아름다웠다. 오래된 붉은 벽돌집이 정서적인 깊이를 드러냈다. 다이키는 넥타이를 풀고 오피스 거리에서 번화가로 변해가는 차창을 바라보았다.

목표했던 대영박물관에서 로제타석을 보았다. 식민지 시대에 대영제국이 아프리카에서 수탈한 골동품들을 보며 빈둥거렸다. 이런 과거의 문명을 현대의 프로젝트로 활용할 수 있는 방법은 뭐가 있을까. 역사의 유물은 감동을 불러일으키지만 현실적으로 마땅한 아이디어는 떠오르지 않는다. 이런 아름다운 박물관에 보관한 순간 문명은 미라로 변해 죽는다. 당시의 약동감이 몸으로 전해오지 않는다. 뭔가 얻을 수 있을 거라고 기대했던 만큼 감성을 자극하지 못하는 전시에 어깨가 처졌다.

이 거리에서 아프리카로!

아프리카에서 이 거리로!

런던 최고의 번화가, 피카딜리 서커스로 가는 지하철 안에서 주문처럼 되뇌었다.

런던에는 아프리카로 가기 위한 실마리가 분명히 있다. 내면의 목소리가 다이퀴의 귀에 대고 끊임없이 속삭였지만 어디서 그 단서를 찾아야 할지 도통 알 수 없었다.

다이키는 피카딜리 서커스의 명물인 에로스 동상에 앉아 계단에 등을 맡긴 채 하늘을 보았다. 빽빽한 건물 사이로 구름을 한 움큼 안고 있는 하늘이 빨갛게 타올랐다. 조금씩 가로등에 불이 켜지고 어둑한 거리가 휘황한 불빛으로 물들기 시작했다.

회복한 지 얼마 안 되어 나른한 몸에 거리의 소음이 날아들었다. 어디선가 음악 소리가 들려왔다.

기분 좋은 리듬의 댄스뮤직, 어쿠스틱 기타와 약동하는 북소리, 이따금 타악기 소리. 의미를 알 수 없는 언어로 랩을 읊조리는 묘하게 투명한 보컬.

리듬을 타서인지 인간의 목소리조차 악기처럼 들렸다. 어느새 들썩거리는 어깨에 자연스러운 선율이 포개졌다. 아프리카 냄새가 났다. 사바나에서 보았던 저녁 해가 눈앞에 되살아났다.

그렇다, 이런 좁은 하늘이 아니다. 아프리카다.

360도 지평선에 비구름과 무지개와 저녁 해가 교차하는 대지. 그 위를 느릿느릿 걸어가는 기린들. 웅장한 사바나. 경쾌하고 감각적인 스윙리듬 속에 깃든 평온함.

다이키는 다리를 뻗고 앉아 눈을 감고 귀를 기울였다.

하모니가 하늘에서 춤추고 섬세한 8비트 리듬이 부지런히 속도를 올린다. 쇠가죽 북이 손바닥에서 공기를 잘게 뒤흔들고 기타가 합세한다. 그 안에서 가볍게 뻗어가는 맑고 힘찬 고음.

메모리 오브 아프리카….

가사 한 구절이 귀에 맴돌았다.

아프리카를 그리워하는 곡이다.

어머니인 대지로 되돌아가듯 생명의 숨결이 리듬에 뒤섞여 녹아든다. 생명의 탄생에 감사하고 그 위대함을 존중하며 영혼의 노래를 바친다.

심장 박동이 공명하며 가슴에 뜨거운 기운이 몰아쳤다.

연주가 끝나고 거리의 소란함이 돌아왔다. 다이키는 일어나 엉덩이를 털고 소리가 들려온 쪽으로 인파를 헤치며 다가갔다.

골목으로 들어서는 큰길 모퉁이에서 밴드가 뒷정리를 하는 중이었다. 기타 케이스 안에 파운드 지폐와 동전이 쌓여 있었다.

"익스큐즈 미실례합니다."

말을 건네다가 밴드 안에 동양인이 있는 걸 알았다. 네 명의 밴드 멤버는 흑인 두 명, 서양인, 동양인의 조합이었다.

"앗, 저기, 일본인이신가요?"

다이키는 기타를 든 청년에게 말을 건넸다.

"네… 그런데요."

"여기에서 늘 밴드를?"

"아뇨, 오늘은 즉석 혼성밴드였어요. 평소에는 각자 활동하지만 가끔은 함께 연주하는 것도 괜찮아서요."

"느낌이 정말 좋았어요."

"고맙습니다."

청년은 가볍게 고개를 숙이며 부끄러운 듯 웃었다.

"저들은 런던 분이신가요?"

다이키는 새까만 피부에 두꺼운 입술을 가진 두 흑인 남성을 가리켰다.

"보비와 짐요? 아뇨, 잠비아 사람이에요."

"반갑네요! 거기 갈 일이 있거든요."

"잠비아에요?"

보비는 악기를 정리하던 손길을 멈추고 다이키의 얼굴을 찬찬히 바라보았다. 다이키는 눈을 빛내며 "네, 다음 달쯤에 갈 것 같아요" 하고 대답했다.

청년이 영어로 다이키의 말을 전해주자 보비가 하얀 이를 두꺼운 입술 사이로 내보이며 환하게 웃음 지었다.

"잠비아는 좋은 곳이에요. 기후도, 치안도 좋아요. 1960년대에 독립한 아프리카 국가들 중 분쟁이 없는 나라죠. 최고 책임자 교체가 선거로 이루어지는 곳은 우리나라 정도밖에 없어요."

"런던에는 왜 온 거에요?"

"잠비아 음악을 알리고 싶어서 짐과 둘이 런던에 왔어요. 동료들의 기대를 담고서요. 하지만 아직까지는 거리 공연이 고작입니다."

쓴웃음을 짓는 보비의 어깨를 감싸며 일본 청년이 보증했다.

"이들의 곡은 정말 좋아요. 힙합 댄스뮤직과 아프리카 가스펠이 뒤섞여 새로운 느낌을 주죠. 너무 마음에 들어 오늘 함께 연주한 겁니다."

지하에 있는 라이브 하우스, 스파이스 오브 라이프는 프로 뮤지션을 목표로 하는 청년들의 등용문이다. 아직 세상에 알려지지 않은 젊은 뮤지션을 발굴하려고 전문 음악 프로듀서들도 찾아온다.

"주문 안 하세요?"

다이키는 길에서 만난 뮤지션 나가라 게이고에게 물었다.

"여기는 괜찮아요. 가난한 뮤지션은 주문하지 않고 앉아만 있어도 뭐라고 하지 않으니까요."

"하지만 난 가난한 뮤지션도 아니고…."

"여기, 상당히 비싸요."

"그래도 뭐 좀 시키죠."

다이키는 생맥주와 피쉬앤칩스를 주문하고 네 사람에게도 권했다. 양복 차림에 넥타이를 한 다이키와 달리, 젊은 뮤지션들은 저마다 개성적인 스타일이라 자유인의 향기가 났다. 보비라고 불리는 살찐 랩 싱어, 로베르트 밴더는 스물여섯 살로 초록, 빨강, 노랑이 어우러진 셔츠와 청바지를 입었다. 애칭이 짐인 제임스 무와레는 피부색과 비슷한 검은 셔츠에 검은 바지 차림이었다. 붉은 에나멜 벨트가 패션 감각을 드러냈다. 스페인에서 영어 공부를 하러 런던에 왔다는 금발의 베이시스트, 후안 로드리게스는 흑백 줄무늬 재킷 속에 파란 반소매 티셔츠를 입고 있었다.

펠트 코트를 걸친 나가라 게이고는 긴 앞머리를 왁스로 가볍게 세팅했다. 스물여덟 살. 다이키와 같은 나이다.

"세계를 여행하고 싶었어요. 여기에서 돈을 벌어 전 세계를 다니며 노래도 부르고 곡도 만들고 싶어요."

게이고는 자신의 꿈을 이야기하면서 짙은 쌍꺼풀 진 눈에 순박한 미소를 실었다. 장신에 마른 체형, 화사한 외모. 여성의 모성본능을 자극할 법한 고전적인 얼굴의 미남이었다.

"여기선 매일이 즐거워요. 이따금, 이렇게 지내도 되나? 하고 정신을 차릴 때도 있죠. 하지만 런던 사람들 반응이 좋아서 라이브를 하다가 관객이 기뻐해주면 하루만 더, 하루만 더 하고 생각하게 돼요."

"자유인이군요."

다이키가 감탄하자 게이고는 멋쩍은 듯 입꼬리만 살짝 올렸다.

"좋아하는 일을 한다는 건 확실해요. 미래를 전혀 생각하지 않는 건 아니지만, 지금 할 수 있는 일을 원 없이 하는 것뿐이에요. 나한테는 노래밖에 없다고 스스로를 막다른 구석까지 몰아가고 싶은 기분도 있고요."

"배수진이라는 건가요? 멋진데요."

다이키는 부러운 눈초리로 게이고를 보았다. 이목구비는 조각상처럼 단정하고 섬세한데, 자신이 하고 싶은 일을 초지일관 밀어붙이는 힘이 있다. 덩치만 컸지, 회사 조직에서 일희일비하는 자신과는 전혀 다르다.

게이고는 머리를 긁적이며 겸손해했다.

"그냥 어리광 부리는 겁니다. 짐과 보비, 이 두 사람은 정말 필사적이에요. 아니, 나도 필사적이긴 하지만 웅대한 꿈이 있는 이들과는 차원이 달라요. 어떻게든 도와주고 싶은데 나한테는 돈도 힘도 없어요. 이런 내가 한심할 뿐이에요."

"웅대한 꿈이란 게 뭔데요?"

"잠비아의 음악산업을 발전시키고 싶다는 거예요."

"음악산업을요?"

"최근 Z비트라는 웹사이트를 만들어 잠비아 음악을 업데이트하고 있는데 인지도가 없어요. 사이트도 엉망이고요. 훌륭한 음악을 못 살리고 있으니 정말 안타깝죠."

게이고의 설명에 보비가 덧붙였다.

"잠비아의 뮤지션은 남아프리카공화국으로 가지 않으면 녹음을 할 수 없어요. 설비나 시설이 없거든요. 전부 아카펠라로 할 수도 없고…. 물론 교회음악이 활발해서 가스펠도 많이 부르니 아카펠라 곡도 확실히 좋긴 합니다."

보비는 부정적인 상황을 애써 지우려는 듯 잠비아 음악의 가능성을 강조했다.

다이키는 피쉬앤칩스로 손을 뻗으며 귀를 기울였다.

"모두 의욕은 넘칩니다. 최근에는 잠비아에서 처음으로 영화를 만들었는데 평판이 좋았어요. 주변 국가에서도 상영할 정도였죠. 특히 영화에 사용한 삽입곡이 좋은 평가를 받았답니다."

"스폰서는 있나요?"

다이키가 물었다.

"영화제작은 지방기업들이 후원해줬어요. 하지만 기자재가 없어요. 촬영이나 편집할 기술도 없고요."

"극장이나 공연장은 있나요?"

다이키의 질문에 보비가 고개를 가로저었다.

"낡은 국제회의장이 있긴 해요. 외국 뮤지션이 오면 그곳을 이용하죠. 하지만 음향시설이 안 좋고 의자도 플라스틱 의자뿐이에요. 게다가 너무 비싸서 우리에겐 그림의 떡이랍니다."

"라이브 하우스는요?"

"제대로 된 라이브 하우스 같은 건 없어요. 런던에 와서 우리나라가 문화에 아무런 투자도 안 했고 문화산업을 육성하지도 않았다는 걸 깨닫고 화가 났어요."

"하지만 먹고사는 게 우선이면 음악은 나중 문제 아닐까요?"

이런 문제는 솔직하게 물어볼 수밖에 없다. 마음에 걸린 가느다란 실을 잡아당기듯 다이키는 계속해서 질문했다.

"잠비아는 가난하지만 아프리카에서는 경제 상황도 톱클래스고 치안도 좋습니다. 그래서 음악을 즐길 수 있는 중산층도 많아요. 다만 국내에 문화시설이 없기 때문에 아무래도 해외로 나가버리죠. 좀더 가까운 곳에 음악을 즐길 수 있는 장소가 있다면 충분히 먹힐 테고 사업적으로도 손해는 보지 않을 겁니다."

보비는 힘주어 역설했다.

그 기세에 게이고가 힘을 보탰다.

"가난해서 음악을 즐길 수 없다는 말은 옳지 않아요. 오히려 더욱 음악에서 구원을 얻고 마음의 평화를 얻을 수 있지 않나요?"

"그래요. 특히 잠비아의 뮤지션이 생각하는 건 가난해도 풍요로운 마음, 기쁨과 평안, 서로 돕고 사는 마음이에요. 음악을 통해 하나 되는 거죠."

두 사람의 설명에 다이키는 푹 빠져들었다.

"잠비아는 다민족 국가이고 저마다 언어나 문화적 배경도 달라요. 하지만 음악은 민족도, 국경도 훌쩍 뛰어넘어요. 새로운 국가건설을 위해서라도 잠비아에는 음악이 필요해요."

다이키의 머릿속에 전구가 반짝였다.

이것이다.

국경을 초월한 형태 없는 제품!

1964년에 독립한 잠비아는 75만 평방미터의 넓은 국토에 인구 1,347만 명, 73개 부족이 섞여 있다. 공용어는 영어, 종교는 인구의 80퍼센트가 기독교이다. 과거 영국 식민지의 역사를 고스란히 간직하고 있다. 독립 후에는 사회주의 체제에 기반을 둔 정책을 지지하며, 구소련의 지원으로 수입대체정책*을 통해 경제발전을 이루고자 했다. 하지만 1989년의 동유럽 혁명, 1991년의 소련 붕괴 후 방패막이를 잃고 자유화의 물결에 휩쓸려 경제는 혼돈을 거듭하고 있다.

"내전은 없어요. 구리 광산 덕에 경제도 순조롭게 성장하고 있습니다. 아프리카 안에서는 우등생인 편이죠."

다이키는 보비의 말을 반박했다.

"하지만 한계가 있죠. 자원은 언젠가 고갈될 것이고, 잠비아는 내륙국가라서 제조업도 불리해요. 다음 산업을 생각해야만 하는 그런 상황 아닐까요?"

"맞아요. 젊은 경제학자들은 괜찮은 치안 상황을 이용해 스포츠나 엔터테인먼트로 잠비아를 부흥시키는 게 어떠냐고 제안하고 있어요. 스포츠도 모국 팀을 응원하며 열광하잖아요. 음악도 모국을 단결시키는 힘이 될 거예요."

"좋은데요. 정부도 국가를 다시 세우기 위해 엔터테인먼트 산업에 힘써야겠네요!"

다이키가 동의했다. 하지만 보비의 얼굴에 그늘이 졌다.

"그 정부가 문제예요."

"네?"

"이건 아프리카 모든 국가에 해당하는 거지만 정보통제가 심해서 음악 CD도 판매가 금지되곤 해요."

다이키의 머릿속에 검은 양복의 중국인이 떠올랐다. 정보통제

* 보호무역을 기조로 수입 공산품을 국내 생산하기 위해 국내 산업을 보호하고 수출을 촉진하는 정책.

시스템의 공급자다. 빼기듯 차가운 시선으로 웃고 있던 남자.

"하지만 반체제 노래만 아니라면…."

다이키가 우물거렸다.

"런던과 비교하면 잠비아의 사회비판은 대수롭지 않습니다. 하지만 정부는 음악의 힘을 두려워해서 좀처럼 자유로운 창작활동을 허락해주지 않아요."

"가사에 비유를 사용하면 괜찮지 않아요?"

"이를테면 우리는 바퀴벌레다, 아니면…."

"아니면?"

"아무리 두들겨 패도 살아남는다."

"실은 그런 노래를 만들었다가 판매금지 처분을 받았어요."

"진짜요?"

"숨이 막힐 것 같아서 잠비아에서 나왔어요. 하지만 고향은 고향이죠. 역시 돌아가고 싶어요."

"잠비아 정부도 중국과 사이가 좋은가요?"

다이키가 물어보았다.

"그건 당연하죠."

"흠."

중국은 반체제 정보를 재빨리 차단하는 시스템을 아프리카 모든 나라에 판매하여 성과를 거두고 있다. 반체제 움직임이 일어나면 즉시 인터넷 기능을 차단하고 전화망까지 불통으로 만든다. 여차하면 다른 나라 뉴스를 봉쇄하는 일도 서슴지 않는다.

아프리카 정부에 있어서 중국은 강력한 아군인가….

대외적으로는 민주주의를 도입한 아프리카 국가들이지만 정보를 조작하고 독점하며 권력 유지에 여념이 없다.

이들 나라에 파고들 수 있는 빈틈이 있을까.

다이키의 표정이 어두워졌다.

옆에서 듣고 있던 게이고는 다이키의 어깨에 손을 올렸다.

"정치 같은 건 상관없어요. 물론 그 누구든 정치와 떨어져 살 순 없겠죠. 하지만 나는 잠비아 노래가 좋아요. 그 자체로요. 아카펠라 화음은 세련됐고, 힙합은 리드미컬하면서도 마음을 따뜻하게 달래주어요. 최근에는 유럽의 영향을 많이 받아서 좀더 독자적인 색채를 지니면 좋을 것 같긴 해요. 다른 나라에서도 유행할 수 있는 엔터테인먼트를 목표로 해야겠죠."

게이고의 말에 자극받아 보비도 긍정적인 사고로 되돌아왔다.

"잠비아는 영어가 공용어라서 아프리카 남부와 동부라면 시장 확대도 가능합니다. 지금 아프리카의 음악을 견인하는 건 서아프리카의 세네갈과 말리지만 그쪽은 프랑스어권이거든요. 우리는 영어권의 아프리카 음악을 확대하고 싶어요."

"바로 아프리카의 엔터테인먼트 거점이 필요하다는 거네요?"

긍정적인 물결이 다시 다이키를 뒤흔들었다.

중국 기세에 밀려 자칫 후퇴할 뻔했다.

"미국에는 할리우드가 있고 인도에는 발리우드가 있어요. 아시아에서는 홍콩 영화가 활발하고 한국의 K팝이 국경을 넘어 유행하고 있죠. 잠비아가 아프리카의 엔터테인먼트 거점이 되기만 하면 경제도 발전할 수 있어요."

"그래요, 무라카미 씨, 그거예요, 그거. 노래가 사회를 움직이고 사회의 필요가 경제를 움직여…."

"경제활동이 정치를 움직인다, 이거네요?"

"맞아요."

다이키와 게이고는 동시에 웃음을 터뜨렸다.

"잠비아의 할리우드 프로젝트라…."

다이키는 허공을 쳐다보았다.

"그럼 사파리 게임파크 안에 극장을 만들어 〈라이언 킹〉 같은 뮤지컬을 공연하는 건 어떨까요?"

"그것도 재밌겠는데요. 극장에서 나오면 진짜 기린과 얼룩말이 있고. 최고예요!"

"잠비아에는 세계 3대 폭포인 빅토리아 폭포가 있으니 외국관광객에게 음악을 들려주는 것도 좋겠어요!"

옆에서 조용히 듣고 있던 스페인 사람 후안도 동의했다.

"앗, 슬슬 내 차례네요."

게이고가 손목시계를 보며 일어섰다.

"오늘 밤은 내가 노래 불러요. 들어주세요."

다이키는 그를 따라 지하 라이브 회장으로 내려갔다. 뮤지션을 꿈꾸는 젊은이들이 두세 곡씩 노래를 부르며 관객의 반응을 감지하는 곳이다.

사회자가 게이고를 소개했다. 게이고는 무대조명 밑에서 가볍게 기타 줄을 튕겨 G코드를 한 번 울리더니 곧바로 분위기를 휘어잡고 자신의 세계로 청중을 끌어들였다.

노랫소리에 실내 공기가 달라졌다. 가사의 의미를 모르는 관중들도 게이고의 호흡에 이끌렸다. 음역이 넓은 맑은 목소리. 거리공연에서 투명한 고음을 내질렀던 사람이 그였다.

다이키는 같은 또래, 같은 국적의 게이고에게 호감이 갔다. IT 엔지니어나 상사맨과는 다른 꿈을 좇고 있다. 하지만 자신과 공명하는 부분이 있을 것만 같다. 이런 생각이 든 건 모국어 가사와 향수 어린 곡 전개에 그리움을 느껴서일까?

바다를 건너자
무한한 가능성에 몸을 맡기자
갈 수 없는 곳은 없어
할 수 없는 일은 없어
수평선으로 아침 해가 보인다
바람이 분다
내가 변한다, 나를 바꾼다
언젠가 세계도 틀림없이 바뀐다

시원하게 내지르는 게이고의 고음에 다이키는 소름이 돋았다. 영혼의 절규. 그것은 죽을힘을 다해 살아가는 게이고라서 더욱 가능했다.

"이 노래 가사, 아세요?"

멍하니 듣고 있는데, 보비가 다이키에게 귓속말을 했다.

"물론이죠, 알아요."

"처음 이 노래를 듣고 의미도 모르면서 감동했어요. 무슨 뜻인지 궁금해지더라고요."

"무기력한 세상에 살고 있지만 아직 포기할 수 없다는 마음을 노래하고 있어요."

"그런 가사라면 잠비아에선 발매금지가 될 거예요."

"네?"

"현 정권을 비판한다고 생각할 테니까요."

"이 정도로요?"

보비의 말에 동의하며 과묵한 짐도 깊이 고개를 끄덕였다.

"골치 아프겠죠? 하지만 난, 잠비아 사람들이 음악을 원한다고 믿어요. 이 노래가사처럼, 아직 포기하면 안 되겠죠. 100년 전의 아프리카를 생각하면 틀림없이 좋아질 겁니다."

다이키는 시선을 무대로 되돌렸다.

발매금지….

보비의 말이 무거운 현실이 되어 가슴을 파고들었다.

게이고는 아마 개인적인 심정을 노래하고 있을 것이다. 세계로 뛰어든 자신을 격려하고, 자신의 소심함을 비웃으면서, 장구한 시간에 몸을 맡긴 채 두려워하지 말라고 북돋고 있다. 아직 못 가본 길이 두렵긴 해도 호기심과 정열로 극복해 세계로 발걸음을 뗀 게이고였다. 지금 런던의 작은 라이브 하우스에서 게이고는 기타 하나로 세계와 마주하고 있다.

관객은 50여 명. 히트곡과는 거리가 멀다. 하지만 이 노래는 다이키의 심금을 울리고 공감대를 만들어냈다. 잠비아에서 온 두 뮤지션에게도 영향을 줬다.

음악이란 얼마나 심오한가.

다이키는 빛나는 무대를 보며 눈을 가늘게 떴다.

정보통제나 발매금지 처분 같은 걸로 국경 없는 음악을 말살할 수 없다. 무한한 가능성이라는 가사가 마음속 깊이 스며들었다.

"글쎄, 그런 게 통할 것 같지는 않은데…."

고노 가쓰미는 턱을 만지며 얼굴을 찡그렸다.

좋은 아이디어라고 자부하고 있었던 만큼 입사동기인 고노가 보여준 소극적인 반응에 다이키는 의기소침해졌다. 전적으로 찬성하지는 않더라도 조금은 지지해줄 거라고 생각했다. 다이키는 다음 말을 어떻게 꺼내야 할지 고민스러웠다.

고노의 가구 딸린 맨션은 도심에서 동쪽으로 몇 킬로미터 떨어진 주택가에 있다. 거실은 홈파티를 할 수 있을 만큼 널찍했고 큰 창으로 런던의 야경이 한눈에 들어왔다.

"재미있겠어요."

마나에가 소파에서 잠든 딸을 다정하게 쓰다듬으며 다이키 의견을 지지했다.

"프로젝트는 재미만으로 이루어지지 않아."

고노는 옆에서 끼어드는 아내를 나무라듯 단호히 말했다.

"하지만 재미도 없는 프로젝트는 더욱 안 되지."

다이키는 질세라 대꾸했지만 고노는 동의하지 않았다.

"난 이익을 낼 수 있느냐 없느냐가 제일 중요한 판단기준이라고 생각해."

"말처럼 쉽게 이익을 낼 수 있는 사업이면 누구든 다 했지."

"하지만 음악이라니. 돈이 되겠어? 아무래도 아닌 것 같은데? 웃자고 하는 얘기라면 상관없지만 난 별로."

경제성만 따지는 고노에게 반발하며 다이키가 대꾸했다.

"이 세상은 돈이 다가 아니야. 꿈이나 희망도 필요하잖아."

“하지만 우리는 장사를 하고 있어. 꿈만 먹고살 순 없다고.”

“꿈도 돈이 돼.”

“네 타깃은 아프리카지? 거긴 먹고사는 게 더 중요하지 않아?”

다이키는 눈을 빛내며 자세를 바로 했다.

“아프리카 경제는 성장기에 들어섰어. 엔터테인먼트 사업은 고도성장의 조짐이 보이기 시작할 무렵이 적기야. 생활에 여유가 생기면서 살아갈 의미를 묻기 시작하지. 그래서 음악이 더욱 필요한 거야.”

“시장은 있어?”

“아프리카 인구는 약 10억이고 영어를 공용어로 채택한 나라는 전체 54개국 가운데 22개국이나 돼. 국경을 초월해서 아프리카 안에서 시장을 넓힐 수도 있다고.”

“그런 시장이 어떻게 될지는 도무지 알 수 없잖아. 아무도 나서지 않는 모험은 이유가 있는 거야.”

“아무도 시작하지 않은 건 아니야. 싹수는 보여. 잠비아에 음악산업이나 영화산업을 어떻게든 키워보려는 사람들이 나타나고 있어. 잠잘 시간도 아끼며 꿈을 좇고 있다는 거지.”

“하지만 도쿄 본사의 높으신 분들이 수긍할 리 없어. 누차 말하지만 돈이 안 되잖아?”

“지금은 그럴지도 모르지만 터지기만 하면 대박이야.”

“거긴 불법복제도 판을 칠 텐데 CD가 정상적으로 팔리겠어?”

“그게 말이지, 지금은 CD의 시대가 아니야. 인터넷 동영상으로 다 보고 듣는다고.”

“그럼 더욱더 돈이 안 되겠네.”

"무슨 소리야, 광고료라는 게 있잖아. 보는 횟수가 늘면 제법 돈이 된다고."

"히트 치면 그렇겠지…."

다이키와 고노는 거실 테이블을 사이에 두고 각자 팔짱을 낀 채 침묵했다. 아직 아이디어 단계였지만 구체적인 방안이 딱히 떠오르지 않았다.

"잠비아의 음악은 이런 느낌이구나."

옆에서 대화를 듣고 있던 사요미가 컴퓨터 화면을 보며 말했다. 사요미는 아픈 오빠를 보살핀다는 명목으로 휴가를 내서 런던에 머물고 있었다. 고노 부부의 저녁식사에 초대되어 다이키와 함께 놀러왔다.

"유튜브, 나도 좀 보여줘요."

마나에가 흥미를 보이며 들여다봤다. 사요미는 모니터를 살짝 움직여 "여기, 이거예요" 하며 가리켰다.

둘은 얼굴을 바짝 대고 유튜브의 뮤직비디오를 들여다봤다. 고노는 못마땅한 표정으로 곁눈질했다. 놀이 같은 발상이 너무 경박하게 느껴지는 듯했다.

"좀더 묵직한 프로젝트는 없어?"

고노가 말했다.

"묵직하다는 게 뭐야? 금속 거래는 무게로 승부하지만 프로젝트는 묵직하지 않아도 상관없잖아."

"그런 무게 말고."

"잠비아는 내륙국가라 항구가 없어. 중화학공업 같은 산업은 불리해. 그보다는 소프트웨어야. 부가가치가 높은 게 좋아. 요컨대 부피가 작고 값비싼 제품. 음악 같은 게 적당하다고."

다이키는 천장을 올려다보았다.

"다른 건 없어?"

"뭐, 내 체험에서 나온 거긴 하지만 의료 같은 것도 있지."

"의료가 사업이 돼?"

"병원 경영 말고 약품."

"약품?"

"케냐에서는 인도의 제네릭 약품이 잘 팔리는 것 같던데."

"제네릭 약품이라면 특허권이 사라진 약품을 똑같이 만들어 파는 거?"

사요미가 끼어들었다.

"맞아. 어떻게 네가 그런 걸 다 아냐?"

"나도 그 정도는 알아. 우습게 보지 말라고."

"의약품이든 엔터테인먼트든, 꿈을 현실로 만들겠다니 정말 멋지네요."

마나에는 눈을 반짝이며 다이키의 구상에 공감해주었다. 그 태도에 약간 질투심을 느낀 고노는 "여자들은 비즈니스를 몰라" 하며 입술을 삐죽였다. 그러자 얌전히 남편 비위나 맞춰줄 것 같던 마나에가 고개를 바짝 들고 반박했다.

"앗, 그 말은 인정할 수 없어. 누구 때문에 일을 그만뒀는데. 나도 아이치가 태어나기 전엔 비즈니스 최전선에 있었다고."

"알고 있어."

"당신이 손님을 데려와도 불평 한마디 하지 않았는데, 조금쯤은 내조를 잘하고 있다고 칭찬해줬으면 좋겠어."

"뭐야, 사람들 앞에서."

"어머, 왜? 사람들 앞에서 아내를 좀더 소중히 대하지 않으면 영국에서는 신사 대접 못 받아."

마나에의 뾰로통한 표정에 사요미가 키득거렸다.

"고노 씨, 마나에 씨에게 애걸해서 같이 온 거 아니었어요? 그렇다면 더 잘해주셔야죠."

"그러고 있습니다. 당연히…."

고노의 목소리가 작아졌다.

"아내는 남편이 다른 사람 앞에서 좀더 상냥하게 대해줬으면 한답니다. 남편한테 중요한 존재라는 걸 자랑하고 싶은 거죠. 안 그래요, 마나에 씨?"

마나에는 웃으며 고개를 끄덕거렸다. 여자들끼리 손을 잡으면 천하무적이다.

"야, 너, 쓸데없는 소리 좀 하지 마."

신나하는 사요미를 보며 다이키는 식은땀을 흘렸다.

마나에가 다시 화제를 되돌렸다.

"나는 다이키 씨 프로젝트, 무척 맘에 들어요. 남편은 금속만 취급해서 머리가 딱딱해졌지만 지금은 문화콘텐츠산업의 가능성이 더 큰 것 같아요. 조사해볼 만한 가치가 있다고 생각해요. 처음부터 안 된다는 생각은 하지 마세요."

마나에는 언뜻 순종적으로 보였지만 의견이 확실했다. 고노도 이런 점이 좋아서 청혼했다고 얘기했었다. 상사맨의 아내는 이끄는 대로 따라오는 수동적인 여자여서는 안 되며, 남편의 일을 이해하고 자기 삶에서 보람이나 존재 의미를 스스로 찾아내는 주체적인 여자여야 한다고 주장하곤 했다.

잠시 잠비아 음악에 귀를 기울이던 고노가 입을 열었다.

"그래서 아프리카 근무라도 할 거야?"

생각지도 못한 질문이었다.

"아프리카 프로젝트를 하려면 그곳에서 살아야 하잖아. 살지는 않더라도 자주 오가기는 할 테지. 그래도 좋아?"

"그런 것까진 생각하지 않았는데."

"너, 정말 어리구나. 너무 느긋해."

"…."

"입사하고 5년이 지났어. 모두들 많든 적든 어른이 되어 고생하고 있다고."

"나도 그래."

"고생하지 않는다는 말은 못 하겠지만 너무 어린 것 같아."

사요미가 "오빠, 한마디 들었네" 하고 놀렸다. 마나에는 남편에게 다가가 "말이 좀 심해" 하며 팔꿈치로 찔렀다.

고노는 헛기침을 하고 살짝 화제를 바꿨다.

"다지마 유스케가 우울증에 걸렸다는 말은 들었지?"

"응."

"다이키, 너하고 꽤 친했잖아."

"너도 도쿄에 있을 땐 자주 함께 어울렸잖아."

"그랬었지. 사실 그때 좀 힘들었어. 경쟁하는 것 같아서 상당히 불편했다고."

"너도 엘리트 코스를 밟고 있었으니까 라이벌로 생각한 거겠지."

"그런가? 하지만 우울증에 걸렸다니 정말 안 됐어."

"경쟁관계였다면 너한테는 더욱더 동정받고 싶지 않을 텐데?"

"그래. 그래서 연락 안 해."

고노는 가라앉은 표정으로 깍지 낀 두 손 위에 턱을 올렸다.

"해외에서 혼자 생활하는 건 힘들어. 아프리카에서 장기체류하느라 고생했을 거야. 그 녀석, 겉으로는 아무렇지 않은 척하니까. 그래서 더 견딜 수 없었을지도 몰라. 난 가족과 함께 있지만."

고노의 시선 끝에 마나에가 있었다. 마나에는 식탁을 닦다가 얼굴을 들어 두 눈을 깜박였다. 앞치마 차림이 잘 어울렸다. 그녀도 아이가 생기기 전까지 고료상사에서 일했다. 금융기관에 다니던 아버지가 해외 근무를 했었기 때문에 남편의 일에 대해서도 잘 이해했고 결혼 초기부터 외국 발령은 예상했었다고 한다.

고노가 말을 이었다.

"런던에 가족을 데리고 와도 힘든데, 아프리카에서 살려면 상당한 각오가 필요할 거야. 계속 독신으로 있는 게 좋을지, 아니면 현지 여성과 결혼할지…. 일본 여자한테 아프리카에서 같이 살자고 하면 순순히 따라올 것 같지는 않은데?"

"아니, 그런 사례도 있어. 케냐에서 마카다미아 너트 공장을 경영하는 일본인은 신혼 초기부터 케냐에서 살았어."

"언제 적 이야긴데?"

"그게… 지금은 여든 살 정도 됐을걸?"

"그럴 줄 알았다."

"가키누마 지점장 사모님도…."

"옛날 일본 여자는 그 정도는 해줬어. 지점장님 부인은 유능한 분이기도 했고. 상사맨의 아내는 남편 일을 보좌하는 걸 직업처럼 느끼기도 해. 그래서 남편 실적도 아내 하기 나름이라고."

"어머, 그런가요?"

사요미가 묻자 마나에는 말없이 미소만 지었다.

"마나에는 협조적이지만 자녀교육과 부모님 병 수발로 갈등이 심해지는 부부도 있어. 나도 그런 일로 혼자 생활할 수도 있다고 생각하면 오싹해."

"마나에 씨는 일본이 좋으세요?"

사요미가 다시 끼어들었다. 마나에가 대답했다.

"난 최대한 같이 있으려고 생각하는 편이에요. 바람피우는 것도 싫고."

"안 피워. 그럴 리가 없잖아."

고노 가쓰미가 곧바로 대꾸했다.

마나에는 토라진 얼굴로 사랑스럽게 흘겨보았다.

"내가 더 걱정이야. 요즘엔 남편이 혼자 부임해 열심히 돈 벌고 있는데 와이프가 바람피우는 경우도 제법 많거든."

"아, 그래요?"

사요미가 소리치며 몸을 쑥 내밀었다. 고노는 한숨을 쉬면서 설명해주었다.

"요즘은 남녀평등 시대잖아요. 남자가 바람피우면 여자도 바람피워요. 원래 남자는 늘 가족을 데리고 이동하고 싶어 하죠. 그런데 회사의 예산 삭감으로 어려워진 게 문제에요."

"그럼 아프리카로 가면 오빠, 결혼 못 할 수도 있겠네."

사요미는 오른손 집게손가락을 턱에 대며 그럴 법하다고 생각하는 듯했다.

"단정 짓지 마. 지금도 아프리카를 좋아하는 일본 여자는 있어."

다이키는 도모미를 떠올리며 반박했다.

"하지만 차였잖아."

사요미는 콧노래를 섞어가며 야유했다.

"너, 남자는 여자처럼 그리 쉽게 마음이 바뀌지 않아."

제길, 이런 때는 허세를 부리는 수밖에 없다. 다이키는 부끄러움을 얼버무리려는 듯 테이블 위의 커피를 단숨에 들이켰다. 그러면서 아직 포기하지 않았어, 하고 생각했다.

런던의 중심 그린파크에서 주빌리 선* 지하철이 지상의 주택가로 올라가자 객차 안이 환해졌다. 다이키는 게이고를 따라 도리스힐에서 하차했다. 한적한 주택가인 이곳에 음악연습실이 있다니 뜻밖이었다.

"멋진 동네네요."

사요미가 한숨을 내쉬었다.

"넌 대체 왜 따라온 건데?"

다이키는 두 사람 뒤를 종종걸음으로 쫓아오는 사요미를 보고 어이없다는 듯 말했다.

"재미있을 것 같아서."

"일이라고 했잖아."

"나도 쓸모가 있다고. 누가 뭐래도 피아니스트니까."

"피아노 치는 알바생이었겠지."

---

* Jubilee line, 1979년에 개통한 런던 지하철의 노선 중 하나.

"무슨 실례되는 소리를. 동생의 실력을 모르는군. 상당히 평판이 좋았거든요."

사요미가 뾰로통하게 말했다.

"오늘은 녹음이라기보다 소리 맞춰보는 겁니다. 그러니까 피아노도 환영이에요."

"봐, 게이고 씨, 뭘 좀 아네. 오빠랑은 아주 많이 달라."

사요미는 왼쪽 팔꿈치로 다이키를 찌르며 거만하게 가슴을 내밀었다. 다이키는 "못 말리겠군" 하면서도 사요미가 따라와 마음 든든했다.

2층짜리 주택들 사이로 나 있는 좁은 골목길을 좌우로 꺾으며 안쪽으로 들어갔다. 막다른 곳, 주변과 전혀 다르지 않은 한 집에 스튜디오 원이라는 간판이 수수하게 걸려 있었다.

문을 열고 들어가자 밖에서는 상상할 수 없었던 현대적인 공간이 나타났다. 하얀 벽에는 뮤지션의 흑백사진이 걸려 있고 옅은 초록색 난간의 계단이 2층으로 이어졌다.

"이쪽이 연습실입니다."

풍성한 수염을 잘 다듬은 헌팅캡의 신사가 오른편 문을 가리켰다. 두꺼운 방음문을 열고 들어가니 잠비아 사람인 보비와 짐, 스페인 사람인 후안이 이미 와서 기다리는 중이었다.

연습실을 빌려서 음악을 들어봤으면 좋겠다고 부탁한 건 다이키였다. 비용을 지불할 테니 원 없이 음악을 즐겨달라고 했다.

"그럼 스탠더드 재즈라도 해볼까요? 편곡은 마음대로 하고."

유명한 곡을 분위기에 맞게 즐겨보자는 게이고의 제안에 보비와 짐은 웃으며 고개를 끄덕였다.

게이고의 기타를 신호로 합주가 시작됐다.

두 잠비아인은 리듬을 타며 입술과 혀를 악기 삼아 멜로디를 만들어냈다. 잠비아의 전통 북과 타악기를 자유롭게 다루며 몸 전체로 음악을 내뿜었다.

다섯 명은 제각기 흩어지는가 싶다가도 다시 호흡을 가다듬으며 앙상블을 이뤘다. 폭주하는 보비의 북에 게이고가 눈으로 신호를 보내며 전체적인 리듬을 맞춰갔다.

다이키는 소파에 앉아 몸을 흔들며 음악을 들었지만 머릿속으론 프로젝트에 대해 생각했다.

남동아프리카에 엔터테인먼트 거점을 만든다는 막연한 아이디어를 술집에서 나온 우스갯소리로 만들고 싶지 않았다.

실익이 없으면 회사는 움직이지 않는다. 꿈같은 소리를 해봤자 아프리카에서 병에 걸려 미친 거 아니냐며 웃고 말 것이다. 돈이 안 된다고 딱 잘라 말할 게 뻔하다.

수익모델을 만들어야 한다. 최소한의 채산성은 맞춰야 한다. 발굴한 소재를 어떻게 살릴 수 있을까.

가벼운 리듬 속에서 오랜만에 듣는 사요미의 피아노도 싱그러웠다. 다이키는 다시 이들의 연주에 귀를 기울였다.

합주를 즐긴 다이키 일행은 역 앞 카페에 들어가 앉았다.

"영국에 오니 뭐가 좋아요? 공연할 때요."

"음향시설이나 설비가 좋을 거란 건 알고 있었어요. 하지만 더 놀랐던 건 환경이 건전하다는 거예요."

"무슨 말이에요?"

"마약이 없어요."

예상치 못한 답이었다.

"잠비아에도 최근 텔레비전을 놓고 음악을 들려주는 가게가 생겼어요. 하지만 마약 소굴이죠. 원래 잠비아 음악은 교회에서 유래해서 신성한 것이었는데 라이브 하우스는 몹시 불건전해요."

게이고가 끼어들었다.

"그럼 건전한 라이브 하우스를 본인들이 만들면 되잖아요. 영국의 뮤지션도 이삼십 년 전에는 마약으로 찌들어 있었어요. 하지만 그건 모두 과거의 일이에요. 지금은 담배를 피우지 않는 사람들도 많아요. 요즘은 친환경 시대잖아요."

"그런 가게를 차릴 돈이…."

"자금은 여기 있는 다이키 씨가 모아줄 겁니다."

게이고가 다이키의 등짝을 탕! 쳤다. 다이키가 "그건…" 하고 얼버무리는 순간 게이고가 말을 이었다.

"갑작스러운 할리우드 계획은 힘들어요. 처음에는 작게 시작하고 돈을 벌면 재투자하여 스튜디오를 만드는 거예요."

남의 일이라고 너무 쉽게 말한다. 하지만 신기하게도 불쾌한 기분은 들지 않았다. 게이고가 말한 대로였다.

"자금보다 좀더 심각한 문제가 있는 것 같은데요."

"어떤 건데, 오빠?"

오렌지주스를 빨대로 휘젓던 사요미가 물었다.

"지속적인 경영 문제야. 그걸 맡아 할 만한 사람이 있느냐 하는 게 일단 문제고. 음악뿐만이 아니야. 법적인 문제도 해결하고 재무설계도 해야 해. 조직도 꾸려야 하고. 음악도 비즈니스니까."

"하지만 오빠, 할리우드 계획으로 회사를 설득하는 건 고노 씨도 부정적이었잖아."

사요미는 회의적이었다. 그러자 게이고가 끼어들었다.

"설득하려고 하니까 힘들다는 생각이 드는 게 아닐까요? 감정에 호소하면 될 텐데 말이죠."

"감정에 호소한다고요?"

다이키가 반문했다.

"이거 재미있겠다, 하고 느끼게 만드는 거예요. 와락 깨물어보고 싶다는 생각이 들게 말이죠."

"설득이 아니라 호소라…."

"심장이 두근거릴 정도로 재밌겠다는 생각이 들게 하면 충분해요. 회사를 설득하는 게 아니라 회사 조직에 있는 개인을 아군으로 만들고 동료로 만드는 거예요. 함께 해보지 않겠느냐고. 그럼 의외로 돈도, 힘도 빌려줄지 모르죠."

"하긴 상대는 회사가 아닌, 살아 있는 인간이니까 재미있다고 생각하면 움직일지도 모르겠네요."

"물론 현실감각은 반드시 있어야겠지만 꿈에 돈을 투자하고 싶은 사람도 제법 있지 않을까요?"

게이고가 말했다.

"난 거리 공연을 할 때, 동전함 옆에 영어, 일본어, 스페인어로 쓴 팻말을 세워놔요. '기타를 들고 전 세계에서 노래하는 게 꿈입니다. 도와주세요' 라고요. 그러면 사람들이 돈을 넣어주거든요."

"주로 어떤 사람들이에요?"

"정말 다양해요. 의외로 나이 많은 관광객도 많고요. 런던에 놀러왔다가 음악을 하는 젊은이도 좀 도와주자 생각하는 거예요.

그러면서 그들도 즐거운 마음이 될 겁니다. 돈을 받는 대신 감동을 제공한다면 양쪽 모두 좋은 거 아닌가요?"

"맞아요, 맞아."

다이키는 게이고의 호소에 넘어간 자신이 즐거워졌다.

사요미가 말했다.

"게이고 씨도 엄청 긍정적이네요."

"하하하. 그런 편이죠. 최강, 초 울트라 긍정맨입니다."

손가락을 브이 자로 만든 게이고가 살짝 고개를 숙여 콜라를 마셨다.

"하지만 상당히 침울했던 때도 있었어요. 그걸 극복하자 더는 두려울 게 없어진 건지도 몰라요."

"극복했다고요?"

다이키는 고개를 갸우뚱하며 게이고의 눈을 보았다.

"한때는 죽고 싶다는 생각도 했어요. 5년 전에 인디즈*로 데뷔했는데, 전혀 팔리지도 않고 시시하다는 말만 들어서…. 외모만 괜찮네, 노래에 임팩트가 없네, 곡 전개가 이상해서 기분이 안 좋네 등등. 물론 칭찬해준 사람도 있지만 헐뜯는 소리를 듣고 나니 계속 구렁텅이로 떨어지는 느낌이었어요. 내가 만든 노래가 비판받으니 마치 내 인격까지 송두리째 부정당하는 것 같더라고요. 자신감을 잃고 이불을 뒤집어쓴 채 아무도 만나고 싶지 않은 날들이 계속됐죠."

"그런데 어떻게 다시 일어설 수 있었어요?"

---

* indies, 기성 레코드 회사의 시스템에 의지하지 않고 독자적으로 레코드를 제작, 판매하려는 움직임.

사요미가 물었다.

"아직 보지 못한 세계가 잔뜩 있었으니까요. 굳이 자살하지 않아도 그냥 있었으면 굶어 죽었을 거예요. 난 어머니 외엔 의지할 만한 친척도 없었어요. 고등학교를 졸업하고 도쿄로 나온 후 어머니한테 남자친구가 생겼어요. 돌아가봤자 서로 힘들기만 할 테고…. 나는 살아갈 가치가 없다, 살아 있을 의미도 없다 싶으니까 처절하게 고독하더군요. 믿었던 여자친구한테도 배신당하고, 속수무책이었죠."

다이키와 사요미는 게이고의 개인사를 묵묵히 들었다. 게이고는 부끄러운 듯 어깨를 으쓱이며 환하게 웃더니 주먹을 들었다.

"하지만 어차피 죽을 거면 세계를 보러가자, 고고! 했죠."

"그래서 런던으로?"

"운이 좋았어요. 막막했던 그때, 어떤 사람이 해준 말이 큰 힘이 됐거든요."

"무슨 말이었는데요?"

"자신을 믿으라고요. 어차피 남은 알아주지 않는다. 그러니 더욱 자신을 믿어라. 그러면 또 누군가를 믿게 될 거라고."

자신을 믿는다….

다이키는 목구멍 안으로 되새김했다.

"자포자기할 정도로 힘든 건 알겠지만 타인의 칭찬을 기대해봤자 별수 없다, 자신을 믿어줄 사람은 자신밖에 없다고 했어요. 스스로를 믿지 않으면 다른 사람이 너를 어떻게 믿겠느냐고 말이죠. 그 말이 크게 다가왔어요. 그리고 편도 항공료를 주더군요. 이대로 죽을 테냐, 아니면 갈 테냐, 둘 중 하나를 택하라면서."

"그것도 극단적인 선택이었군요."

"주저 없이 지폐가 든 봉투를 쥐고 가겠다고 했어요."

게이고는 입을 크게 벌리고 시원스레 웃었다. 눈이 반짝거렸다. 그의 멋진 외모는 타고났지만 이 빛나는 눈동자는 긍정적으로 살지 않으면 얻을 수 없다.

게이고는 찬찬히 과거를 떠올리며 말했다.

"그는 내 곡이 좋다며 또 좋은 곡을 들려달라고 했어요."

다이키는 얼굴을 들고 끄덕이며 동의했다.

"나도 좋아합니다. 게이고 씨 노래."

"저도요. 여기 있는 보비와 짐도, 후안도 게이고 씨 노래가 좋아서 모였을 거예요. 국경을 초월해 전해진 거죠."

게이고는 부끄러운 듯 미소 지었다.

다이키는 즐거운 시간을 보내며 기분이 한결 가벼워졌다.

이것은 놀이가 아니다. 비즈니스다. 들떠서는 안 된다. 냉철함이 필요하다. 해외사업부로 보내달라며 상사에게 끈질기게 간청했던 순수한 열의만 가지고는 안 된다. 부딪치고 보자는 막무가내도 안 된다. 차근차근 한 걸음씩 전진해야 한다.

문득 도모미가 떠올랐다. 퇴원 보고와 인사, 그리고 사과의 말을 여섯 문장으로 압축하여 보낸 이메일에 다음 날, 간단한 답장이 왔다.

〈도울 일이 있으면 알려주세요.〉

유엔개발계획의 직원으로서 한 말이란 건 안다.

하지만 여전히 상대해주고 있다.

동생처럼 대하는 거에 불과하다 해도 상관없었다. 그녀의 존재는 프로젝트 기획에 또 하나의 동기부여가 됐다.

의논해볼까?

다이키의 마음이 조금씩 뛰기 시작했다.

돌격 전야

"이때다 싶으면 죽어라 물고 늘어진다. 알겠나?"

나이로비 지점장 가키누마 사다오는 불룩한 배를 내민 채 팔짱을 끼고 의자에 깊이 앉아 다이키를 쳐다 보았다.

"돌아오자마자 바로 시작인가?"

커다란 눈이 뒤룩거렸다.

"네, 제 나름대로 많이 생각했습니다."

"엔터테인먼트라…."

나카야마 치에코가 기둥 옆을 가볍게 노크하며 들어왔다. 쟁반에 차를 두 잔 올린 치에코가 가키누마에게 물었다.

"차를 어디에 놓을까요?"

"아, 저쪽에서 이야기할까?"

가키누마는 접객용 소파를 가리키며 다이키에게 앉기를 권했다. 다이키는 굳은 표정으로 검은 가죽 소파에 다리를 가지런히 모으고 앉았다.

"심각한 이야기인가요?"

분위기를 살피며 치에코가 말을 건넸다. 오래도록 함께한 현지 직원이라 숨길 것은 없었다.

"심각하다면 심각하지."

가키누마는 소파에 푹 앉아 녹차 잔을 집어들었다.

"이 애송이가 엔터테인먼트 사업을 해보고 싶다는데."

"네? 엔터테인먼트요?"

생각지도 못했던 대답에 치에코는 눈을 깜박였다.

"잠비아에서 엔터테인먼트 프로젝트를 추진하고 싶대."

"어머나…."

치에코는 쟁반을 가슴께로 끌어당긴 채 긴장한 모습의 다이키를 힐끔 쳐다봤다. 그리고 다시 가키누마에게 시선을 돌렸다.

"그게 가능한가요?"

그녀가 고개를 갸웃거리며 물었다.

"뭐, 상사라는 건 돈만 되면 못할 게 없긴 해."

"하지만 우리 회사에서는 전례가 없는 일이죠?"

"아니, 음악만 놓고 보면 몇 년 전에 남미개발부에서 공적개발원조의 무상자금협력을 얻어냈어. 베네수엘라였을 거야. 관악기 수입을 위한 거였는데, 5억 원가량의 금액을 지원받았지."

"그런 원조도 있어요?"

"빈곤층 아이들에게 음악의 우수성을 가르쳐주고, 음악으로 비행을 예방하는 게 취지였어. 클래식 애호가인 베네수엘라의 전직 고위관료가 30년 전부터 해온 사업이었는데, 회원이 10만 명 정도라 지방에서도 꽤 폭넓게 전개되었다던가."

"그 단체에 공적개발원조 예산으로 악기를 제공했군요."

"문화부문 무상자금협력을 요청했었던가 봐. 그밖에도 문화센터 건설이나 녹음장비 제공 같은 것도 있어."

"네에, 여러 가지 원조가 있군요."

치에코는 감탄하며 고개를 끄덕였다.

"하지만 무라카미가 목표로 하는 건 원조가 아니야."

"네, 아닙니다. 비즈니스예요."

"엔터테인먼트 산업은 역시 민간 차원의 활력이 중심이 돼야지."

"그럼 투자인가요?"

치에코가 물었다.

"음…."

가키누마는 다시 입을 다물었다.

잠비아의 엔터테인먼트 산업을 조사하고 싶다는 말에 고민하는 듯했다. 다이키는 "부탁드립니다" 하며 고개를 숙였다.

"뭐, 나는 상관없는데 본사에서 뭐라고 할지."

"잘 좀 보고해주세요."

"아니, 현 단계에서 보고를 하는 게 좋은지 잘 모르겠어. 시작도 전에 박살날 것 같아서."

가키누마는 찻잔을 들어 입으로 가져갔다. 약간 식은 녹차를 단숨에 마시고 빈 찻잔을 오른손으로 만지작거렸다.

"그럼, 어떻게…."

"차근차근 밖에서부터 공략해 들어가야지."

"밖에서부터요?"

"본사에는 아직 말하지 마. 털어놓을 상대나 타이밍을 실수하면 될 일도 안 돼."

"어떻게 하면 좋을까요?"

“신중하게. 하지만 확실히 전진하려면 작전이 필요해. 장애물이 반드시 아프리카에만 있으란 법은 없어. 지원사격을 해줘야 할 도쿄 본사가 발목을 잡는 경우도 많거든. 현장과 본사의 온도 차이를 없애고 아군을 늘리는 방안을 생각해야지.”

“각오는 되어 있습니다. 무슨 일부터 해야 할까요?”

“… 내 항공편도 같이 예약해.”

다이키가 눈을 크게 뜨자 치에코가 참견했다.

“지점장님도 함께 잠비아로 가신다고요?”

“그래, 연출을 좀 대볼게.”

“도와주시는 건가요?”

“이런 프로젝트에 참여하는 게 썩 내키는 건 아니야. 하지만 지금 동아프리카에는 실탄이 없어. 너무 오래 사용해온 자원과 인프라 외에 뭔가 다른 돌파구가 필요해.”

“엔터테인먼트는 반드시 될 겁니다!”

“글쎄, 나는 뭐가 됐든 상관없다고 생각하는 사람이야.”

“무엇이든 말인가요?”

다이키의 목소리가 어두워졌다. 뭐든 상관없다는 말에 기운이 빠졌다. 하지만 가키누마는 태연하게 말했다.

“아프리카에 아무것도 없다는 말은 무엇이든 할 수 있다는 의미도 되지. 즉 행동할 인재만 있으면 가능성은 무궁무진해. 요즘은 머리만 커져서 비판만 늘어놓는 수재형 인물들밖에 없어. 나는 말이지, 아프리카에서는 돈키호테 같은 행동파가 더 필요하다고 생각해. 무조건 돌진하는 에너지가 필요하다고. 똑똑하고 약아빠진 수재보다 엉뚱하면서도 매력적인 모험가가 필요하지.”

나카야마 치에코가 물었다.

"그거, 다이키 군을 말하는 건가요?"

"뭐, 그런 셈이지."

다이키는 복잡한 표정으로 앉아 있었다. 칭찬인지 욕인지 알 수 없는 묘한 말이었다.

"난 할 수 없다는 변명은 수없이 들었어. 하지만 그건 해보려고도 않는 변명에 불과해. 누구도 하지 않는다면 오히려 기회가 더 있을 거라고 생각하는 편이지."

"그럼 해보죠!"

씩씩한 다이키의 목소리에 가키누마가 쓴웃음을 지었다.

"나도 최근 변변한 프로젝트가 없어서 사무실에만 들어앉아 있었어. 조금쯤은 움직이고 싶었다고."

"네, 꼭 그렇게 되실 겁니다."

"네가 진심으로 행동한다면 지원군이 돼줄 순 있어."

"부탁합니다."

"본사를 설득하려면 측면 지원을 생각해야 해. 한 걸음 한 걸음, 작은 보폭이라도 끈기 있게 나아가지 않으면 길은 만들 수 없어."

"네. 반드시 성공하겠습니다. 감사합니다."

다이키는 깊이 고개를 숙였다.

오후 5시. 다이키는 유엔개발계획의 나이로비 사무소를 방문했다. 잠비아행 항공편 예약은 치에코에게 맡겼고, 도모미와 퇴근 무렵 만나기로 했다. 이미 차였지만 다이키는 아직 포기하지 않았다. 도모미가 있어서 더욱 아프리카로 돌아올 수 있었다. 다이키가 믿는 구석은 뭐든 도와주겠다는 도모미의 이메일이었다.

병원에서 고백했을 때는 여지없이 거절당했다.

하지만 왠지 그녀는 투지를 불사르게 한다.

고통스러울 테지만 다시 또 도전하고 싶다.

다이키는 반짝거리는 구두를 보며 얍! 하고 기합을 넣었다.

"많이 기다렸죠?"

도모미는 두툼한 파일을 양손에 들고 짙은 회색 정장 차림으로 나타났다. 무릎 길이의 꽉 끼는 치마는 몸의 윤곽을 고스란히 드러냈다. 옷에 세로 줄무늬가 있어서 차가운 인상을 주었다.

"도모미 씨가 치마 입은 모습, 처음 봤습니다."

다이키는 솔직하게 말했다.

"앗? 그랬나요?"

도모미는 당황하여 다리로 눈길을 주고 무릎을 모았다. 그런 모습이 묘하게 귀여웠다. 이런 게 반전 매력일까.

도모미는 강하게 헛기침을 하고는 사무적으로 말을 꺼냈다.

"그럼 이야기를 시작해볼까요?"

거절당한 건 아니라고 생각했다. 도모미는 그냥 어색해할 뿐, 기분이 나쁘진 않은 듯했다.

"그게, 잠비아에 대한 협조 건이었죠?"

"네."

"잠비아로 갈 건가요?"

"네, 다음 주에요."

"어떤 안건을 찾고 있는 거죠?"

"엔터테인먼트 사업입니다."

"…?"

도모미는 양손을 파일 위에 올린 채 얼굴을 들어 다이키를 보았다. 다이키는 길게 째진 눈을 한껏 크게 뜨며 의기양양하게 미소를 지었다.

"에, 엔터테인먼트 사업이라면, 극장 건설 같은?"

"그것도 포함되지만 그게 다는 아니에요. 대개의 사람들은 건물을 짓거나 장비를 도입하는 문제를 먼저 생각하죠. 그래도 제일 중요한 건 알맹이예요."

"그럼 음악 같은?"

"네, 음악과 영상. 즉 콘텐츠를 팔 겁니다. 그래서 그 콘텐츠를 보다 잘 꾸미고 서비스하기 위한 기자재와 건물이 필요해요."

"확실히 포장부터 먼저 하는 건 이상하죠."

"아티스트를 양성하는 사업으로 만들었으면 해요. 지역 전체가 음악과 예술로 가득 찬 잠비아식 할리우드를 만드는 거예요."

"… 상당히 거창하군요."

황당하다는 말투였지만 눈가에는 미소가 어려 있었다.

"네, 전체적인 청사진을 만드는 게 우선입니다."

"어느 지역의 개발을 생각하고 있죠?"

"리빙스턴이요."

"세계 3대 폭포인 빅토리아 폭포라…. 흠, 흥미롭네요."

도모미의 시선이 위로 향했다. 폭포와 대자연을 배경으로 한 사업 이미지를 그려보는 듯했다. 다이키는 계속 더 밀어붙였다.

"틀림없이 재미있을 거예요. 자연과 융합된 엔터테인먼트 사업을 생각 중입니다. 관광지이기도 하고요."

"지역개발계획으로 제안하는 건 가능할지도 모르겠네요."

"유엔개발계획은 지역개발에 대한 지원도 하죠?"

"종합적인 마스터플랜은 거의 없을걸요. 보다 개별적이고 구체적인 지원은 많지만요."

"융자는요?"

"유엔개발계획은 금융기관이 아니라서 융자지원 프로그램은 없을 거예요."

도모미는 떨떠름한 표정을 지었다. 다이키는 계속해서 질문했다.

"이런 사업에 융자해줄 만한 금융기관은 있나요?"

"일반 금융기관은 담보를 잡기 어려워서 금리 조건은 안 좋을지도 몰라요. 유엔개발계획은 중소기업을 대상으로 복잡한 융자 신청 수속을 알려주는 강좌를 열기도 하고, 사업계획서 작성법을 교육하기도 하죠."

"아프리카개발은행이나 세계은행에서 융자받는 건요?"

"공적융자의 경우 공공에 도움이 된다는 근거가 필요하겠죠? 그래서 엔터테인먼트 사업 명목은 어려울 듯해요."

"이를테면 극장 경영 같은 건요?"

"규모에 따라 다르겠지만 민간 금융기관을 찾아야 될 거예요. 정부 쪽은 어떨지 모르겠지만."

"공적인 기술지원은 받을 수 있나요?"

"녹음이나 촬영기술의 경우엔 사례가 별로 없어요."

"경영이나 회계에 대한 기술지도는요?"

"그건 가능해요. 창구 역할을 하는 산업부나 상공회의소가 세미나 같은 걸 열면 되니까요."

"그럼 부분적으로 지원 프로그램을 활용하는 건 가능하군요."

"네. 하지만 음악산업의 경우, 최대한 민간이 주도해서 움직이는 편이 좋을 것 같아요."

도모미는 턱에 손을 괴고 생각에 잠겼다.

"왜죠?"

"정부가 관여하면 참견하는 자들이 많아져서 움직임이 둔해지고 간접비도 들어요."

"완전히 민간자금으로 하는 편이 좋다는 건가요?"

"물론 사용 가능한 서비스는 사용하면 좋아요. 대신 시간이 많이 걸리고 공무원들의 간섭을 받게 될 수도 있어요."

다이키는 메모를 하면서 계속 질문했다.

"콘서트홀 같은 건 공공기관의 협조가 있었으면 좋은데…."

"확실히 그건 공적인 의미를 담는 편이 인허가에 유리할지도 모르겠네요."

"정부와 민간의 경계 구분이 미묘한데요."

"그게, 표현하기에 따라 다르니까요. 엔터테인먼트 사업을 내세우지 말고 간판은 지역종합개발계획으로, 콘셉트는 엔터테인먼트로 하면 어떨까 싶네요. 그렇게 하면 지역개발부에서 쉽게 받아들일지도 모르죠. 제안서 안에 얼마나 그럴듯한 스토리를 담느냐가 중요해요."

다이키는 도모미의 충고를 최대한 받아들여 계획을 서두르자고 생각했다.

"개인적으로는 민간 디벨로퍼*가 계획하는 편이 훨씬 더 꼼꼼할 것 같은데요." 도모미가 말했다.

"잠비아 정부와 대등한 관계를 유지하며 민간 디벨로퍼를 찾으라는 건가요?"

도모미는 명함 파일을 펼치더니 몇 개를 꺼냈다.

"이런 사람들과 면담해보는 게 좋겠어요."

테이블 위에 놓인 명함을 찬찬히 들여다보았다.

지역개발부, 산업부, 투자청, ABC 컨설턴트….

"그럼 이것만 복사해서 올 테니까 잠깐 기다려요."

도모미는 명함 몇 장을 손에 쥐고 하이힐 소리를 울리며 회의실에서 나갔다. 회의실에 혼자 남은 다이키는 남아 있는 도모미의 향기를 코로 한껏 들이마셨다. 면담 도중, 꼭 끼는 치마 차림의 도모미를 끌어안고 싶은 충동이 수없이 일었다.

안 돼, 안 돼.

다이키는 망상을 떨쳐냈다.

고마운 사람이다. 병원에서 했던 고백은 무참히 거절당했지만 태연한 얼굴로 대해주고 있다. 사무적인 만남이라 아쉽지만 피하거나 미워하지 않는 것만도 다행이다.

앞으로 또 다른 식의 전개를 기대할 수 있을지도 모른다.

자료와 명함 복사지를 가지고 도모미가 돌아왔다.

다이키는 줄무늬 넥타이를 늘어뜨리며 고개 숙여 인사했다.

"정말 감사합니다. 이런 뜬금없는 이야기를 듣게 해서 죄송해요."

---

* developer, 지역개발을 행하는 단체나 업자.

"뜬금없지 않아요. 참신한 발상인 걸요. 아프리카 음악은 재즈나 록 등에 다양한 영향을 주었죠. 문화적으로나 산업적으로 지원해야 할 대상일 수도 있고요."

"엔터테인먼트도 국가 발전에 큰 도움이 된다고 생각해요. 아프리카 문화 교류는 우리에게도 자극을 줄 수 있을 거고요."

다이키는 런던에서 만난 게이고와 뮤지션들에 대해 이야기했다. 일본 사람, 잠비아 사람, 스페인 사람이 하나가 되어 자유롭게 연주하는 모습에서 영감을 받았다고.

도모미는 아프리카 음악이 서양에 초래한 영향은 재즈나 펑크뿐만이 아니라며 다이키의 의견에 동조했다.

"1980년대에 활동한 퀸의 프레디 머큐리는 탄자니아의 잔지바르 섬에서 태어나고 자랐어요. 그리고 인도의 기숙학교를 나와 아프리카, 아시아, 유럽 등 여러 곳에서 살았죠. 그게 그의 음악성을 만들어낸 게 아닐까 생각해요. 국제적인 스타가 탄생함으로써 잔지바르 섬의 관광산업에도 큰 도움이 됐을 거예요."

다이키도 흔쾌히 동의했다.

"역시 엔터테인먼트는 지역을 발전시키는 데 유용합니다. 상당히 중요하죠."

"맞아요. 나도 그 잠비아 사람들의 노래를 들어보고 싶네요."

"자금 때문에 힘들어하지만 언젠간 꼭 빛을 발할 거예요."

다이키가 이마에 주름을 모으며 말했다.

"크라우드 펀딩은요? 한번 알아보라고 하지 그래요?"

크라우드 펀딩….

자금을 모으는 새로운 방법.

다이키는 메모한 글씨 밑에 몇 번이나 밑줄을 그었다.

수화기 너머에서 게이고가 나왔다.

"다행이다. 아직 런던에 있었네요."

"네. 스페인으로 가고 싶은데 여행자금을 모아야 해서요."

게이고의 목소리는 씩씩했다. 좋아하는 일을 열심히 하는 사람에게서 볼 수 있는 활력이 느껴졌다.

"보비들은 어떻게 지내고 있어요?"

"어제 시장에서 함께 공연을 했어요. 믿기진 않지만 텔레비전 광고를 찍는 인도네시아 영상감독이 뮤직비디오를 찍자고 했답니다. 내일 촬영한대요. 잘 되면 인터넷에 올리려고요."

"이거 대박 나는 거 아녜요?"

"하하, 그러면 좋죠. 컴퓨턴 잘 모르지만…."

"게이고 씨, 크라우드 펀딩 알아요?"

"네? 그게 뭐예요?"

"인터넷을 통해 자금을 모으는 방법이에요. 최근에는 미국의 펑크록 가수가 이 방법으로 성공했죠."

"어떻게 하는 건데요?"

"크라우드 펀딩 홈페이지에 자신이 하고 싶은 일과 하려는 일을 게재하고, 그것을 보고 공감한 사람들에게 자금을 부탁하는 거예요."

"예를 들면요?"

"만들고 싶은 상품이 있는데 그걸 양산하려면 초기 자금이 필요하잖아요? 그래서 시제품을 인터넷에 올리고 사고 싶은 사람은 돈을 대라고 하는 거죠.”

“선불인 건가요?”

“그렇죠, 주문 제작인 셈이에요. 처음부터 대량생산하는 부담도 없고, 사고 싶은 사람만 있으면 상품화할 수 있어요.”

“음악으로 성공한 사례가 있나요?”

“미국에 있어요. 펑크록 인디밴드가 음반사와 계약해 CD를 냈는데 2만5천 장이나 팔렸대요. 본인들은 성공했다고 생각했지만 음반사는 실패라고 단정 지었죠. 그래서 계약을 해지하고 크라우드 펀딩으로 자금을 모아 공연을 계속했어요. 그리고 빅히트를 쳤죠. 순식간에 10억 원이 모였던 모양이에요. 그때 자금을 대준 사람 수가 2만5천 명. CD 판매 수와 똑같았대요.”

“크라우드 펀드 쪽이 돈을 번 것인가요?”

“딱히 그런 건 아니에요. 아무튼 활동자금이 되어 그때부터 전 세계로 뻗어나갔어요. 라이브 투어 때는 인터넷에서 무료로 재워줄 집을 구하기도 하고, 정보 사이트를 최대한 활용했나 봐요.”

“나도 여행할 때 숙박할 곳은 인터넷으로 찾아요. 음악 동료들이 알아봐주거든요.”

“그것이 더 발전한 형태라고 생각하면 돼요. 게이고 씨도 크라우드 펀딩으로 자금을 모아보면 어때요?”

“… 그런 걸 내가 할 수 있을까요?”

게이고의 목소리가 약간 어두워졌다. 다이키는 다시 한번 밀어붙였다.

“모으고 싶은 금액을 제시하고 음악을 서비스하세요. 잠비아에서 음악 이벤트를 기획하는데 자금 협조를 부탁한다고 말이에요.”

"돈은 갚지 않아도 되나요?"

"이익이 없으면 배당이 없어도 돼요. 목표액이 모여 프로젝트가 실현되면 투자한 사람들에게 기념품을 주는 방법도 있어요."

"그럼 출자자에게 CD를 보내주는 건요?"

"그것도 좋죠! 일본에도 크라우드 펀딩은 있어요. 좋은 제안서를 만들고 곡을 올리면 의외로 성공할 것 같은데요."

"작곡과 노래는 자신 있지만 프로모션은 못해요. 부끄러움도 많이 타고."

"자존심은 지켜요. 난 컴퓨터 전문이지만 그래도 상사맨이에요. 물건을 팔기 위한 노동은 싫지 않아요. 내 제안이 괜찮다고 생각하면 몇 번이라도 설득할 거예요."

"하지만 돈을 버는 게 전제잖아요."

"물론이죠. 적선하라는 게 아니라 이 음악을 평가해달라는 거죠. 그리고 활동을 지원해달라고 부탁하는 거예요."

"음악은 자신 있어요."

"길 위에서 동전 받는 거나 인터넷에서 지원받는 것, 둘 다 똑같아요. 중요한 건 즐겁게 윈윈하는 관계를 만드는 거죠."

"이 한 몸 던져 프로모션에 성공하라, 그거군요."

"게이고 씨와 보비의 음악을 좋아하는 사람들에게 투자자가 되어달라고 하는 거예요. 공연 실황을 찍은 DVD를 선물하는 것으로 기획하면 괜찮지 않을까요?"

"… 오케이. 보비와 지인들과도 의논해볼게요."

"런던에 고노 가쓰미라는 직장동료가 있어요. 깐깐하긴 해도 할 때는 하는, 믿을 만한 친구예요. 그 친구한테도 연락해둘게요."

"좋아요, 고마워요."

"네, 파이팅!"

전화를 끊고 다이키는 승리의 브이 자를 만들었다.

왠지 즐거워서 심장이 마구 뛰었다.

보비들의 노래가 사바나에 울려퍼지는 광경이 눈에 선했다.

다이키는 도쿄 본사의 사회공헌부*담당자에게도 이메일을 보내놓기로 했다. 조금씩 동료를 늘려가며 언젠가 반드시 실현시키자고 마음속으로 다짐했다.

교통체증에 휩쓸려 사무실까지 40분이나 걸렸다. 다이키는 건물 계단을 3층까지 달려 올라가 고료상사 나이로비 지점의 문을 열었다.

"안녕하십니까!"

힘차게 인사를 하자 회의실 앞에 있던 치에코가 돌아보며 검지를 입에 댔다. 마니샤가 "지점장님이 도쿄와 화상회의 중이에요" 하고 다이키에게 귓속말을 했다.

치에코가 오른손을 까딱이며 오라는 시늉을 했다.

"뭔가 옥신각신하고 있어요."

"왜요?"

"이번 잠비아행에 대해 다카미 부장이 설명을 요구했어요."

다이키는 문을 살짝 열고 귀를 기울였다.

"그래서 연장 신청에 대한 품의 결재를 요청합니다."

---

* CSR, Corporate Social Responsibility, 기업의 사회적 책임. 기업이 마땅히 해야 할 사회적 의무들을 충족시키기 위해 많은 외국기업들이 CSR부를 운영한다.

가키누마의 목소리가 들렸다.

"사후 승낙이 아닙니다. 지시하는 대로 다 하고 있지 않습니까."

가죽의자에 앉은 다카미 세이치로의 못마땅한 표정이 와이드 화면에 비쳤다. 화려한 색의 넥타이가 살짝 비뚤어져 있었다.

카메라에 잡히지 않도록 조심하며 회의실 안으로 들어갔다.

"저는 다이키가 나이로비로 돌아오면 지점장님 밑에서 조금 더 배우게 하다가 귀국시킬 생각이었습니다."

"원래 무라카미 다이키의 예정엔 잠비아와 남아프리카공화국이 포함돼 있어요."

"원래 한 달간 출장이었죠. 그런데 벌써 2주나 초과했어요."

"생각지도 못한 병으로 중단됐던 거니까 그건 고려해주세요."

"중단 기간만큼의 연장이라면 다음 주면 귀국할 수 있겠네요?"

화상통화 중인 목소리가 벽에 반사되어 울렸다. 위성회선으로 연결했는지 입술의 움직임과 목소리가 따로 놀았고 약간의 메아리가 생기기도 했다. 다이키는 살금살금 걸어가 카메라가 포착하지 못하는 테이블 끝에 앉았다. 가키누마가 눈을 부릅뜨며, 너는 나서지 마, 하고 신호를 보냈다.

"제가 책임지고 잠비아까지 동행할 테니 맡겨주십시오."

가키누마는 끈질겼다.

"지점장님의 지도에는 감사하고 있습니다. 아프리카를 잘 아는 지점장님이 계셔서 케냐에서의 체류 연장도 승인했던 거니까요."

"상당히 괜찮은 보고서를 쓰고 있어요. 열심히 하고 있습니다. 조금만 더 현장에서 보고 들으면 물건이 될 겁니다."

"하지만 몸 상태를 생각해서라도 귀국시켜야 한다는 게 제 생각입니다."

"몸 상태는 괜찮아요."

"무슨 일이 생기면 제 책임입니다."

"책임을 추궁당하는 게 무서워서 귀국시킨다는 겁니까?"

가키누마의 말에 다카미는 불쾌한 표정을 지었다.

"그렇게는 말하지 않았습니다. 하지만 우리에게는 이미 환경에 적응하지 못해 우울증에 걸린 친구가 있습니다. 걱정되는 게 당연하죠."

"정말 착한 상사시군요. 언제부터 그렇게 착해지셨죠?"

"비꼬지 말아주십시오."

도쿄 본사의 부장이지만 입사 연차로 보면 가키누마가 다섯 살 연상에 아프리카 경험도 길다.

"내가 나이로비에 뼈를 묻을 각오가 되어 있다는 거, 잘 아시잖아요."

"그래서 두 번 다시 그런 일이 없도록…."

"물론 나는 내가 희생양이라고는 생각하지 않아요. 아직 살 만한 인생이거든요."

"지점장님, 전 여러모로 감사하고 있어요. 하지만 요즘 젊은 세대는 연약해요."

"뻔한 소리 마세요. 무라카미 다이키는 부장이 생각하는 것보다 우수해요."

"하지만 사람에게는 저마다 적재적소라는 게 있습니다. 우수한 능력을 시스템부에서 활용하도록 만들고 싶은 마음도 사라진 건 아니에요."

"컴퓨터를 다루는 인재와 아프리카에서 쓸 만한 인재, 어느 쪽이 더 많다고 생각해요?"

"그건…."

"여기야말로 적재적소예요. 적재적소라는 말에서 제일 중요한 건 본인의 의지입니다."

"무라카미 다이키는 이과 출신입니다."

"현장에 이과 출신은 필요 없다고 생각하세요? 오히려 이과 출신이 더 필요하다는 것 정도는 다카미 부장도 알고 있잖아요? 아무튼 조금 더 데리고 있을 테니까 품의서에 도장이나 찍어줘요."

화면 속의 다카미 안색이 살짝 달라졌다.

"부탁합니다."

가키누마는 리모컨의 전원 버튼을 누르며 대화를 종료했다. 화면이 어두워지고 교신도 끊겼다.

"도쿄에 있는 놈들은 시차 같은 건 생각지도 않는다니까."

의자 등받이에 몸을 기대며 가키누마가 말했다.

"죄송합니다. 제 문제로 번거롭게 해드려서."

"네가 사과할 일은 아니야. 다카미 부장은 덩치는 산만 한데 간은 콩알만 해. 무슨 일이 생기면 주저앉는 버릇이 있지. 겁내는 거야. 책임지기 싫으니까. 모범생들이 흔히 보이는 반응이지."

가키누마는 먼 곳을 보았다. 다이키는 두 사람의 대화 속에서 과거의 사연 같은 게 감지되어 마음에 걸렸다.

"그런데 예전에 무슨 일 있었나요?"

아무래도 궁금하여 물어보자 가키누마는 검게 그을린 얼굴에 주름을 만들며 입가에 미소를 지었다.

"별일은 아니었는데…."

"그럼요?"

"10년 전이었나, 원래는 본사 근무를 위해 내가 귀국할 예정이었어. 그때 당시 다카미의 아들이 고등학교 입시를 앞두고 몹시 예민해져 있었지. 이곳 생활에도 적응을 못 해서 결국 다카미는 부인과 아들만 귀국시켰고. 하지만 일본에 간 부인이 너무 힘들어해서 다카미도 여기 근무를 그만두고 본사로 복귀하도록 손을 써줬어."

"그래서 지점장님이 여기 남으신 건가요?"

"그래, 우리는 자식이 없었거든. 와이프도 동의해주었고. 하지만 희생했다고는 생각하지 않아. 본사의 시스템은 아주 성가셔서 싫었거든."

"사모님이 힘드셨겠네요."

"아니, 실은 와이프도 여기 생활을 즐기고 있었어. 아동도서관을 운영하고 있었거든."

가키누마가 눈을 빛내며 말했다.

"아동도서관이요?"

"예전에 수력개발프로젝트 팀과 함께 지역주민에 대한 봉사활동의 하나로 시작한 거야. 댐과 발전소 건설이 끝나서 다들 귀국했지만 우리만 남게 되서 와이프가 지금도 맡아서 하고 있지."

"와아!"

"벌써 25년이 됐네. 처음에는 책도 얼마 없었는데 지금은 꽤 괜찮은 도서관이 됐어. 초기에 그냥 놀러 왔던 아이가 도서관 사서가 돼서 일하고 있지. 도서관에 드나들던 아이들이 와이프를 잘 따라서 자식처럼 귀여워해. 나이로비에서 학교 다니는 아이를 우리 집에서 하숙시키는 경우도 있고."

가키누마는 환하게 미소 지었다.

"정말 대단하신데요."

다이키는 감탄했지만 더는 할 말이 떠오르지 않았다.

"뭐, 적당, 적당히 지낸 거야."

"그렇지 않습니다."

다이키는 진지한 얼굴로 고개를 가로저었다. 가키누마는 다이키의 표정에 배를 부여잡고 소리 내어 웃었다.

"책임 문제를 너무 깊이 생각하면 행동이 불가능할지도 몰라. 하쿠나 마타타 걱정할 것 없다! 내키는 대로 하는 게 딱 좋아."

딱히 대꾸할 말을 찾지 못해 가만히 있는데, 가키누마가 큰 눈을 번뜩이며 말했다.

"이때다 싶으면 죽어라 물고 늘어진다. 이게 중요하지. 알겠나?"

"넵!"

다이키는 배에 잔뜩 힘을 주며 대답했다.

"사소한 일에는 가타부타 말이 많은 주제에 이때다 싶을 때 위험을 무릅쓰지 않는 놈들이 너무 많아. 요즘 젊은이는 머리만 너무 비대해지고 행동은 하지 않지. 이래서는 미래가 없어."

"네, 여러모로 정말 고맙습니다."

"아직 멀었어, 이제부터니까. 넌 기본도 안 되어 있다고."

"네에."

"잠깐 기다려."

가키누마가 회의실에서 나갔다.

5분 있다가 가키누마가 돌아왔다.

"공부해."

그는 다이키에게 '해외 진출 리스크'라고 적힌 자료를 내밀었다.

"잠비아에 가면 일단 조사부터 해야 해."

"네."

다이키는 가방에서 펜을 꺼낸 후 등을 꼿꼿이 폈다.

"우선은 시장조사야. 그 전에 리스크 분석방법을 알아두셔."

자료에는 낯선 용어들이 줄지어 있었다.

"우와, 왠지 어려워 보이는데요!"

다이키가 외치자 가키누마는 다시 눈을 부라렸다.

"알겠나? 리스크에는 크게 다섯 가지가 있다."

가키누마가 요약 부분을 가리켰다.

"첫 번째, 국가 리스크. 전쟁, 혁명, 내란, 국가 비상사태 때문에 계약이행이 불가능한 경우다. 정권의 통치 안정도, 상법을 포함한 법률 정비 상태, 국가부패지수, 공공무역보험의 실효성 여부, 정치에 대한 국민의 만족도. 이 모든 것에 민감해야 해."

"국민의 만족도가 국가 리스크입니까?"

"특히 최근의 개도국은 그래."

"아랍의 봄 같은…?"

"그래. 과거엔 군사독재정권이 오히려 리스크가 적다고 생각했어. 독재자만 닦달하면 장사를 하게 해줬거든."

"정치 장사꾼이 존재하던 시대였죠."

"독재자의 힘이 약해져 빈틈이 보이면 민중이 봉기하고 다민족 간에 전쟁이 시작되지. 불량배나 소매치기, 강도가 날뛰면 장사는 힘들어. 독재는 곤란하지만 무질서는 더욱 곤란해. 그래서 1980년대에는 대부분의 국제협력이 정치체제와 상관없는 공공 기반시설 건설에 국한됐어."

"하지만 독재를 조장해서 격차를 더욱 벌리지 않았나요?"

"뭐, 중산층도 육성했다고 생각해."

"아랍의 봄이 불어닥쳐 모두들 희망을 가졌지만 수많은 국가가 무질서한 혼란 상태에 빠졌어요."

"이집트도 쿠데타로 다시 군사정권이 들어섰고."

"하지만 그 점에서 잠비아는 괜찮습니다. 아프리카에선 국가 리스크가 낮은 국가로 분류되죠."

다이키는 득의양양하게 말했다.

자신이 선택한 나라는 틀림없다고 주장하고 싶었다.

"비교적 큰 혼란 없이 정권교체가 이루어진 건 사실이야. 부정부패는 있지만, 독재자가 30년 가까이 통치하는 짐바브웨 같은 이웃나라와 비교하면 부정축재도 허용 범위 이내야."

잠비아에 대한 긍정적인 평가에 다이키는 기분이 좋아졌다.

"다음은 언어 리스크, 즉 커뮤니케이션 리스크 분석이다. 상대와 의사소통은 가능한지, 계약서는 어느 언어로 주고받을지 등등, 언어 때문에 괜히 불필요한 오해가 생기면 안 되거든."

"포르투갈어를 할 수 있어서 다지마 유스케가 앙골라 자원 사업에 참여하게 됐나요?"

"맞아. 하지만 같은 포르투갈어권이라도 유럽, 남미, 아프리카는 문화가 전혀 달라."

"잠비아의 공용어는 영어지만 문화 차이도 주의할 필요가 있겠군요."

가키누마는 고개를 끄덕이며 세 번째 리스크로 이야기를 옮겼다.

"세 번째는 통화 리스크. 환율변동이나 통화위기를 말하지. 아프리카에서는 인플레가 심해도 통화가치가 하락해서 달러화나 엔화에 영향을 별로 미치지 않는 경우도 있어."

"외국인 입장에선 물가가 싸겠군요."

"잠비아의 크와차는 점점 가치가 내려가고 있지만 주요 국제 거래는 달러나 유로, 파운드로 하고 있으니 큰 리스크는 없을 거야."

"구리 등의 천연자원 수출업자는 판매대금을 외화로 받으니 크와차 가치 하락을 환영한다고 들었습니다."

"하지만 일용품은 거의 수입에 의존하니 서민들의 생활물가는 계속 올라가지. 최근의 소비자물가상승률은 7퍼센트 전후야. 1990년대 초, 시장경제를 도입하던 혼란기보다는 안정적이지만 여전히 높아. 서민은 좀처럼 경제성장을 실감할 수 없다고."

"자원 수출업자만 돈을 벌면 수혜를 받지 못한 국민들은 불만이 쌓이겠네요."

"그렇지. 부의 분배와 복지에 신경 쓰지 않으면 사회 불안에 빠질 우려가 있지."

다이키는 얌전하게 고개를 끄덕였다.

"그리고 법 리스크가 있다."

"정말 많네요. 네 번째인가…."

다이키는 질렸다는 듯 한숨을 쉬었다. 가키누마는 다이키를 노려보았지만 헛기침을 하고 다음 말을 이어나갔다.

"이건 중요해."

"네…."

"해외 진출을 할 때 이걸 고려하지 않는 기업이 너무 많아. 모두들 해외에서는 법체계가 다르다는 것을 인식하지 못해."

"법치국가로서 문제가 있나요?"

"개도국에선 사법제도를 신뢰하기 힘들어. 예를 들어 투자사업으로 상대 국가에 공장을 건설하려 할 경우, 현지의 법률이 발목을 잡곤 하지. 그럴 때 소송이 일어나면 십중팔구 불리해져."

"음… 법률이라…."

다이키와는 인연이 없는 분야였다.

"잠비아의 법률은 영어라서 그나마 다행이지만 재판 없이 넘어간 적은 없어."

"네."

"지불관계 등의 신용 리스크도 주의할 필요가 있어."

"다섯 번째 리스크인가요? 좋아요, 이걸로 마지막이겠죠?"

다이키는 몸가짐을 바로 하고 자료로 눈을 돌렸다.

"일본 제품을 납품받을 때도 이것저것 클레임을 걸어 대금을 지불하지 않는 경우가 있어. 혹은 현지 공장에 주문한 제품이 너무 엉망이라 환불 요청을 해야 하는 경우도 있고."

"그런 것까지 걱정해야 하나요?"

다이키가 비명을 질렀다.

"바보, 당연하지. 이게 가장 자주 발생하는 리스크다."

"어떻게 하면 그런 경우를 피할 수 있나요?"

"신용장L/C 거래나 무역보험을 고려할 필요가 있어. 하지만 엄격한 품질관리는 불가능하기 때문에 해외 공장에서 제품을 만들

때는 세심한 주의가 필요해."

"왠지 마음이 무거워지는데요."

"그래도 잠비아는 아프리카에선 모범생에 속하니까 다른 나라보다는 수월할 거야."

"잠비아라서 문제가 되는 리스크도 있다."

"앗, 아직도 있어요?"

"아프리카만의 인재 리스크야. 1990년대부터 에이즈가 만연해서 성인의 사망률이 높았어. 그래서 중요한 업무를 담당할 세대에 공백이 생겨버렸지. 산업에 지장을 불러올 정도였어."

"확실히 아프리카 특유의 리스크네요."

"잠비아에서는 교육을 받은 중산층의 인재가 하나둘 죽어가는 바람에 기술이전조차 힘들었어. 현재는 예방과 치료가 진행되어 에이즈에 감염될 확률이 2000년에는 17퍼센트였는데 2007년에는 14퍼센트로 낮아졌지."

"엄청나게 높군요."

"한때 평균수명이 32세까지 떨어졌으니까."

"헉, 무시무시하네요."

다이키는 잔뜩 움츠러들었다.

가키누마는 자료에서 눈을 떼고 덧붙였다.

"외롭다고 괜히 바보짓은 하지 마. 그 다음, 경영상의 인종 리스크."

"우와, 점점 더 골치 아픈 것들인데요."

"똑바로 들어."

가키누마는 다이키의 머리에 꿀밤을 먹였다.

"이건 동아프리카 대부분의 국가가 겪는 문제다. 공장의 매니저는 인도인이야. 인도인은 절대적 소수파로, 현재 별문제는 되지 않아. 이미 현지에 스며들어 2~3세의 시대가 됐다. 하지만 혼혈이 아니기 때문에 장차 어떻게 될지 몰라."

"이 건물은 인도인 소유 같던데요."

"케냐의 부동산업자 중에는 인도인이 많아. 잠비아도 마찬가지지. 요즘은 인도 본국에서 아프리카로 건너오는 비즈니스맨도 많아졌어."

"아프리카를 노리는 건 중국뿐만이 아니군요?"

"그런 셈이지. 하지만 중국이 참여함으로써 고참 격인 인도계나 아랍계 주민 사이에서도 미묘한 마찰이 생겨 상당한 불꽃이 튀고 있다."

"정말 꽤 복잡하네요."

"잠비아에는 강력한 파워를 가진 민족이 없어서 전체적으로 균형이 잡혀 있어. 계속 그럴지는 모르겠지만. 구리 광산이라는 달러 상자가 있어 윤택하지만 자원이 갈등의 불씨가 되지 않는다는 법은 없어. 오랜 세월 아프리카의 우등생이라고 생각했던 케냐가 갑자기 혼란에 빠지기도 하고, 건국 영웅으로 추앙받던 지도자가 30년 가까이 독재를 전횡하여 국가 기능이 마비된 짐바브웨 경우도 있으니까."

"왠지 머리 아파지네요."

"이봐, 이제 와서 꼬리 내릴 생각하지 마. 이 정도의 리스크는 각오해야 하는 거야."

"그건 알지만…."

그렇게 대답은 했지만 힘이 빠진 목소리였다.

"게다가 엔터테인먼트라면 정보부와 협상도 해야겠지?"

"정보부도 골치 아픈가요?"

"아프리카는 어디나 정보통제가 심하니까. 엔터테인먼트가 정치에 직결될 가능성도 있고. 그걸 각오하고 조심스레 나아갈 수밖에 없어."

"네…."

"뭐야, 벌써 포기하는 건 아니겠지?"

"아뇨. 하지만 지점장님은 너무 사소한 데까지 신경 쓰시는 것 같아요."

"야야, 이런 건 사소하고 말고 할 게 없어. 아무튼 아프리카에서는 문제의 연속이니까. 리스크는 늘 염두에 두는 편이 좋아. 하지만 미리 겁먹으면 아무것도 못해."

해외에서 일한다는 걸 너무 쉽게 봤는지도 모른다. 다이키는 조금씩 뒷걸음치는 기분과 싸우며 배에 힘을 주었다.

이미 항공권은 예약했다.

되돌아갈 수는 없었다.

장애물이 잔뜩?

"할 수 없는 이유만 헤아려봤자 절대 앞으로 갈 수 없어요.
미숙하더라도 일단 해봐야죠.
반짝하고 빛나는 게 있으면
반드시 눈에 띌 거라고 믿습니다."

좌우대칭의 하얀 건물이 중후하고 위압적인 인상을 풍겼다. 그 옆에는 크레인이 우뚝 서 있었고 벽돌도 여기저기 나뒹굴었다.

거대한 건물 크기에 다이키의 눈이 휘둥그레졌다.

"이게 잠비아의 관청이야."

가키누마가 건물을 쳐다보며 말했다.

"상당히 중국 같은 느낌이지?"

다이키는 말뜻을 선뜻 이해하기 힘들어 어리둥절한 얼굴로 가키누마를 보았다. 가키누마가 팔짱을 꼈다.

"잠비아도 그렇지만 아프리카의 관공서들은 대부분 중국기업이 지었어. 다른 나라 업체가 건설을 수주하는 경우는 거의 없지. 중국과 상대가 안 되거든."

"왜 그런 거죠?"

"첫 번째는 터무니없이 낮은 입찰가. 그리고 아마… 이걸 거야, 이거."

가키누마는 오른 손바닥을 왼쪽 팔뚝 밑으로 숨겼다. 테이블

밑의 거래를 의미하는 동작이다.

"하지만 경쟁입찰에서 가격이 싸다면 어쩔 수 없잖아요."

"뭐, 안에 들어가 보면 알아. 이게 정말 싸게 산 물건인지, 비싸게 싼 물건인지."

두 사람은 입구의 계단을 올라가 약간 어두컴컴한 로비로 들어갔다. 차가운 공기가 살갗에 닿았다.

"산업부는 7층이었던 것 같은데."

사람들이 엘리베이터를 기다리고 있었다. 모두 네 대였지만 한 대는 고장 난 상태였다.

"건물을 올리고 1년쯤 지나면 완전 너덜너덜해져. 문은 망가지고 열쇠도 안 맞고 창문은 닫을 수가 없어. 엘리베이터도 문제고 전기배선도 아슬아슬해."

"그런 상태라도 괜찮은가요?"

다이키는 눈살을 찌푸렸다.

"그래도 아프리카 건설사들은 못 만드니 별수 없지."

"그나마 나은 거군요."

"이들에게는 훌륭하고 권위 있는 건물일 거야. 설계도를 검토하고 실제 건설현장에서 확인할 만한 인재가 아프리카 정부 안에는 거의 없어. 그래서 입찰서류도 대충, 건설현장도 적당히 넘어가지. 제아무리 날림으로 지어놔도 발주자인 정부로부터 지적을 당한 적이 없어. 아니, 날림공사라는 말이 잘못된 걸 수도 있지. 싸니까 싸게 만드는 거야."

가키누마는 잠시 엘리베이터를 기다리다가 "정전될 수도 있으니 그냥 걸어 올라가자" 하며 몸을 돌렸다.

계단을 오르다가 넘어질 뻔했다. 철렁했다. 계단의 각 칸마다 미묘하게 높이가 달라 아무 생각 없이 발을 내딛다가 발끝이 걸린 것이다. 채광창도 간격이 제각각이어서 왜 이런 식으로 창문을 달아놓았는지 알 수 없었다.

"우리 눈엔 최악이지? 예전에 산업부 국장에게 이런 건물을 잘도 납품 받았군요, 했더니 안색이 싹 바뀌더라고. 이건 잠비아에서 제일 훌륭한 건물이라고 호통을 치는 거야. 뭐, 확실히 위압감은 있긴 해. 살짝 걷어차기만 해도 벽에 구멍이 날 것 같지만."

가키누마는 한쪽 발로 벽을 차는 시늉을 했다. 거친 회반죽 자국이 그대로 남아 있어서 마무리도 깔끔하지 않았다.

힐끔 들여다본 산업부 국장의 비서실에 굵은 허리의 중년여성이 앉아 있었다. 초록색과 붉은색의 물방울무늬 원피스를 입었고 머리엔 윤기 나는 가발을 썼다. 대담한 물방울 문양은 살집 좋은 여성의 검은 피부에 잘 어울렸다.

소파에는 갈색 양복을 입은 남자와 줄무늬 와이셔츠 차림의 남자가 구부정하게 앉아 있었다.

"신보츠에 국장님 계십니까?"

가키누마가 비서에게 묻자 그녀는 국장실을 가리키며 "안쪽에요" 하고 말했다.

"10시에 만나기로 했는데."

"미팅 중이세요."

"누구하고요?"

가키누마가 되묻자 비서는 눈을 살짝 치켜뜨며 미소만 지었다. 그러자 갈색 양복 남자가 대답했다.

"중국기업 담당자와 만나고 있어요."

"아, 네에."

"당신들도 중국인인가요?"

"아뇨, 일본인이에요."

"그래요? 이거, 나는 일본인을 정말 좋아합니다."

그는 갑자기 환한 표정을 지으며 엉거주춤 일어나서 가키누마에게 악수를 청했다. 다이키가 잠비아 남자에게 물었다.

"무슨 일 때문에 오셨어요?"

"상공회의소의 비즈니스 박람회 상담을 하려고요."

"비즈니스 박람회요?"

다이키가 흥미를 보이자 남자는 계속해서 설명했다.

"매년 하는 기업 전시회죠. 출품 협상 때문에 왔어요."

"어떤 제품을 취급하시는데요?"

"농기계를 수입 판매하고 있어요. 전시를 위해 해외에서 샘플을 받아야 하는데 관세가 너무 비싸요. 수입 의약품이나 식품에는 관세가 거의 안 붙는데 기계류는 생필품이 아니라는 이유로 세율이 장난 아니에요. 해외자본경제특구의 설비투자는 관세를 면제해주는 특례조치도 있다던데…."

"자동차는 사치품으로 분류해 200퍼센트 가까이 세금을 물린다면서요?"

"맞아요. 이런 식이면 경제가 발전할 수 없어요."

조용히 있던 다른 남자도 끼어들었다.

"차라리 잠비아에서 자체 생산하는 의류품 등을 더욱 보호해야죠. 자유무역이 좋다는 건 알지만 관세로 자국 산업을 보호하는 정책도 필요해요."

남자의 주장에 열기가 실렸다.

"제조업 시장이 안 좋은가요?"

"옛날엔 잠비아 국내에서 무엇이든 다 만들었어요. 독립을 유지하기 위해 수입대체정책을 실시했거든요. 사회주의 체제가 무너지면서 정책도 바뀌었어요."

갈색 양복이 다시 나섰다.

"예전에 잠비아는 자동차도 만들었어요. 동유럽기업이 출자한 조립공장이었는데 지금은 망해버렸죠."

"그래요? 아쉽네요."

"뭐, 그건 수입한 중고차 성능이 더 좋아서 그랬던 거니 어쩔 수 없죠, 하하."

국장실 문이 열리고 중국인이 우르르 나왔다. 다이키가 가볍게 "니하오" 하고 인사를 건네자 한 남자가 총알처럼 중국어로 대답했다. 깜짝 놀라 두 손을 앞으로 뻗으며, "뿌즈따오 모릅니다, 워 쓰르번런 나는 일본인입니다" 하고 대답하니 순식간에 분위기가 딱딱해졌다.

마지막으로 나온 남자의 낯이 익었다.

앗! 그, 검은 양복의 중국인….

시선이 마주치자 등줄기에서 땀이 솟았다. 그는 깔보는 눈으로 차가운 미소를 지었다.

다이키는 재빨리 가슴을 펴고 좀더 우월한 신장 차이를 과시했다.

키가 작은 남자는 무뚝뚝하게 시선을 돌리며 급한 발걸음으로 떠나갔다.

잠비아인들이 국장실로 들어가자 애덤 신보츠에 국장은 번쩍거리는 황금색 손목시계를 들여다보았다.

"장관이 호출해서 가봐야 합니다. 금방 돌아올게요."

그리고 문 뒤에서 얼굴을 내민 가키누마와 다이키에게도 "미안하지만 장관이 불러서요" 하고 목소리를 낮췄다. 둥근 얼굴에 둥근 눈, 둥근 코의 국장은 진회색 양복을 걸친 몸도 둥글둥글했다.

가키누마는 이해한다는 듯 환하게 웃으며 다이키에게 어서 명함을 주라고 재촉했다.

"괜찮습니다. 오늘은 이 친구를 소개하고 싶어서 온 거니까요."

다이키가 공손하게 두 손으로 명함을 내미는 동안 가키누마는 얼른 용건을 전달했다.

"투자촉진센터의 차바레 무룬두 씨와 오후에 만나기로 약속했는데, 그전에 국장님께 인사드리려고 왔어요. 이건, 런던에서 사온 초콜릿이에요. 따님 가져다주세요."

가키누마는 초콜릿이 든 종이봉지를 재빨리 내밀며 국장이 들을 수 있도록 다이키에게 영어로 말했다.

"국장님 따님, 되게 귀여워!"

딸 이야기에 국장은 함박웃음을 지었다.

"이거, 정말 고맙습니다. 투자촉진센터의 무룬두 부장한테는 제가 잘 대접하라고 말해놓을 게요. 잠비아에 대한 비즈니스 투자를 적극적으로 고려해주세요."

국장이 호쾌하게 말하자 가키누마는 하던 말을 바로 정리했다.

"장관님이 부르신다니 어쩔 수 없네요."

"미안합니다."

"아, 그리고 아까 중국인들은 무엇 때문에?"

"아, 그건 단순한 인사였어요."

"인사라면, 어떤?"

"나한테는 그냥 들른 거예요. 위쪽에 볼일이 있다던데요.아무튼 서둘러야겠네요. 장관님이 기다리셔서."

"네, 어서 가셔요."

가키누마는 손바닥을 위로 한 채 길을 비켜주었다. 국장은 서류를 한 움큼 쥐고 바쁘게 문을 나섰다.

다이키는 국장의 뒷모습을 눈으로 쫓으며 "약속은 깨진 건가요?" 하고 가키누마에게 물었다.

"오히려 잘됐어. 섣불리 붙잡고 여러 얘기하는 것보다 인사와 선물로 끝내는 편이 더 마음 편해. 친하게 지낼 만한 사람은 아니야. 기분 상하지 않게 형식적인 인사만 해두는 거지. 저 사람은 장관들이나 대통령과 아주 친밀해. 전문 관료라기보다 처세에 능한 타입이지."

두 사람은 복도를 천천히 걸었다.

다이키가 말을 꺼냈다.

"역시 지점장님도 중국인이 신경 쓰이나 봅니다."

"그래, 틀림없이 우슈밍이었어."

"위는 어디를 말하는 거예요?"

"이 건물 9층. 정보부."

"그렇군요."

"중국인이 만든 건물이니, 뭔 장치를 설치해놨는지 모르지."

"하지만 신보츠에 국장은 우리에게 호의적이었어요. 느낌이 좋던데요?"

"글쎄, 너무 많은 걸 기대하지 마. 그냥 발목만 잡지 않도록 사전교섭을 해둔다 정도의 자세가 중요한 거야."

가키누마의 시원스러운 의견에 다이키는 조용히 고개를 끄덕였다. 국제 비즈니스를 진행하기 위해서는 열정도 중요하지만 대국을 볼 수 있는 냉정한 눈이 필요하다. 최소한 정부 때문에 일을 그르치지 않도록 만반의 준비를 갖추어야 한다. 산업부 투자촉진센터 외에 지역개발부와 관광부도 찾아갈 예정이다.

정보부는 외곽에서 공략해 들어간다.

다이키는 더욱 각오를 다졌다.

이제부터가 진짜다.

잠비아에서 엔터테인먼트 사업이 가능한지 판단하기 위해선 정보수집이 최우선이다.

"왔어요."

다이키는 깜박이는 엘리베이터 램프를 보고 걸음을 재촉했다. 문이 열리자 그 안에 타고 있던 잠비아인 네 명이 조금씩 움직여 자리를 내주었다. 남자 셋, 여자 하나다. 다이키와 가키누마가 안으로 들어가고 문이 닫히자 사각 기계가 삐거덕거리며 천천히 아래로 내려갔다. 모두들 묵묵히 앞만 바라보았다. 갑자기 끼이익 소리와 함께 승강기가 멈추고 실내등이 나갔다.

"앗? 멈춘 건가요?"

당황한 다이키가 물었다.

"정전이네."

"이런 시간에요?"

휴대전화로 시간을 확인하니 오전 10시 30분이었다.

"아아… 그런 것 같다."

"관공서는 순환정전을 안 하잖아요."

"순환정전만 있는 건 아니니까."

"계단으로 내려갈걸."

"이미 늦었어."

두 층 사이에서 멈춘 승강기 문틈으로 희미한 빛이 새어들었다.

노란 넥타이를 맨 남자가 비상용 전화기를 들었지만 먹통이었다. 한쪽 귀에만 피어스를 한 삐쩍 마른 청년이 휴대전화로 밖에 연락했다. 빨간 원피스 차림의 뚱뚱한 여자가 있는 힘껏 문을 두드렸다. 갈색 재킷을 입은 반백의 노인이 한숨을 내쉬었다.

"이런 일이 자주 있나요?"

"시내 빌딩에서야 늘 있는 일이지만 정부 건물에서도 정전이 있을 줄은 몰랐네."

"설마 중국 짓이 아닐까요?"

"됐거든! 그리고 밀실에선 쓸데없는 소리 하지 마."

민망해진 다이키가 목을 움츠렸다.

함께 갇힌 잠비아인들은 이런 상황에 익숙한 것 같기도 했고 당황하는 것처럼 보이기도 했다. 가키누마가 턱을 문지르며 노란 넥타이 남자에게 물었다.

"자가발전은 있나요?"

"아뇨, 없어요."

"역시 없나…."

모두들 불안한 시선으로 어두운 천장을 올려다보았다.

"큰일 났군. 전문가가 와야 할 텐데…."

"괜찮을까요?"

"허공에 매달려 있는 셈이야."

"떨어지지는 않겠죠?"

"… 수동으로 내려갈 수 있을지도 몰라."

"네에? 수동으로요?"

"그게 무리라면 문을 열고 뛰어내리든가."

문틈으로 보니 뛰어내리기에는 너무 높았다. 게다가 건물 바닥과 승강기 바닥 사이도 너무 좁았다.

"저는 괜찮지만 다른 사람들은 안 될 것 같은데요. 차라리 위쪽 문을 열게 해서 기어올라가는 편이…."

위층 틈새로 몇 명의 발이 보였다.

"아니, 그건 더 힘들어. 저 여자는 어떡하고."

빨간 원피스 여자가 불안한 표정으로 서성였다.

별안간 덜커덩하더니 승강기가 한 뼘가량 쑥 떨어졌다.

여자가 "으아악!" 하고 비명을 내질렀다. 그러곤 구해달라고 소리치며 문을 정신없이 두들겨댔다.

밖에서 누군가가 "잠시만 기다리세요" "기술자를 불렀어요" 하고 소리쳤다. 잠시 후, 문 너머에 다른 기척이 나더니 손전등 불빛이 승강기 안으로 스며들었다.

"안에 몇 명이 있나요?"

"여섯 명이요!"

피어스 청년이 대답했다.

"거기는 대체 몇 층이요?"

갈색 재킷 노인이 바깥의 남자에게 물었다.

"6층입니다."

우우우, 하는 목소리가 튀어나왔다. 수동으로 내려가기엔 너무 높다. 심장이 뚝뚝 떨어지는 듯한 진동을 견디며 내려간다고 생각하니 끔찍했다.

작업복을 입은 기술자가 6층 문을 열고 승강기 안을 들여다보았다. 그 뒤에 옹기종기 모여 이쪽을 바라보는 사람들도 걱정스러운 표정이었다.

"올리는 건 어려우니 5층까지 내릴게요."

"내린다고요?"

"도르래를 움직일 겁니다."

다이키의 손이 축축해졌다. 가키누마는 입을 일그러뜨렸다.

"지점장님, 괜찮을까요?"

"괜찮겠지."

"어떻게 하죠?"

"사진 촬영이라도 할까?"

"네?"

가키누마는 팔을 쭉 뻗어 스마트폰을 위로 올리고 사람들을 화면에 모두 담았다.

"다 같이 찍을 테니까 모두 위쪽을 봐주세요."

상사의 명령이니 어쩔 수 없다.

다이키는 헛웃음을 지으며 포즈를 취했다.

도르래가 움직이더니 승강기가 덜커덕하며 내려갔다. 도르래를 돌릴 때마다 한 뼘씩 뚝뚝 떨어졌고 여자의 날카로운 비명이 뒤따랐다. 낙하보다 비명 소리가 더 공포스러웠다. 덜컹거리는 작업을 열 번 정도 반복하자 문 너머의 바닥이 점점 가까워졌다.

"한 번만 더 내리겠습니다."

6층에서 말을 건넨 기술자는 어느새 5층에 와 있었다. 문틈으로 얼굴이 보여 조금은 마음이 놓였다.

"그럼 문을 엽니다."

그가 5층 문을 억지로 열었다.

승강기 바닥은 아직도 5층 바닥보다 높았다.

"이 정도는 가볍게 뛰면 되니까."

기술자는 그렇게 말하고 여자를 제일 먼저 내리도록 했다.

바깥의 남자들이 양손을 잡아주자 여자가 풀썩 뛰어내렸다.

덜컹!

엘리베이터가 다시 뚝 떨어졌다. 옆 사람이 미친 듯이 비명을 지르는 바람에 간담이 서늘해졌다. 만약 뛰어내리는 도중 승강기가 갑자기 움직이면 몸이 끼어 즉사한다.

여자가 내린 후, 남자들도 줄줄이 내렸다. 마지막으로 다이키가 뛰어내리자마자 나사 풀리는 소리가 나더니 기기는 밑으로 순식간에 떨어져버렸다.

"휴, 살았다, 살았어."

모두들 안도의 숨을 내쉬며 누구랄 것도 없이 서로를 와락 끌어안았다. 노란 넥타이 남자가 다이키에게 악수를 청했다. 가키누마는 스마트폰으로 촬영을 계속하며 갈색 재킷 노인과 피어스 청년을 포옹했다. 그러곤 하나둘 계단을 내려가 아무 일 없었다는 듯 흩어졌다.

1층 로비에서 걱정스레 두 사람을 기다리던 앤드류 카투투가 반색하며 그들을 맞았다.

"잠비아에 리스크 같은 건 없어요. 투자환경은 다른 나라보다 훨씬 좋습니다. 실질경제성장률도 매년 6퍼센트 전후예요."

투자촉진센터의 차바레 무룬두 국제부장은 자랑스럽게 말했다.

큰 키에 우람한 체격, 칙칙한 검은색 피부와 보랏빛 입술. 강한 인상을 주는 커다란 얼굴이 목에 파묻힌 채 희고 가지런한 이를 드러내며 천진난만하게 웃었다.

리스크가 없다니, 정말 말은 잘하는군.

승강기에 갇힌 이후, 잠비아의 안전성에 의문이 들기 시작했다. 질문도 다소 회의적으로 변했다.

"구리 개발 덕에 경기가 좋아졌는데 일반 시민한테는 그 혜택이 미치지 못한다는 말을 들었어요."

"그렇지 않습니다. 구리 광산이 활기를 띠면 고용이 창출되니까요. 노동해서 임금을 받고 그것으로 레스토랑에서 식사하거나 쇼핑도 하고…. 그래서 다른 산업에도 좋은 영향을 줍니다. 국민은 자신들이 수혜자라는 사실을 몰라요."

무룬두 부장은 안타깝다는 표정을 지었다.

가키누마는 부장의 마음을 헤아리며 고개를 끄덕였다.

"저도 부장님 말씀에 공감합니다. 잠비아에는 중산층이 생겨나 생활에도 여유를 띠기 시작했습니다. 현대적인 쇼핑몰도 생겨 활기가 넘치고…. 많이 좋아졌죠."

가키누마는 입발림하며 잠비아의 경제발전을 칭찬했다. 다이키는 눈살을 찌푸렸지만 무룬두 부장은 활짝 웃었다.

가키누마가 눈짓으로 다음 말을 꺼내라고 다이키를 재촉했다.

다이키는 살짝 한숨을 쉬고는 본론으로 들어갔다.

"엔터테인먼트 산업은 어떤가요?"

무룬두 부장은 이상하다는 듯 물었다.

"엔터테인먼트요? 관광 같은 거 말인가요? 관광유치라면 적극적으로 하고 있죠. 예를 들어 빅토리아 폭포에는 관광객이 상당히 많습니다."

"잠비아 국민도 많이 가나요?"

"뭐, 그럭저럭요. 그래도 잠비아의 부유층은 대개 남아프리카로 놀러 가죠."

"거기 가서 보통 뭘 하나요?"

"쇼핑이나 골프. 아, 카지노도 있고."

"잠비아의 문화산업은요? 음악이나 영화 쪽은 활발한가요?"

"그건… 글쎄요. 극장은 있지만 DVD 쪽이 더 일반적이라서."

"엔터테인먼트 산업에 투자를 한다면 어떨 것 같습니까?"

다이키가 몸을 앞으로 내밀며 묻자 무룬두 부장은 고개를 갸웃하며 소극적인 반응을 보였다.

"글쎄요…. 외국인 투자는 자원과 관련된 것만 있어서 그런 상담은 받아본 적이 없어요."

"밴드가 연주하는 라이브 레스토랑을 만든다면 어떨까요?"

"나쁘진 않겠지만, 정보부의 허가가 필요할지도 모릅니다."

무룬두 부장의 얼굴에 실망한 기색이 드러났다. 그가 두꺼운 입술을 내밀며 굵은 목소리로 말했다.

"저희는 좀더 대규모의 투자를 원합니다. 잠비아는 풍부한 자원이 국가 원동력이지만 머지않아 첨단기술산업을 육성할 생각입니다. 국내에 반도체산업이나 정밀기계 제조공장을 유치할 수 있도록 노력 중이에요. 일본의 투자로 테크놀로지 공업단지를 조성했으면 합니다."

무룬두 부장은 일본의 유명한 전자업체들을 거론했다. 오랫동안 영국 제품이 시장을 장악했지만 최근에는 중국산이 점차 늘고 있다고 한다.

"잠비아에도 태국이나 말레이시아 같은 공업단지가 필요해요. 잠비아는 내륙국가지만 여기에 생산기지를 만들면 주변국에 쉽게 유통시킬 수 있습니다."

무룬두 부장은 굵고 힘 있는 영어로 이야기했다.

"하지만 잠비아의 인건비는 아시아 이상으로 비싸요. 노동집약산업의 국제 경쟁력은 약하다고 봐야죠."

다이키가 반론하자 무룬두 부장의 표정이 어두워졌다.

"그렇긴 해요."

가키누마가 탁한 공기를 날려버리듯 밝은 소리로 말했다.

"무룬두 부장님, 좀더 잠비아다운 걸 해보죠. 여기만의 특성을 살려서."

"그럼 농업 같은 거?"

"오오, 그거 좋은데요! 역시 부장님은 예리해요. 토지는 비옥하고 물도 풍부한데다가 대부분 평지라서 대규모 농업에 적합합니다. 최근 짐바브웨에서는 유럽 계열의 투자자가 토지를 하나둘 개간해서 플랜테이션 농장*을 시작했다고 들었습니다."

무룬두 부장은 강경해 보이는 얼굴을 어린아이처럼 부드럽게 만들며 크게 끄덕였다.

"우리는 농업이나 농산물 가공에도 주력하려고 생각 중입니다. 외국인에게 토지를 빌려줄 수 있는 법률도 갖추고 있어요."

때마침 비서가 노크하며 들어왔다. 무룬두 부장은 DVD와 투자 가이드를 받아들고, 탁자 위에 펼쳐 놓았다. 호화로운 올 컬러 투자 가이드는 인쇄를 막 끝냈는지 잉크 냄새가 났다.

"여기를 봐주세요."

무룬두 부장은 검고 억센 손가락으로 종이 위를 가리켰다. '토지 배분 및 허가' 항목에 1995년의 토지법에 의해 99년 동안 토지 임대를 보증하며 토지 매매도 가능하다, 라고 적혀 있었다. 토지 소유자가 국가이므로 99년 동안 임대해줄 수 있다는 내용이었다.

"외국인도 수속만 밟으면 45일 만에 토지를 살 수 있습니다."

"과연… 대단하군요. 잠비아는 역시 많이 앞서 있어요."

가키누마는 투자 가이드를 들여다보며 한껏 추켜세웠다.

무룬두 부장은 소파 등받이에 몸을 기대며 자랑스러운 듯 가슴을 폈다.

"잠비아는 외국 투자를 촉진하기 위해 다양한 우대조치를 시행하고 있어요. 신규 사업에 필요한 인허가 수속도 다른 나라보다 간소합니다. 남아프리카공화국에선 아홉 단계의 수속을 밟아야 하는데 반해 잠비아는 여섯 단계면 충분합니다. 결과도 남아

* plantation, 열대·아열대 지역에서 식민지 정책으로 행하던 대규모 농원으로, 주로 목화·커피·사탕수수 등을 재배한다.

프리카공화국의 38일보다 사흘이나 빠른 35일 만에 나오죠."

"호오, 이 정보는 세계은행의 데이터에서 인용한 거군요. 이거, 역시 잠비아인데요. 훌륭합니다."

가키누마는 무룬두 부장의 말에 장단을 맞추었다.

무룬두 부장은 더욱 기분이 좋아졌다.

"네, 나미비아는 85일, 보츠와나는 108일, 앙골라는 146일이나 걸립니다. 콩고민주공화국은 155일이고 수속비용이나 최저 투자액도 꽤 높습니다. 잠비아는 이런 간접적인 장벽들을 최대한 줄였습니다."

"확실히 주변 여러 나라와 비교하면 투자 여건은 현저하게 좋네요. 이거, 정말 멋집니다."

다이키는 가키누마의 아부에 다소 어이없었지만 지금은 그런 공치사도 필요하다는 생각이 들었다. 자신도 마음 자세를 바꿔야 한다. 제조업이나 농업을 처음부터 제외할 필요는 없다. 가키누마는 다이키와 눈을 맞추며 자세를 바르게 했다.

"부장님의 마음은 잘 알았습니다. 최대한 그 뜻에 맞추도록 하겠습니다."

무룬두는 고른 이를 드러내며 웃었다. 가키누마가 말을 이었다.

"하지만 일본기업을 유치하려면 다양한 정보가 필요합니다. 그래서 부장님의 힘을 빌리고 싶습니다. 루사카 서부공단의 제조업체들을 견학하고 싶은데, 소개장을 부탁드려도 될까요?"

무룬두는 동그란 눈을 크게 뜨며 잠시 뜸을 들였다. 동행한 앤드류 카투투가 고개를 깊이 숙였다.

"방문을 원하는 기업 목록과 소개장 문구는 저희가 준비하겠습니다. 확인하신 후 사인해주시면 됩니다."

무룬두는 작게 한숨을 쉬며 "그럼, 그러시죠" 하고 동의했다.

약 한 시간의 미팅을 마치고 세 사람은 복도로 나왔다. 앤드류 카투투는 "서류 작성 때문에 먼저 가보겠습니다" 하고 빠른 걸음으로 물러갔다. 그 뒷모습을 보며 다이키가 감탄했다.

"카투투 씨 발걸음이 아주 경쾌하네요."

가키누마는 가늘게 뜬 눈으로 카투투의 뒷모습을 쫓았다.

"예전에 고료상사의 현지 직원으로 15년 동안 일했어. 아주 좋은 사람이야. 2002년에 잠비아 현지 사무소를 철수했는데, 졸지에 실업자가 된 동료들 취직자리를 구해주느라 애를 많이 썼지."

"모두 실업자라… 사무소를 접는다는 건 힘든 일이군요."

"당연하지. 가뜩이나 실업률이 높아 모두들 불안해했는데 카투투가 나서서 동료들 일자리를 알아본 거야. 지금은 영국계 컨설턴트 회사의 직원으로 일하지만 우리 회사에서 출장 오는 사람이 있으면 꼭 시간을 내줘. 최고의 의리남이지."

일찍이 잠비아에는 종합상사나 대형 건설회사가 사무소를 개설하고 있었다. 자원 관련뿐만 아니라 공적개발원조를 통한 인프라 건설과 시설정비 등, 일본 정부가 발주한 공사도 빈번했다. 하지만 공적개발원조 예산이 삭감되고, 지원 방식도 건설 중심에서 기술협력 위주로 바뀌자 민간기업들이 하나둘 철수했다. 자원 거래는 마지막까지 유력한 사업이었지만 아시아 통화위기를 겪으며 구리 가격이 하락하자 실익이 사라진 상사들은 2002년을 기점으로 모두 발을 뺐다. 1970년대부터 수도 루사카에 사무소를 개설했던 기요세 건설도 부지 안에 있는 건축자재를 모두 처분하고 오랫동안 근무했던 직원을 해고한 후 30년의 역사를 정리했다.

다이키는 문득 생각난 듯 가키누마에게 말했다.

"아까는 여러모로 고마웠습니다."

"응?"

"전 무룬두 부장의 마음을 잡지 못했습니다. 지점장님이 분위기를 바꿔주지 않으셨다면 다음 기회조차 없었을지 모릅니다."

"저는 잠비아에 다시 한번 지점을 설치하고 싶습니다. 그러기 위해서 더 열심히 공부하고 인맥을 넓혀 이 땅에서 지속가능한 사업을 꼭 실현시킬 겁니다."

다시 아프리카에서 활약할 날이 온다. 그날을 위해 노력하자.

다이키는 굳게 다짐했다.

다이키는 정력적으로 사람들을 만났다. 가키누마는 1년 만에 오는 잠비아라서 친구나 지인들과 옛정을 다지는 데 여념이 없었다. 다이키는 앤드류 카투투의 도움을 받아 엔터테인먼트 업계 현황을 조사했다.

우선 잠비아 민영방송국을 찾아갔다.

흰 벽에 둘러싸인 방송국은 루사카 교외의 농지 안에 있었다. 2004년에 정보부로부터 허가를 받은 잠비아 최초의 민영방송국으로 뉴스 프로그램과 버라이어티 프로그램을 제작한다. 파란 지붕의 단독주택에 발을 들여놓으니 접수처에 경호원이 있었다. 카투투가 용건을 말하자 경호원이 그 말을 전하러 안으로 들어갔다.

로비에는 싸구려 플라스틱 의자가 놓여 있고 증축한 복도에 프로그램 출연 예정인 아이들이 물빛 교복을 입고 대기 중이었다.

좁은 통로 옆, 방음문 위에 '사용 중' 램프가 켜 있었다. 램프가 꺼지고 문이 열리자 흑백 줄무늬 셔츠를 입은 남자가 나왔다. 풀어헤친 셔츠 속에서 십자가가 빛났다. 바싹 깎은 고수머리 양쪽은 고속도로처럼 길게 밀었다. 번쩍거리는 셔츠와 검은 바지가 이 업계 사람임을 말해주는 듯했다. 검은색 티어드롭 선글라스가 차가운 인상을 풍겼다. 다이키는 왠지 위축된 기분이 들어 등을 꼿꼿이 폈다.

"안녕하세요. 무라카미 다이키입니다."

"반가워요. 마이클 룬그입니다."

그는 고른 치열과 건강한 핑크색 잇몸을 드러내며 활짝 웃었다.

마이클은 소파에 앉으라고 권하고 자신도 따라 앉으며 선글라스를 벗었다. 긴 속눈썹이 위로 말린 동그란 눈이 나타났다. 싹싹하고 장난기 넘치는 표정이 거리감을 좁혀주었다.

"보비한테 이메일을 받았어요."

마이클은 가볍게 깍지 낀 두 손을 무릎 위에 얹고 몸을 살짝 앞으로 기울였다. 외국 손님을 배려해주는 태도에 긴장이 풀렸다.

"런던에서 좋은 시간을 함께 보낸 동료니까 연락이 오면 꼭 만나라고 하더군요."

보비의 이름이 나오자 무척 반가웠다.

"보비의 음악을 듣고 정말 감동했어요. 그래서 잠비아의 엔터테인먼트 산업 발전에 도움이 되고 싶다는 생각을 하게 되었죠."

"어떤?"

"그게… 아직 구체적인 방안은 세우지 못했어요. 지금은 잠비아의 음악이 커다란 잠재력을 지녔다는 점만 생각하고 있는 거죠."

모국의 음악을 칭찬받은 마이클은 환한 웃음을 지었다.

"잠비아의 엔터테인먼트 산업은 아직 갓난아기 수준입니다. 지난 몇 년 사이 겨우 걸음마를 뗐을 뿐이에요. 뜻 있는 사람들이 모여 밤낮 없이 사무실에서 먹고 자며 일하고 있습니다. 좋은 걸 만들고 싶어서요."

"바빠 보이더군요."

"촬영보다는 편집이 힘들어요. 기술적인 부분이 생각처럼 안 되더라고요. 기계도 중고인데다가 화질도 안 좋아서 이리저리 의논 중이에요. 다시 찍자는 친구도 있고…."

마이클은 자조적으로 웃으며 짧은 머리를 긁적였다.

"하지만 좋아서 하는 일이죠. 이 방송국은 2004년에 허가받았어요. 그전까지는 국영방송 하나밖에 없었고 정보통제도 지금보다 훨씬 더 심했답니다."

"지금은 좀 자유롭게 활동할 수 있나요?"

"완전히 자유롭다고 말할 순 없어요. 하지만 주어진 상황 속에서 할 수 있는 일도 있으니까요."

"잠비아 음악은 어디에서 유래했어요?"

"기본은 가스펠이에요. 이곳 사람들은 어릴 때부터 교회에 다니거든요. 스테인드글라스를 통해 쏟아지는 빛 속에서 아이들은 아름다운 음악에 도취되죠. 종교와 마음의 음악이에요."

마이클이 걸고 있는 십자가 목걸이는 장식만은 아닌 듯했다. 정직하게 살겠다는 다짐인지도 모른다. 음악을 얘기하는 그의 얼굴이 맑게 빛났다.

"서구의 교회음악과 사바나에서 태어난 리듬이 하나가 되어 잠비아의 음악이 탄생했어요. 농촌 지역에서는 어디서나 유사한 리듬을 들을 수 있답니다. 손뼉을 치고 발을 구르며 목소리를 내죠."

"성가 멜로디와 대지를 발로 구르는 리듬이라…. 확실히 그런 느낌이네요."

"하지만 아직도 발전할 부분은 많이 있어요. 토착음악도 중요하지만 새로운 소리는 타자와의 융합으로 생겨납니다. 그래서 보비가 일본 음악과 만났다는 얘기를 해줬을 때 소름이 돋았어요. 아프리카와 서양과 아시아의 합주라니, 꿈같은 일이거든요."

먼 곳을 응시하는 마이클의 모습이 소년처럼 순수해 보였다. 아마 자신과 비슷한 또래일 것이다. 한결같은 꿈을 품고 나아가는 그에게 경외심이 들었다.

"만약 우리가 도울 수 있는 일이 있다면 그게 뭘까요?"

다이키가 솔직하게 물었다. 마이클은 잠시 생각하다가 차분히 대답했다.

"제작비용은 자체적으로 모을 수 있습니다. 최근에는 스폰서도 늘었고 자금을 대주겠다는 회사도 있었어요. 하지만 방송장비가 없어요."

"투자 받은 돈으로 구입하면 되지 않아요?"

"루사카에는 방송장비를 파는 곳이 없어요. 선진국에 가서 방송장비를 비교하고 사용방법을 익힐 필요가 있죠. 하지만 뭘 골라야 할지도 모르고 장비를 다룰 수 있는 사람도 없답니다. 유튜브는 상관없지만 대형 스크린은 무리예요. 화질이 너무 안 좋아요. 극장 수도 적어서 늘 할리우드 영화만 상영하죠."

"장비와 극장이 문제군요."

다이키는 메모를 했다.

"그리고 기술입니다. 장비를 사용할 수 없다면 의미가 없으니까요. 제작기술도 부족해요. 언젠가 유럽이나 미국의 영화학교에 다니고 싶어요."

꿈을 향한 강한 열망이 말투에 묻어나왔다.

"원하는 건 많아도 이룰 수 있는 건 얼마 안 돼요. 하지만 조금씩이라도 노력하면서 가다보면 결국 뜻이 맞는 사람들과 만나게 되더라고요. 3년 전에 잠비아 전국 상영을 목표로 영화를 만들었어요. 그 꿈은 실현되지 못했지만 주변 10개국에서 상영되었고 해외 영화사로부터 배급 제의도 들어왔답니다. 마음만은 인정받은 거죠. 특히 음악이 좋았다는 평가를 받았어요. 덕분에 음악을 담당했던 보비가 지원을 받아 런던에 가게 된 거예요."

"아아, 네에."

"할 수 없는 이유만 헤아려봤자 절대 앞으로 갈 수 없어요. 미숙하더라도 일단 해봐야죠. 반짝하고 빛나는 게 있으면 반드시 눈에 띌 거라고 믿습니다."

"맞아요. 제가 본 것도 그거였어요."

"하하, 감사합니다."

마이클은 긍정의 에너지로 충만한 사람이었다. 환한 웃음을 보면 무엇이든 할 수 있으리란 기분이 들었다.

하지만 구체적인 부분들을 엮어갈 실마리는 뭘까?

돌아가는 차 안에서 카투투가 다이키에게 말했다.

"몇 년 전 일본 정부는 잠비아 국영방송에 대량의 방송장비를 무상 지원했어요."

"앗? 그래요?"

"네, 하지만 충분히 활용한다고는 못 하죠."

"그게 무슨 말이에요?"

"국영방송은 정치색이 강해서 독립된 보도나 방송을 하기 어려워요. 민영방송은 애는 쓰지만 공적개발원조 자금은 거기까지 돌아오지 않는답니다."

"민간기업에는 직접 지원할 수 없나보네요."

"보도와 표현의 자유에 대해서는 아프리카 모든 나라가 아직 한참 멀었다고 봐야죠."

"요즘엔 인터넷도 있잖아요."

"사용할 수 있는 사람은 많지 않아요."

정보화 시대라고는 하지만 컴퓨터 문맹률은 여전히 높은 아프리카다. 그런 상황에서 표현의 자유를 말하는 것은 아직 요원해 보였다.

루사카에는 공연장이 없고 국제회의장만 달랑 하나 있을 뿐이다.

1950년대부터 1960년대까지 수많은 식민지가 독립하며 동서 냉전 속에서 미묘한 입장에 서 있을 때 구 유고슬라비아의 티토 대통령은 비동맹국 수뇌회의를 제안했다. 이 국제회의장은 세 번째 회의를 개최하기 위해 유고슬라비아의 지원으로 건설된 것이다.

지금은 동서냉전도 사라지고 발기국이었던 유고슬라비아도 해체되었다. 역사적으로는 유서 깊은 시설이지만 40년 전의 설비는 시대에 뒤처지고 말았다.

다이키는 팔짱을 끼고 텅 빈 홀을 둘러보았다.

“이곳이 제일 큽니다. 의자를 빼면 2천 명을 수용할 수 있어요.”

국제회의장의 여자 매니저 라카키 렌바가 다이키와 카투투를 안내했다. 천장이 높은 긴 마름모꼴 실내는 초등학교 체육관을 규모만 늘린 모양새였다. 무대는 있지만 객석은 없다.

“여기에서 콘서트도 열리나요?”

“가끔 해외에서 아티스트가 와서 사용하는 경우는 있지만 설비도 없고 음향도 별로라고 불평하죠.”

라카키 렌바는 낡은 홀에 눈길을 주면서 안타까운 듯 대답했다. 볼륨 있는 몸에 타이트한 감색 정장을 입고 윤기 있는 가발을 뒤에서 묶었다. 하이힐이 전문직 여성의 이미지를 더해주었다. 하얀 주름 블라우스 아래 터질 듯한 검은 가슴이 아프리카 대륙을 연상시켰다.

어머니인 대지….

안기면 그대로 같이 하늘로 올라갈 것만 같다.

“음악인들도 사용할 만한 공연장이 있으면 좋을 텐데.”

다이키는 정신을 차리고 시선을 매니저 렌바의 가슴에서 눈으로 되돌렸다.

“잠비아의 음악이 참 좋았어요.”

“그래요? 지난번에 여기에서 전국가스펠대회가 열렸어요.”

다이키의 눈이 반짝했다.

“가스펠대회가 있어요?”

“네, 지역 대항이죠. 댄스도 있고요.”

“재밌겠네요.”

그래도 가스펠은 역시 교회에서 듣는 게 어울린다. 조금 더 종교적인 분위기에서 들으면 더 생생하게 전해질 테니까.

"현대적인 회의장이 있어야 해요. 국제회의도 유치하고 싶은데 이 시설로는 이웃나라를 따라갈 수 없어요."

엔터테인먼트뿐만이 아니라 이벤트도 엄연한 비즈니스다. 잠비아에는 적합한 시설이 없어서 주변국에 뒤처지고 있다고 렌바가 강조했다.

"여기는 국영이라 아무래도 공공행사를 우선시하고 가격도 통제하죠. 만일 제대로 된 시설만 갖추면 다양한 행사를 치를 수 있어서 자체적으로 운영이 가능합니다. 계절적 요인은 있지만 국제회의만도 한 달에 60건 정도 되거든요. 최근에는 특히 민간의 수요가 늘어나고 있어요. 대기업의 직원 워크숍도 많아요."

"지금은 정부 예산으로 집행하나요?"

"설비나 건설 등은 의존하고 있어요. 하지만 유지비나 운영비는 흑자를 내고 있죠. 케냐의 나이로비나 이집트도 회의장 재건축을 진행하는데 우리만 손 놓고 있어서 안타까워요."

"국가 지명도가 낮은가요?"

"그런 편이죠. 나라를 알리지 못하면 어떤 기획도 진행할 수가 없어요. 그래서 더욱 국제적인 행사를 유치해 세계에 잠비아의 존재를 부각시켜야 해요."

라카키 렌바는 힘주어 말했다.

30대 초반의 기혼여성. 아프리카뿐만 아니라 유럽이나 중동에도 출장을 가고 영업활동을 한다. 그녀는 잠비아의 낮은 지명도를 몸소 체험했다고 이야기했다.

손가락에서 금반지가 반짝였다. 결혼 후에도 일을 그만두지 않고 현장에 있다. 잠비아의 여성파워를 보여주는 것이다.

민간시설로는 호텔들이 밀집한 거리에 3백 명 수용 규모의 극장이 있다. 하지만 후미진 골목 안에 있어 교통이 불편했다. 입구는 어두워 옛날 극장 분위기였다. 빨간 비로드 의자는 조악했고 팔걸이 스펀지는 삐져나왔다. 경사져서 무대는 잘 보였지만 양옆의 스피커는 구식이라 음향을 기대할 순 없었다.

"다른 곳도 가볼까요?"

다이키의 어두운 표정이 마음에 걸렸는지 카투투가 제안했다.

"네, 물론 가야죠."

루사카에서 유일한 라이브 하우스, 블루 브리지로 향했다. 뮤지션의 현장 공연을 들을 수 있는 곳이다. 입구에서 손등에 보라색 도장을 찍어주었다. 선거 때 투표 완료를 입증했던 도장인데 여기선 지불을 마쳤다는 표시로 쓰인다.

카투투와 함께 사람들 속으로 들어갔다. 케이블 TV 음악방송이 최대 볼륨으로 흘러나오는 실내는 움찔할 만큼 시끄럽고 열기로 가득했다.

낮은 천장에 장착된 에어컨은 무용지물인데다가 담배 연기가 사방으로 피어올랐다. 싸구려 플라스틱 의자에 앉은 사람들이 고래고래 소리를 질러댔다. 다이키도 둥근 테이블에 앉았다. 카투투의 목소리는 잘 들리지 않았다. 얼굴에 귀를 바싹 갖다대자 특유의 입냄새가 코를 자극했다.

"음악을 들을 만한 분위기는 아니네요. 런던에서 보비가 말한 그대로예요."

다이키는 이맛살을 찌푸리며 소음에 묻히지 않도록 목소리를 높였다. 가정이 있는 마흔 살의 카투투도 젊은 세대의 이런 문화가 익숙지 않은지 괴로운 표정을 지었다. 30분 정도 기다리자 귀를 쩡쩡 울리던 텔레비전이 꺼졌다. 조명도 반쯤 꺼져 실내는 더욱 어두워졌다. 웅성웅성하는 소리와 함께 한 청년이 무대에 올라가 날카롭고 빠른 반주에 맞춰 노래를 부르기 시작했다.

마이크에서 가수의 갈라진 목소리가 새어나왔지만 노래를 듣는 사람은 없었다. 누구 할 것 없이 주변의 함성과 리듬에 맞춰 괴성을 질러댔다. 의자에서 일어나 춤추는가 하면 어깨동무를 하고 멋대로 무대 위로 올라갔다. 엉거주춤한 자세로 엉덩이를 흔들고 두 팔로 마시던 맥주를 휘둘렀다. 두꺼운 입술을 떨어 소리를 만들고 입으로 거품을 내뿜으며 악을 썼다. 가수는 미친 관객들의 소용돌이 속에 파묻혀 있었다.

견디다 못해 귀를 막았다. 광기와 무질서 그 자체였다. 음악을 즐기기보다 마시고 취하는 게 목적이다.

"해시시예요."

카투투가 다이키에게 귓속말을 했다.

들썩지근하고 비틀대는 분위기는 단순한 취기 그 이상이었다. 이들은 해시시를 담배에 섞어 피운다. 코를 찌르는 자극적인 연기가 연신 눈에 들어왔다.

이게 잠비아에서 유일한 라이브 하우스라니!

케냐의 나이로비에서 들었던 음악도 음량이 크고 소리는 갈라졌지만 사람들은 식사하며 귀 기울였다. 밴드는 밴드로서 기능했다.

하지만 잠비아의 수도 루사카에 있는 라이브 하우스는 광란의 도가니였다. 일부러 왔으니 두 무대 정도는 보려고 생각했지만

두 번째 가수도 관객의 기에 눌려 소리만 지를 따름이었다. 결국 둘은 도중에 자리를 박차고 나왔다. 좁고 컴컴한 복도 벽을 더듬으며 마지막 계단을 딛자 공기가 달라졌다. 이미 태양은 기울어 노란 네온 저편 하늘에 별이 반짝였다.

정적 속에서 여전히 이명이 울렸다.

"어라?"

맑은 선율이 미지근한 밤공기를 타고 희미하게 들려왔다.

"카투투 씨, 무슨 노랫소리 들리지 않아요?"

카투투도 귀를 기울였다.

"아, 성가대네요."

"어디, 어디?"

"저쪽 교회 같아요. 저녁예밴가? 연습 중인지도 모르죠."

"가봐도 될까요?"

"그럼요, 물론이죠."

두 사람이 길을 건너자 청아한 노랫소리가 또렷해졌다. 낡은 목조 교회에서 나오는 소리였다. 문을 살짝 열고 들여다보았다.

성가대는 열다섯 명 정도. 열 살도 안 된 어린이부터 백발의 노부인까지 연령은 다양했다. 엉덩이가 불쑥 솟은 중년여성이 온몸으로 지휘하며 성가대의 목소리를 끌어내고 있었다.

무반주였다.

악보도 없을 것이다.

지휘자가 노래를 하면 그대로 따라 불렀다.

자유롭게 뻗어가는 아이들의 고음에 알토와 테너가 포개졌다.

영국이 남긴 찬미가가 잠비아의 교회에서 아름다운 화음으로 되살아났다. 이 코러스가 잠비아 음악의 원형이다. 술과 마약으로 찌든 음악과는 전혀 다른 신성한 울림이 마음을 두드렸다.

노래가 끝나자 빨간 리본을 맨 여자아이가 다이키를 가리켰다. 지휘자가 돌아보자 다른 성가대원도 술렁였다.

"죄송합니다. 멋대로 들어서."

카투투가 나서서 다이키를 소개했다. 다이키는 "멋진 코러스였어요" 하며 박수를 쳤다.

"늘 이렇게 부르시나요?" 다이키가 물었다.

엘리자베스라고 이름을 밝힌 지휘자가 몸을 흔들며 다가왔다.

"오늘은 연습이에요."

빨간 리본 아이가 "매주 미사 때마다 불러요" 하고 높고 밝은 목소리로 말했다.

"어느 교회에서나 미사 때 노래를 부릅니까?"

"네, 대개는요."

"리빙스턴에서도요?"

"물론이죠. 거기는 합창이 유명해요. 아무리 작은 교회라 해도 다 부르죠."

지휘자가 말하자 "춤도 춰요!" 하고 여자아이가 플레어스커트를 펄럭거리며 한 바퀴 휙 돌았다.

잠비아의 음악은 교회와 함께 존재하는 듯했다.

"중단시켜서 죄송합니다. 한 곡 더 듣고 가도 될까요?"

다이키가 물었다.

성가대는 환하게 미소 지으며 "그럼 우리가 제일 잘하는 곡으로" 하고 줄지어 섰다.

귀에 익숙한 곡조가 흘러나왔다. 〈할렐루야〉 합창곡이다.

예전에 들었던 것보다 템포가 빨랐고 발을 구르는 동작까지 추가되어 리드미컬했다. 아이들의 허리 흔드는 모습이 귀여워 몸이 저절로 흔들렸다. 잠비아식으로 재해석한 이들의 노래는 대자연에게 말을 걸고 있었다.

천장에 울려퍼지는 하모니.

실마리는 교회에 있었다.

다이키에게 아이디어 하나가 떠올랐다.

깎아지른 낭떠러지

세찬 바람과 멀리서 들리는 폭포 소리
희미하게 볼을 핥는 물보라
높은 하늘
어디든 날아갈 수 있다!

다음 날, 다이키는 앤드류 카투투와 함께 리빙스턴으로 날아갔다.

잠비아 남서부에 있는 이 도시의 이름은 영국 탐험가인 데이비드 리빙스턴을 기리기 위한 것이다. 영국 여왕의 이름을 딴 빅토리아 폭포는 국경 너머 맞은편, 짐바브웨 도시에서 명명했기 때문에 폭포의 반이 잠비아에 속해 있다는 걸 아는 사람은 의외로 드물다.

"이걸 입으세요."

카투투는 차 트렁크에서 노란색 우의를 꺼냈다.

"그리고 장화도."

다이키는 시키는 대로 갖춰 입고 우산을 집어든 후 국립공원의 산책 코스로 향했다.

양옆에 늘어선 선물가게 호객꾼들이 관광객에게 기린 조각상을 보여줬다. 마림바와 타악기 소리가 들려 폭포로 가는 길은 더없이 경쾌했다. 심장박동보다 빠른 리듬 때문인지 폭포에 대한 기대가 더욱 높아졌다.

"미끄러우니 조심하세요."

카투투가 주의를 주었다.

산책로는 완만한 언덕길이다. 두 사람은 나무로 뒤덮인 어둑한 정글을 헤치고 들어갔다. 잘 다듬어진 흙길은 물에 젖어 질퍽했다. 다이키는 발밑을 조심하며 걷다가 멈춰 서서 귀를 기울였다.

아까부터 새소리가 끊임없이 들렸지만 새는 보이지 않았다. 어두운 숲 속 나무들이 물방울을 떨어뜨렸고 습기가 우의로 감싼 몸을 축축하게 뒤덮었다.

"이쪽이에요. 바로 옆에 폭포가 있어요."

카투투는 전망대 방향의 오솔길로 들어섰다. 휘장처럼 내려진 물의 장막이 나타났다. 폭포의 발원지도, 용소龍沼도 보이지 않는다. 엄청난 물줄기가 세차게 쏟아질 뿐이다. 사방으로 튀는 물방울이 우의 위로 후드득 소리를 내며 소나기처럼 쏟아졌다.

"이거, 굉장하다기보다 뭐가 뭔지 모르겠는데요."

"가까이에선 전체 모습을 볼 수 없어요. 폭이 1,708미터나 되니까요."

멈춰 선 다이키에게 카투투는 "조금만 더 가보죠. 좀더 잘 보이는 곳이 있어요" 하고 손짓했다.

도중에 마주친 관광객들은 애처로울 정도로 흠뻑 젖었지만 모두들 밝은 표정으로 인사를 건넸다.

"봤습니까?" 하고 물으면 "멋져요!" "굉장해요!" "믿을 수가 없어요!" 하는 감탄사가 돌아왔다. 갑자기 숲이 끝났다. 급한 마음에 물에 젖어 미끄러운 바위도 아랑곳 않고 걸음을 빨리 했다.

눈앞에 폭포의 웅장한 자태가 드러났다.

굉음을 내며 거대한 물줄기를 쏟아내는 폭포가 장관을 이루었다. 다이키는 깎아지른 절벽 끝까지 걸어가 폭포 정면에 섰다. 물안개 너머로 새파란 하늘이 어렴풋이 보였다. 거센 물보라로 희미해진 태양빛 아래, 반짝거리는 작은 기포들이 무지개를 만들어냈다. 은빛을 머금은 물방울이 계곡으로 끊임없이 떨어졌다.

"최대 낙차는 어떻게 되나요?"

"108미터예요. 수량도 만만치 않죠."

"물보라에도 흙과 모래가 섞여 있어서 같이 휩쓸리는 느낌이네요."

"조금만 더 가면 전망이 훨씬 좋아요."

"폭포를 바라보며 커피라도 마실까 했는데."

"아뇨, 그건 무리예요."

카투투가 웃으며 고개를 가로저었다.

"빅토리아 폭포는 T자 모양인데, 전체를 볼 수 있는 전망 포인트가 없어요. 헬리콥터나 패러글라이딩을 타면 또 모를까."

다이키는 호주머니에서 디지털카메라를 꺼내 전원을 켰다. 하지만 화면에는 일부만 비쳐서 박력 있는 모습을 고스란히 담을 수 없었다. 렌즈는 물방울 때문에 곧바로 뿌옇게 변해 수건으로 닦아야 했다.

동영상 촬영으로 바꾸고 끝에서 끝까지 천천히 피사체를 담았다. 여전히 물방울이 렌즈를 적셨지만 다이키는 숨을 멈춘 채 빅토리아 폭포의 최고 순간을 촬영했다. 심장이 터질 듯했다.

"우기에 접어들어 수량이 많아졌어요."

카투투가 말했다.

"잠비아는 물이 부족한가요?"

"연간 강수량은 500밀리미터에서 1,500밀리미터예요. 농업에 괜찮은 환경이죠. 토지도 비옥해서 강이나 호수에서 관개용수를 끌어들이면 지금보다 훨씬 더 생산량을 늘릴 수 있어요. 잠비아의 면적은 75만 평방미터에요. 국토 크기로만 따지면 세계 39위죠. 그런 넓은 땅에 인구는 1,350만 명에 불과해요. 인구밀도가 현저히 낮아요. 최근에는 전기를 이용한 현대적인 유기농법도 적극 검토하고 있지요."

"전기라뇨? 전기가 부족하잖아요."

"잠비아는 수력발전에 대한 잠재력이 있어요. 지금은 외국과의 수출계약으로 전력을 보내고 있어서 국내에 전기가 부족한 상태지만요."

"무역이 우선이군요."

"국내의 전력소비가 늘어나면 이 빅토리아 폭포에서도 발전할 날이 올지 모르죠."

폭포에서 쏟아지는 세찬 물줄기를 바라보았다.

댐 방식의 발전은 자연파괴가 되지만 폭포의 낙하 에너지를 이용한 발전이라면 자연과 융화할 수 있을지도 모른다. 개발에는 물과 전기가 반드시 필요하다. 자연자원을 리빙스턴의 지역개발로 어떻게 끌어낼지는 좀더 전문적인 조사를 해야 한다.

다이키가 폭포를 바라보며 생각에 잠겨 있는데 카투투가 조용히 말했다.

"부모님 고향이 리빙스턴이에요. 한참 시골이긴 하지만요."

카투투가 말을 이었다.

"우리는 리빙스턴을 좀더 발전시키고 싶어요. 빅토리아 폭포는 유네스코의 세계자연유산에도 등록되어 있답니다. 그 가치는 앞으로 더욱 높아질 겁니다. 주변국과 함께 종합적인 지역개발전략을 세우고 구체화시키다 보면 아프리카 어느 나라 못지않은 관광지가 될 거예요."

카투투의 주장에 공감할 수 있었다.

적어도 빅토리아 폭포는 세계자연유산에 등록될 만큼 진기한 폭포다. 이 지역의 특성을 살려 개발하면 자원 의존의 경제구조를 관광서비스업으로 다각화하는 일도 가능할 것이다.

"난 이 나라 발전에 힘을 보태고 싶어요. 그래서 일본의 지원이 필요해요. 원조가 아닌, 비즈니스 파트너로서 지속적인 관계를 맺고 싶은 거죠."

카투투는 다이키의 눈을 보며 말했다. 10년 전, 지점을 폐쇄하고 떠난 외국인에게 여전히 희망을 갖고 있다. 다이키는 그런 마음에 반드시 보답하고 싶다고 생각했다.

전망 좋은 절벽을 뒤로하자 폭포 소리가 멀어졌다. 물보라도 약해지고 햇살이 돌아왔다. 그다지 길지 않은 산책로가 기세등등한 천둥소리를 울리며 빛이 침투하지 않는 어두운 숲으로 돌변했다. 테마파크를 연상케 하는 신비한 세계였다.

잠시 넋을 잃고 서 있었다.

"보세요, 강폭이 좁아졌죠?"

카투투가 아래쪽 계곡을 가리키며 말을 건넸다. 평평한 대지에 느닷없이 출몰한 낭떠러지. 지구의 생채기처럼 보이는 좁은 계곡 밑바닥에 폭포 물을 끌어모은 가느다란 강이 구불거리며 흘러간다.

"저 폭포수가 이 강에 다 모여 있다니 굉장하네요. 깊겠죠?"

"그렇겠죠. 강의 깊이는 모르지만 계곡의 깊이는 실감할 수 있답니다."

산책로에서 나온 두 사람은 흠씬 젖은 우의를 벗고 계곡을 보기 위해 국경으로 향했다.

차로 가는 거리는 얼마 안 됐지만 워낙 구불거려 방향을 가늠하기 힘들었다.

다이키는 앞쪽의 국경을 보기 위해 몸을 밖으로 내밀었다.

"이 다리 하나로 연결돼 있군요."

"다리 저쪽이 짐바브웨죠."

"황량해 보이네요."

"과거에는 저쪽이 관광지로 더 유명했지만 서양인들을 모두 쫓아내고 재정위기에 빠진 후부터 많이 쓸쓸해졌어요."

관광산업에는 국가의 안정이 무엇보다 중요하다. 다이키는 그 사실을 머리에 되새겼다.

"다리 중앙까지 걸어가 보죠."

카투투의 말에 차에서 내렸다.

험준한 계곡에 걸린 철제 다리가 수려한 자태를 뽐냈다. 문명의 상징이었던 다리는 이제 예술적인 가치를 덧입었다. 자연과 근사하게 어우러져 촬영 피사체로도 인기가 많았다.

"저기가 국경선이군요."

"네. 저쪽에서 번지점프를 하고 있네요."

"이런 곳에서 번지점프라…. 무시무시한데요."

"다이키 씨도 해볼래요?"

"네에? 아, 저기… 위험하지 않을까요?"

"사고 났다는 얘긴 한 번도 못 들었는데…."

다리 옆 점프대에 서양 관광객이 서 있었다. 100달러를 내고 통쾌한 스릴을 맛보는 번지점프. 관광자원을 활용한 이 놀이기구는 보는 것만으로도 공포심을 자아냈다.

"예전에 가키누마 씨는 이곳에서 뛰어내렸어요."

"네? 지점장님이요?"

"네. 그것도 아주 대범하게 뛰어내렸죠."

"우와…."

"그러는 게 협상에 많은 도움이 된다면서."

"네?"

다이키는 귀를 의심했다.

"잠비아인은 용기 있는 사람을 좋아하거든요. 비즈니스 파트너가 번지점프를 했다는 것만으로도 협상은 긍정적으로 진행돼요."

"협상과 번지점프가 무슨 상관인데요?"

"글쎄요. 아마도 용기 있는 자와 일하는 게 자랑스러워서?"

다이키의 얼굴이 창백해졌다.

혹시 시험해보는 건가?

늘 차분해 보이는 카투투가 이런 말을 하다니 의외였다.

"카투투 씨는 해본 적 있나요?"

"저도 뛰어보고 싶어요. 하지만 우리에게 100달러는 거금이에요. 계곡에서 뛰어내리는 것보다 100달러를 지불하는 게 더 용기가 필요하죠."

카투투가 한바탕 웃더니 진지한 표정으로 다이키에게 물었다.

"한번 도전해 보실래요?"

"무, 무, 물론… 도전하겠습니다."

"정말요?"

"나도 용기 있는 남자니까."

"그럼 신청하고 올게요!"

카투투는 활짝 웃으며 매표소로 달려갔다.

괜히 휘둘린 게 아닌가 싶어 풀이 죽었지만 이제 와서 물러설 수는 없었다.

배에 단단히 힘을 주고 마음의 준비를 하는 동안 차례가 왔다.

조심조심 점프대 위에 섰다.

발밑으로 계곡이 보였다.

100미터가 넘는 깊은 계곡.

몸이 부르르 떨렸다.

흑인 스태프들이 안전장비를 장착해주었다. 한 명이 콧노래를 부르자 다른 한 명이 가볍게 랩 코러스로 호응했다. 검은 얼굴이 웃으니 눈부시게 하얀 이가 가지런히 드러났다.

정신 차리자!

다이키는 마음속으로 외쳤지만 발은 꼼짝도 하지 않았다. 두 팔을 살짝 벌린 채 우뚝 섰다. 장비들 때문에 몸이 무거웠다.

"자, 완벽하다. 오케이."

스태프가 환하게 웃었다. 왠지 거짓말 같았다. 다이키는 두 허벅지에 장착한 안전벨트를 만져보며 잘 고정되어 있는지 확인해 보았다.

"괜찮아요. 100퍼센트, 걱정할 것 없어요."

아무리 밝고 가벼운 목소리로 안심시켜주어도 믿기지가 않았다. 정말, 괜찮을까?

“자자, 앞으로 나오세요.”

스태프는 기묘한 발음의 일본어로 말했다.

“아니, 아직 준비가….”

“준비는 다 됐어요. 완벽해요.”

“아니, 마음의 준비가.”

“걱정 마요, 걱정 마.”

“이거, 거꾸로 떨어지는 건가요?”

“맞아요, 맞아. 두 팔을 벌리고 점프하는 거니까.”

“무, 무서운데.”

“하나도 안 무서워요. 일본 남자 용기 있어요. 괜찮아요, 괜찮아.”

어디에서 배웠는지 스태프 남자는 일본어로 말을 건넸다.

왠지 울고 싶어졌다.

다이키는 조금씩 점프대 끝으로 갔다.

세찬 바람과 멀리서 들리는 폭포 소리.

희미하게 볼을 핥는 물보라.

높은 하늘.

“자, 두 팔을 벌리고.”

더듬거리는 일본어로 지시하자 다이키는 두 팔을 크게 벌렸다.

안 돼!

오줌 쌀 것 같아.

심장이 오그라들어 장비들을 다시 확인해달라고 말하려는 찰나였다.

"악!"

등이 툭 떠밀렸다.

뭐지?

허공에 둥실 뜬 몸이 추락하기 시작했다.

"끄아아악!"

다이키의 목에서 비명이 터져나왔다.

낙하의 시간은 길었다. 경직된 몸이 하염없이 떨어졌다. 드디어 멈췄다 싶었는데 곧바로 반동이 왔다.

"으악!"

줄에 튕겨 올라가면서 몸이 뒤틀렸다.

무중력 상태가 되자 위가 몸 안에서 붕 떠 있는 느낌이었다.

또 떨어지다가 다시 튕겨서 위로.

"하, 하악…."

몇 번이고 반복되는 반동에 몸을 맡길 수밖에 없었다. 다이키의 머릿속엔 오로지 장비가 벗겨지지나 않을까, 밧줄이 끊어지지나 않을까 하는 생각뿐이었다.

차차 반동이 약해지고 거꾸로 곤두선 상태가 되었을 때야 비로소 주위를 둘러보았다. 바위와 초록색 나무들.

올려다보니 철교에서 사람들이 내려다보고 있었다. 줄줄 끌려올라가는 순간 다이키는 극심한 피로감으로 몽롱해졌다.

"이야, 아무 일도 없어서 다행이에요."

카투투가 반쯤은 농담처럼 말했다.

"정말, 무서웠어요."

다이키는 울먹이는 목소리로 말했다.

"작년에는 밧줄이 끊어져 서양 여자가 떨어졌던가 봐요."

"네?"

"하지만 스스로 헤엄쳐 나와 다행히 목숨은 건졌다던데."

"…."

"이 강에는 악어도 사는데 별일 없어서 정말 다행이었죠."

"그 말을 왜 미리 안 해준 거죠?"

"그게… 저도 지금 알았어요."

"화… 화장실 갈래요."

"아, 네에."

다이키는 카투투의 부축을 받으며 다리에서 떠났다.

점심식사를 느긋하게 한 덕분에 약간 진정이 되었다.

창백했던 얼굴에도 혈색이 돌아왔고 잔뜩 먹어서인지 기운도 났다.

"이야, 정말 뛰었군요."

리빙스턴 관광국의 프란시스 무힌데 국장이 디지털카메라 동영상을 보며 만족스러운 듯 미소를 지었다.

"옛날에는 세계 최고였지만 최근에는 더 높은 곳들이 생겨서 인기가 좀 식었죠. 그래도 여전히 많이들 찾는 스포츠입니다."

"다이키 씨는 리빙스턴의 발전을 기원하며 뛰었습니다."

"오오! 그거 고맙군요."

카투투는 빈말이라도 듣기 좋게 했다. 하지만 이렇게 된 이상 다이키도 될 대로 되라는 기분이었다.

"전 하려고 마음먹으면 반드시 성공시킵니다."

"그거 참 믿음직스럽네요."

"그래서 우선 리빙스턴의 도시계획부터 여쭤보고 싶은데요."

무헌데 국장은 고개를 끄덕이며 벽에 붙은 지도를 가리켰다.

"리빙스턴의 명소는 뭐니 뭐니 해도 빅토리아 폭포죠. 그밖에 사파리나 정글 크루즈가 더 있고요."

국립공원으로 지정된 폭포 주변에 몇 군데 관광 포인트가 드문드문 있었다.

"케냐의 마사이마라와는 분위기가 다르더군요."

"규모는 마사이마라에 비할 바 못 되지만 볼거리는 여기가 더 다양해요. 역사박물관이나 철도박물관도 있거든요."

"식민지 시대 것이군요."

"역사박물관에는 고대 유물도 전시되어 있어요. 몇 년 전에 유럽이 지원해줘서 리모델링을 했는데 아이들이 좋아해요."

"시내에서 폭포까지 가려면 차를 타야 하죠?"

"맞아요. 짐바브웨 쪽이 폭포와는 더 가깝습니다. 잠비아의 폭포 주변은 국립공원으로 지정되어 있어요."

"네에."

"폭포까지 꽤 가야 해서 관광지로서 불리하긴 해요."

다이키는 잠시 생각하고 말을 골랐다.

"폭포 주변이 국립공원으로 지정되어 있다는 말은 토지 소유주가 국가라는 뜻이겠죠?"

"그렇죠."

"그렇다면 계획적인 개발이 가능하고 토지 취득 수속도 정부 주도로 할 수 있겠네요?"

"국립공원을 개발하는 건가요?"

"난개발이 아닌, 부분적으로, 계획적으로 개방하는 겁니다."

무힌데는 손등에 턱을 괴고 생각에 잠겼다.

개발계획은 늘 화제가 된다. 하지만 이권이 앞서는 어중간한 것들뿐이다. 난개발을 우려하는 목소리 때문에 관광국과 환경부는 늘 주저했다. 정부 시안도 논의했지만 자금이 없었다.

"그래서 무라카미 씨는 어떤 계획을 갖고 있나요?"

"정통 잠비아 할리우드 계획이요."

"네?"

"아니, 이건 농담이고요. 관광유치를 목표로 한 지역종합개발계획을 생각했습니다."

"구체적으로는?"

"우선 이걸 봐주십시오."

다이키는 가방 안에서 파워포인트로 만든 프레젠테이션 자료를 꺼냈다. 어젯밤에 밤새 작성한 것이다.

"콘셉트는 자연과 음악입니다."

자료에는 자연 속에서 음악을 즐기는 지역개발 아이디어로 가득했다.

"이건요?"

"야외음악당입니다. 수용 규모는 1,200명 정도예요. 잠비아의 아름다운 석양을 만끽하며 음악을 즐기는 거죠."

"이쪽은요?"

"전망타워입니다."

"뭘 보는 거죠?"

"물론 폭포입니다. 지금은 헬리콥터로 날아갈 수밖에 없지만 좀더 많은 사람을 위한 시설이 있어야 하지 않을까요?"

무힌데는 인상을 찌푸렸다.

"재무계획이 있나요?"

"이제부터 생각해봐야죠."

다이키가 밝게 대답하자 무힌데의 표정이 굳어졌다.

"아무 계획도 없어요?"

"아뇨, 내용만 확실히 다듬으면 돈은 자연히 따라옵니다."

"…"

"하지만 그 내용이 중요하죠. 관광산업은 설비만으로 이루어지지 않습니다. 알맹이를 어떻게 만드느냐가 관건이에요."

"그래서요?"

"디벨로퍼를 고용할 겁니다."

"어떻게요?"

"입찰해서 개발권을 주는 거죠."

"경쟁입찰인가요?"

"네. 자금과 더불어 운영 방안을 검토해서 선정하는 겁니다. 비오오BOO 방식이어도 괜찮을 것 같습니다."

"그게 어떤 방식이죠?"

"빌드 오운 오퍼레이트Build, Own, Operate의 약자예요. 건설해서 스스로 운영하는 방식이죠."

"건설업자가 그대로 그 시설을 운영하는?"

"네. 정부는 토지사용권만 주는 겁니다."

"자금은요?"

"입찰 때 어느 금융기관에서 돈을 조달할지 밝히도록 하면 됩니다. 투자액 회수시점과 내부수익률*을 포함한 사업계획서도 내도록 해야죠."

다이키는 가키누마의 집중 강의로 배운 지식을 총동원했다.

아직 실현 가능성은 전혀 없었다. 하지만 이렇게 된 이상 먼저 말한 사람이 이길 것 같은 기분이 들었다.

무서울 건 없었다. 번지점프로 잔뜩 겁먹었던 것도 잊은 채 좀 더 높은 곳으로 올라가고 싶었다.

다이키는 메모만 의지하여 루사카에서 소개받은 교회를 찾아갔다. 첨탑이 있는 멋진 건물의 교회 부지 안에 초등학교도 같이 있었다. 다이키를 보고 아이들이 호기심 어린 표정으로 다가왔다.

"피터 목사님은 어디에 계시니?"

카투투가 몸을 숙여 물어보자 "저기요!" 하고 다 함께 한 건물을 가리켰다.

"실례합니다." 하며 문을 두드리는 소리에 초로의 남성이 뚱뚱한 몸을 흔들며 나왔다. 검은 가운 위로 하얀 셔츠의 옷깃이 보였다.

"일본에서 오신 분이군요."

"네."

"말씀은 들었습니다. 들어오시죠."

다이키와 카투투는 응접실로 들어갔다. 판잣집 같이 허름한 방이었다. 바깥에서 아이들이 창문에 달라붙어 방 안을 엿보았다.

---

* IRR, Internal rate of return 투자로 지출하는 현금의 현재 가치와 그 투자로 미래에 얻게 될 현금의 현재 가치를 동일하게 만드는 수익률.

"무슨 용건으로 오셨지요?"

목사가 의자에 앉으며 선량한 얼굴로 말했다. 굵게 갈라진 목소리를 들으니 어린 시절 할아버지 방에서 들었던 루이 암스트롱의 노래가 떠올랐다. 사치모라는 애칭으로 더 친숙했던 1960년대의 흑인 재즈 뮤지션. 따뜻함이 깃든 그의 노래들.

"실은 음악을 통한 지역개발에 조언을 얻고 싶어서요."

"호오, 그거 재미있군요."

피터 목사는 저음의 쉰 목소리를 배 안에서 끌어내 "핫핫핫" 하고 호탕하게 웃었다. 사람을 압도하는 울림이 있었다. 이 목소리로 설교하면 모두들 푹 빠져들지 않을까.

"여기에서 음악교육도 하신다고 들었습니다."

"네, 맞아요."

"성가대가 활발히 활동하는 모양입니다."

"마을을 돌며 지도하는 것뿐이에요. 노래와 춤을 통해 신의 가르침을 깨닫고 올바른 정신을 육성하자는 거죠."

"그겁니다, 제가 주목하는 것도요. 남미에는 범죄에 쉽게 노출되는 저소득층 아이들에게 음악을 가르쳐 갱생을 돕는 프로그램이 있습니다."

"음악은 사람의 마음을 밝게 만들어주죠."

"리빙스턴을 음악의 거점으로 만들면 어떨까요?"

"어떻게요?"

"교회에서만 노래하는 게 아니라 더 큰 무대를 준비하는 거죠."

"이를테면?"

"콘서트홀을 만들어 거기에서 노래 부르는 겁니다."

피터 목사는 탁한 목소리로 껄껄 웃었다.

"전 찬성입니다. 제발 그렇게 해주세요."

다이키는 몸을 앞으로 내밀었다.

"그걸 실현하려면 목사님의 도움이 꼭 필요합니다."

"제 도움이요?"

"이루고 싶은 일이 있을 땐 신의 가호가 필요한 법이죠. 그리고 콘서트홀을 운영하려면 관리할 사람들도 있어야 합니다."

"우리에게 그런 능력은 없는데."

"음악은 범죄에 노출된 청소년을 올바른 길로 인도할 수 있어요. 성가대의 존재만으로도 충분한 관리가 된다는 뜻이죠."

"그건…."

"루사카에서 라이브 하우스에 가봤어요. 마약 소굴이더군요."

"오, 주여!"

"어릴 땐 찬송을 부르며 지냈는데 도시로 나가면 가난한 현실 때문에 유혹에 쉽게 빠지게 돼요. 음악도 황폐해지고요."

"그건 확실히 문제가 있어요."

"이곳을 희망찬 곳으로 만들기 위해 저희와 함께해주십시오."

피터 목사는 다이키의 어깨를 부드럽게 짚었다.

"젊은이여, 너무 초조해하지 마시오. 당신의 뜻은 분명 신께서 거둘 것입니다. 이 일의 실현을 위해 함께 고민해봅시다."

어깨에 닿은 손에서 따뜻한 체온이 전해져 마음에 스며들었다.

집무실 밖으로 나오자 남자 신도가 말을 걸었다.

"일본인인가요?"

"네, 그렇습니다."

"쓰나미 때문에 힘들겠군요."

"네?"

"후쿠시마는 괜찮은가요?"

"네…."

"우리는 지진 때 일본에 노래를 보냈습니다."

남자가 집무실에 있는 목사에게 물었다.

"피터 목사님, 그 비디오는 어떻게 됐죠?"

"아직 인터넷에서 서비스 중일 겁니다."

"그럼 볼 수 있겠네요. 한번 들어보실래요?"

다이키는 다정하게 어깨에 두른 손길에 이끌려 컴퓨터 앞까지 함께 왔다.

"자, 이겁니다."

잠비아가 형제에게 보내는 노래는 단순하지만 아름다웠다. 동일본 대지진 때 피해를 입은 사람들에게 보내는 메시지가 담겨 있었다.

"이 일본어 번역은 누가 했어요?"

"여기에서 일하던 전문가가 도와줬어요."

"그 분은 잠비아에 계신가요?"

"아뇨, 귀국했어요. 우리는 사람이 미래를 만든다는 생각에 공감하며 의기투합했답니다."

"아, 저도 동의해요. 음악을 통해 그 공감대가 더욱 넓어질 거라고 생각지 않으세요?"

다이키는 호텔의 헬리포트에서 출발을 기다렸다.

여기까지 왔으니 폭포의 전체 모습을 보고 싶었다.

문자 메시지가 왔다. 런던에 있는 나가라 게이고였다.

〈크라우드 펀딩에 대해 런던에서 늘 신세를 지는 프로모터 분과 의논해봤어요. 많은 관심을 보여 일본과 영국 양쪽의 웹사이트에 프로젝트 기획안을 올려보기로 했답니다.〉

다이키는 서둘러 답장을 보냈다.

〈지금 컴퓨터 할 수 있어요.〉

10초 후 다시 메시지가 도착했다.

〈잘됐네요. 비디오를 올리기 전에 다이키 씨의 아이디어와 의견을 들어보고 싶었어요.〉

〈비디오를 만들었어요?〉

〈네, 런던에서 보비들과 함께요. 일본어와 영어로.〉

〈어느 사이트예요?〉

〈공개 제한으로 보낼게요.〉

〈네.〉

다이키는 노트북 컴퓨터를 열고 동영상을 클릭했다. 수신 속도가 느려 이따금 동영상이 멈췄지만 그들의 생각이 잘 전해지는 영상으로 마무리되어 있었다.

녹음 스튜디오 설치와 남녀노소 모두가 모일 수 있는 콘서트홀 건설이 꿈이라고 말하며, 프로젝트를 3단계로 제안했다.

다이키는 곧바로 채팅 창에 의견을 입력했다.

〈굉장해요!〉

〈런던의 프로모터 분들이 무료로 봉사해주셨어요. 고노 씨도 많이 도와줬고요.〉

〈정말 좋네요.〉

〈이렇게 갈까요?〉

〈잠비아 영상이 더 들어가는 게 좋지 않아요?〉

〈그 얘기도 했었는데 저작권 문제 때문에 다른 사람이 찍은 사진이나 동영상은 이용할 수 없어요.〉

다이키가 눈을 빛냈다.

〈그럼, 조금만 기다려요. 동영상 보내줄게요.〉

〈있어요?〉

〈지금 빅토리아 폭포를 보러갈 거예요.〉

〈와아!〉

〈또 연락할게요!〉

〈넵!〉

카투투가 다이키를 부르러 왔다.

"이륙 준비가 다 됐어요!."

4인승 소형 헬리콥터, 로빈슨 R44의 프로펠러가 천천히 돌아갔다. 다이키는 올라타는 장면부터 동영상에 담았다.

승강구 계단을 올라가 조종석 옆에 앉았다. 카투투가 뒷좌석에 올라탄 것을 확인하자 백인 조종사는 계기판의 스위치를 돌리고 레버를 당겼다.

몸이 둥실 떠올랐다.

번지점프 때의 공포가 되살아났지만 고개를 좌우로 흔들어 떨쳐버렸다.

어디든 날아갈 수 있다.

배에 힘을 주고 조종사에게 몸을 맡겼다.

고도를 올리자 눈앞에 사바나가 펼쳐졌다. 카투투가 수증기 자욱한 곳을 가리키며 큰 목소리로 말했다.

"저기 물보라 보이죠? 저게 폭포예요."

동영상 녹화 버튼을 눌렀다. 촬영에 몰두하는 바람에 정작 폭포의 모습은 눈에 들어오지 않았다. 잠시 후 헬리콥터가 폭포 바로 위에 도달했다.

"와아! 굉장하다! 정말 폭포네요!"

다이키는 몸을 앞으로 내밀었다.

"이렇게 크다니 믿을 수가 없어요. 전에 상상하던 폭포와는 이미지가 완전히 다르네요."

"1855년에 영국 탐험가가 발견하기 전에는 폭포라는 인식이 없었어요. 이 지역의 코로로 부족은 '천둥 치는 연기모시-오아-툰야'라고 불렀죠."

카투투가 헬리콥터 굉음과 싸우며 큰 목소리로 설명했다.

"정말 개발이 된다면 외국인 관광객도 늘어나겠죠. 그들에게 보여주고 싶네요."

"아뇨, 잠비아와 이웃나라의 가족 여행자에게 초점을 맞추는 게 더 중요하지 않을까요?"

다이키는 자신의 생각을 이야기했다.

"이 지역 사람들이 좀더 값싸고 안전하게 관람할 수 있으면 좋겠어요."

"그것도 중요하죠."

카투투도 동의했다. 잠비아의 보물을 잠비아 사람들이 보지 못한다면 의미가 없다. 다이키는 보다 많은 사람이 빅토리아 폭포를 소중하게 생각할 수 있도록 교육과 연계한 관광개발이 이루어졌으면 했다.

"저쯤입니다!"

손으로 가리키는 방향은 폭포의 동쪽, 덤불에 뒤덮인 산책로 안쪽이었다.

"우리가 걸었던 곳이군요."

"네, 번지점프를 했던 다리도 보이네요."

"다리 저쪽이 짐바브웨인가요?"

지도를 꺼냈다. 개발에 대해 궁리하는 다이키의 머리가 바쁘게 돌아갔다.

어느 각도에서 폭포를 보는 게 더 좋을까?

암반 조사가 필요하다. 게다가 타워의 높이는 3D 화면이나 투시도로 계산해야 한다. 종합건설사를 끌어들여 구체적인 청사진을 보여주지 않으면 사람들은 움직이지 않을 것이다.

"타워 건설에는 돈이 많이 들지 않을까요?"

카투투가 물었다.

"대관람차를 이용하는 방법도 있어요."

"유원지처럼요?"

"하지만 회전관람차 중에선 세계에서 가장 높다는 런던아이조차 직경은 135미터에 불과해요. 도쿄타워의 반도 안 되죠. 다소 비용이 늘어나더라도 경관은 타워 쪽이 더 좋아요."

"안전성도 고려해야죠. 이 근방은 허리케인도 없고 심한 폭풍과 만나는 일도 없지만 구름이 통과할 때의 장대비는 보통이 아닙니다."

"그럼 역시 타워가 좋겠군요. 높이를 정할 때도 융통성이 있으니까요."

지상에서 300미터가량 올라가면 아프리카 대지도 훤히 볼 수 있고 폭포의 물보라도 눈앞에서 느낄 수 있다.

"하지만 경관 문제에 대해 환경보호단체에서 여러 말들이 많을 겁니다."

카투투가 회의적인 발언을 하자 다이키는 강하게 부정했다.

"인간이 만든 구조물도 훌륭한 관광명소가 될 수 있어요. 어떤 대자연도 그대로는 활용하지 못해요. 지금 이대로 두면 부유한 유럽 관광객들만 헬리콥터나 경비행기로 유람할 뿐, 이 지역 잠비아 사람들에게는 손이 닿지 않는 관광지가 되고 말아요."

"동감이에요. 하지만 뭐든 억지로 밀어붙이면 반발도 커져요."

"환경단체도 공감할 수 있는 계획을 세워야겠죠. 자연환경을 그대로 보존하면서 관광을 하려면 돈이 필요해요. 헬리콥터 대여는 15분에 1인당 200달러니 돈 많은 사람만 이용할 수 있죠. 타워라면 저렴한 가격으로 입장 가능하고 안전해요. 어린이 체험학습에도 활용할 수 있고요."

"경관 문제는요?"

다이키는 힘주어 말했다.

"저 다리 보이시죠? 인간이 만든 구조물이지만 자연경관 안에 녹아들어 있어요. 일단 만들어진다면 전망타워도 빅토리아 폭포의 경관이 될 거예요. 자연 속의 예술이 되고 역사가 되는 거죠. 설계 공모를 해서 빅토리아 폭포의 연출에 가장 어울리는 작품을 선택하는 방법도 있어요."

짐바브웨 국경을 넘어 헬리콥터가 선회를 시작했다.

다이키는 빅토리아 폭포에서 눈을 들어 멀리 아프리카의 지평선을 바라보았다.

야생동물이 사는 대지는 이젠 보호하지 않으면 그 존속도 어렵다. 인간과 자연이 공존하며 경제발전을 구현하려면 어떤 방법이 있을까. 원시 아프리카에 대한 향수도, 경제 일변도도 아닌, 균형 잡힌 개발이 필요하다.

전망타워 밑에 잠베지 강*과 빅토리아 폭포의 공중촬영 영상을 상영하는 비디오룸을 설치하고 공연장도 만들고 싶다. 민족음악과 댄스 공연뿐만이 아닌, 잠비아의 대중가요 발표와 육성에도 기여하는 그런 공연장을. 잠비아 음악이 국경을 넘고 아프리카의 소리가 되어 퍼져나가면 보다 큰 울림을 줄 수 있을 것이다.

다이키는 꿈꾸듯 그런 모습을 상상하며 구름 사이로 겹겹이 쏟아지는 햇살에 눈을 찡그렸다.

춤추는 빛줄기.

리듬을 타며 바람에 흔들리는 푸른 초원.

헬리콥터가 선회하자 그림자를 늘어뜨린 기린 떼가 유유히 달려가는 모습이 보였다.

저녁 무렵, 다이키와 카투투는 크루즈 선박에 올라탔다. 선착장에서 민속의상을 걸친 흑인 청년이 마림바를 연주했다. 밝은 음색이 남국 기분을 돋우었다. 반복되는 리드미컬한 선율에 사람

---

* Zambesi, 아프리카 남동부를 흐르는 아프리카 대륙에서 네 번째로 큰 강.

들도 춤추듯 걸음을 옮겼다.

다이키는 관광객 물결에 휩쓸려 2층 배에 올라탔다. 선체는 19세기 증기선처럼 커다란 수차가 양 옆에 붙어 있었다. 관광객을 사치스러운 기분으로 이끌어 식민지 시대의 향수에 젖도록 고심한 결과물이다.

뱃고동 소리를 신호로 배가 출항했다. 흑인 웨이터가 테이블 위에 프라이와 샐러드가 담긴 가벼운 접시를 놓고 갔다. 백인이 대부분이었지만 그중에는 흑인이나 중국인도 있었다. 흑인은 지역주민이 아니라 유럽에 사는 관광객인 듯했다.

다이키는 서쪽으로 기우는 저녁 해를 바라보았다. 갑판 위에 부는 바람을 맞으며 배가 잠베지 강을 천천히 나아갔다.

"배가 하류로 가는 거예요?"

"아뇨, 상류로 향하고 있어요. 보세요, 뒤쪽에 폭포의 물거품이 보이죠?"

돌아보자 잠베지 강 저편으로 물보라가 피어오르고, 더욱 깊어진 파란 하늘에 분홍색 구름이 드리웠다. 백인 커플이 끌어안고 입을 맞췄다. 감미로운 마림바 소리가 바람을 타고 실려왔다. 옆자리의 노부부는 가볍게 서로의 손을 잡고 눈을 바라보며 미소지었다.

말하지 않고도 하나 되는 마음.

자연이 연출한 장면을 배경으로 연인들은 저마다 사랑을 확인하고 있다.

언젠가 도모미와 오고 싶다.

장구한 세월이 흐르면서 예술이 된 대자연과 그 품에 잠긴 연인들. 잠시 일을 잊은 다이키는 자신도 언젠가 그런 날이 오기를 간절히 소망했다.

다이키는 일주일의 리빙스턴 조사를 끝마치고 의기양양하게 수도 루사카로 돌아왔다.

해야 할 일을 다 마치고 귀환한 개선장군 같은 기분이었다.

리빙스턴의 청사진이 머릿속에 선명하게 그려졌다. 이 모든 게 실현 가능한 일처럼 보였다. 호텔에서 가키누마가 기다리고 있었다.

"다녀왔습니다."

"그래, 어땠어?"

"여러 일들이 있었습니다. 정말 고무적이었어요."

다이키가 힘차게 보고하자 가키누마는 "알았다, 수고했어" 하며 고개를 끄덕였다.

다이키는 이내 분위기가 달라졌음을 눈치챘다.

가키누마의 표정이 어두웠다. 다이키는 이것저것 보고하고 싶은 마음을 꾹 눌러 참으며 조심스럽게 가키누마의 말을 기다렸다.

"너는 이만 귀국해야 한다."

올 것이 왔다.

결국.

전혀 예상치 못했던 일은 아니다.

하지만 가슴이 따끔하고 아팠다.

"다카미 부장한테 전화 왔는데 그만 돌아오란다."

"네, 하지만…."

목이 메어 말이 제대로 나오지 않았다.

가키누마는 둥근 눈으로 다이키를 응시했다.

"언젠가는 돌아가야 했어. 여기에서 새해를 맞이할 생각은 아니었지?"

"네, 하지만 조금 더 조사해보고 제대로 된 걸 가지고 돌아가고 싶었어요."

"그렇게 초조하게 굴어봤자 별수 없어."

"그렇긴 해도 열심히 뛰어다닐 필요는 있다고 생각했어요."

"아무튼 귀국하라는 명령이다."

다이키는 침묵했다. 한 발자국도 움직일 마음이 들지 않았다. 발이 바닥에 착 달라붙어 다음 행동으로 옮길 수가 없었다.

"내일 출발하는 항공편을 수배해놓을 테니 준비해."

입을 꾹 다물었다. 온갖 생각이 맴돌았지만 어떻게 표현하면 좋을지 알 수 없었다. 다이키는 간신히 입을 뗐다.

"저는 뭔가 성과를 올린 걸까요?"

가키누마는 살짝 콧방귀를 뀌었다.

"건방진 소리 마. 승부는 이제부터다."

다이키는 울음이 터질 뻔했다.

"그 말씀도 이대로는 허황된 꿈일 뿐입니다."

뛰쳐나가고 싶어서 견딜 수가 없었다. 이미 달리기 시작했다. 아직 조사하고 싶은 건 많았다. 이런 어중간한 상황에서 귀국하면 아프리카로 되돌아올 수 있을까. 또다시 컴퓨터와 씨름하는 일로 돌아가는 것은 아닐까. 아무런 성과도 없이 귀국하면 원래대로 돌아가고 만다.

"지점장님, 전 여기 남고 싶습니다. 아직 아무것도 시작하지 못했어요. 간신히 가능성을 발견했는데 지금 돌아가면 갓 심은 싹도 틔우지 못하고 그냥 썩도록 놔두게 됩니다."

"그렇게 초조해하지 마."

"하지만…."

"대어를 낚으려면 기다리는 것도 중요해."

"대어…."

"네가 하고 싶은 일이 얼토당토않은 건 아니야. 하지만 곧장 싸움을 걸어도 바로 낚아올릴 순 없어. 좀더 머리를 써. 머리싸움을 하는 거야. 찌를 던지고 장기전에 대처할 환경을 만들지 않으면 실현할 수 없어."

"하지만 일본은 너무 멀어요."

다이키의 절규에 가키누마는 연민의 눈초리를 보냈다. 확실히 멀다. 물리적으로만 먼 게 아니다. 심리적으로 멀다. 이해시키는 일은 어렵다. 그것은 가키누마 자신이 수십 년 동안이나 맛보았던 생각이었다.

현장의 목소리를 도쿄에 전달하는 일이 얼마나 어려운지는 경험해보지 않으면 모른다. 현장의 논리를 도쿄가 알 리 없다. 가키누마도 부정적인 기분에 빠질 수밖에 없었다.

"도쿄는 뚫어야 할 관문이야. 그들에게 아프리카를 얘기해봤자 이해할 리 없지. 그러니까 그걸 전제로 싸워가는 수밖에 없어."

"어떻게요?"

"아프리카에 대해 말하지 않아도 돼."

"네?"

"도쿄 사람들이 이익이라고 생각할 만한 걸 제시해야지."

"…."

"상사는 비즈니스를 하는 곳이야. 돈만 벌면 불만 없을 거다."

"그건 알고 있지만…."

"돈 버는 것만 생각해."

"귀국하면 시스템부로 돌아가게 되지 않을까요?"

"글쎄, 그건 네가 하기 나름이겠지."

가키누마는 몸을 돌려 엘리베이터 쪽으로 걸어갔다. 다이키는 멍하니 서서 "돈 버는 것…" 하고 중얼거렸다. 가키누마마저 모른 체하면 낭떠러지에서 더 나아갈 길은 없다. 왠지 절망의 나락으로 떨어지는 기분이었다.

내일로 향하는 문

이 문 너머에 새로운 세계가 기다리고 있다.
그 문을 활짝 열어젖힌다.

본사 회의실에 들어선 다이키는 내심 긴장했다.

귀국하고 일주일.

다이키가 발제를 맡은 아프리카진출전략 세미나가 열렸다. 세미나 개최 공문이 돌자 연말의 바쁜 연말이지만 각 부서의 이해관계를 초월해 직원들이 모여들었다.

식량부의 모리와키 과장이 나타나 단상에 서 있는 다이키에게 말을 건넸다.

"여어, 건강해 보이네."

모리와키는 마른 몸에 후줄근한 양복 차림이었다. 기름이 끼어 번드르르한 얽은 얼굴에 가느다란 눈이 반짝였다.

"지난번에는 신세가 많았습니다. 와주셔서 고맙습니다."

조심스러운 다이키의 인사에 모리와키는 "여전히 호들갑스러운 녀석이군" 하고 옅은 웃음을 흘렸다.

"그후로 병이 나서 힘들었던 모양이던데."

"네, 하지만 좋은 경험이 됐습니다."

"몸도 좀 괜찮아졌는데."

모리와키가 다이키를 위아래로 훑었다.

석 달 만에 8킬로그램이 빠졌다. 아팠기 때문이기도 했지만 관리 차원에서 계속한 근력 트레이닝으로 몸 전체가 탄탄해졌다.

"생명은 건졌으니 다행이지만 너무 무리는 하지 마."

"걱정 끼쳐드려 죄송합니다."

"걱정하는 거 아니야."

모리와키가 흥! 하고 콧방귀를 뀌었다.

"파상풍은 훈장이야. 힘들게 살아 돌아왔으니 일 잘해."

"네, 명심하겠습니다."

"그럼 오늘, 기대해볼까?"

모리와키는 습관처럼 입술을 씰룩이며 발표자가 잘 보이는 창가 자리에 앉았다.

에너지자원개발부 후배와 특수부 과장이 연이어 들어왔다.

와달라고 미리 부탁했던 사회공헌부의 아카쿠라 미나미도 다른 후배를 데리고 얼굴을 내밀었다. 3년 선배인 아카쿠라는 아시아 여러 나라의 조림 사업을 담당하고 있다. 아프리카 진출도 염두에 두는 듯 다이키의 조사에 긍정적이었다.

"아프리카 진출에 대해 비관론이 나오면 내가 지원사격을 할게."

미나미 선배가 엄지손가락을 치켜세웠다. 우수한 여장부 스타일이라 남자들이 부담스러워했지만 믿음직스러운 응원군이었다.

생각지도 못했던 시스템부의 가마이시 부장까지 툭 튀어나온 배를 내밀며 나타났다. 머리가 쭈뼛했다. 부장은 고개를 들지 못하는 다이키의 어깨를 툭툭 두 번 두드리고는 지방덩어리 배를 흔들며 "열심히 해" 하고 말했다.

두 시 정각에 반백의 신사 두 사람이 잇달아 들어왔다.

아프리카개발부의 관리감독을 맡은 스기모토 전무와 전임 사장인 고우카타 회장이다.

다카미 부장이 자리에서 일어나 제일 앞줄로 안내했다.

회장이 흘낏 다이키를 보았다. 찌를 듯한 시선에 온몸이 굳어졌다. 엘리베이터 앞에서 잠깐 인사한 것 외에는 만날 일이 없었다. 회장의 등장에 심장이 세차게 뛰었다. 고위임원까지 들으러 와줄 줄은 생각지도 못했다. 긴장을 풀고 발표하자고 마음먹었던 다이키였다.

하지만 생각해보면 다카미 부장은 이 세미나를 상당히 신경 쓰고 있었다. 회장과 전무가 관여했는지도 모른다. 회사로 복귀하자마자 프레젠테이션을 준비하라는 다카미 부장의 지시가 있었다.

귀국 명령이 떨어졌을 때는 절망적인 기분이었지만 부장의 태도는 예상과 달랐다. 아프리카 투자에 소극적인 만큼 조사결과에도 관심이 없을 거라고 짐작했는데 괜한 우려였다. 다카미 부장이 출장 보고를 겸한 세미나를 열어 다른 부서 사람들도 부르자고 제안했다. 어쩌면 위에서 언질이 있었을 수도 있다.

새삼스레 세미나의 의미가 무겁게 다가왔다. 다카미 부장은 다이키를 내세워 아프리카 사업의 가능성을 회사에 설득할 생각이었다. 그래서 몇 번이나 프레젠테이션 자료를 고치게 했고 충고를 아끼지 않았다. 철저히 준비하라고 다그치기도 했다.

심장이 쿵쾅거렸다.

출장의 성과를 시험받는다.

이 한 시간이 아프리카 출장의 집대성이다.

나리타국제공항에 내린 날은 12월 10일이다. 잠비아에서 중간 기착지인 남아프리카공화국의 요하네스버그로 날아가 환승을 하고 홍콩을 경유하여 일본에 도착하기까지 스물다섯 시간이 걸렸다. 아프리카로 갈 때는 늦더위가 남은 9월이었지만 어느새 완연한 겨울이 되어 잿빛 구름이 하늘을 뒤덮었다. 볼에 차가운 바람이 닿자 몸이 흠칫 떨렸다.

나리타에 도착한 순간부터 다른 시간이 펼쳐졌다. 무거운 짐가방을 든 사람들이 스마트폰을 들여다보며 앞다투어 입국심사대로 향했다. 시계가 기어를 바꿔 빠르게 돌기 시작했다.

공항의 빛깔은 어두웠다.

대지진 후라 조도를 낮추었기 때문만은 아니다. 무엇보다 사람들 복장이 어두웠다. 검정이나 회색 같은 무채색 코트를 걸치고 무표정한 얼굴로 발길을 재촉했다. 감색이나 짙은 녹색도 간혹 눈에 띄었지만 밝은 색 옷은 좀처럼 볼 수 없었다.

적도와 가까운 내륙국가 잠비아는 원색 옷을 입은 사람들로 넘쳐난다. 짙은 피부색이지만 화려한 복장을 즐기고, 눈부신 태양에 굴하지 않으려는 듯 햇살을 받아 더욱더 빛나는 색상을 선호한다. 드넓고 밝은 대륙의 기질이 사회 전체를 물들이고 있다.

그에 반해 섬나라 일본은 발산보다 집약을 중시한다. 집단질서를 지키지 않으면 사회에 적응하지 못하고 배척당한다. 튀지 않고 집단 속에 스며들기 위해서는 무채색이 안성맞춤이다.

급하게 공항을 빠져나가는 사람들 틈에서 마음이 불안하게 흔들렸다. 다른 세계를 알아버린 이방인처럼 자신이 이질적인 존재로 느껴져 묘한 위화감에 사로잡혔다.

두 나라가 서로를 이해할 수 있을까?

하지만 아무리 힘들다 해도 포기할 순 없다. 아프리카와 일본의 연결고리를 찾지 못하면 그동안 애쓴 일도 아무 의미 없다.

귀국하는 순간부터 새로운 싸움이 시작됐다.

사바나보다 치열한 경쟁사회. 그게 현실이다.

시련은 오히려 이제부터다.

나리타공항에서 곧장 본사로 갔다. 회사는 조용했다. 모니터에 시선을 고정한 직원들이 키보드를 두드리는 소리만 들렸다. 짐을 내려놓기 무섭게 다카미 부장이 불렀다.

"고생 많았다."

위로의 말은 그 한마디뿐.

한 시간 동안 발표할 수 있도록 출장 결과를 일주일 내로 정리하라고 지시했다. 출장에서 얻은 모든 정보와 경험을 완벽하고 체계적인 자료로 만들어 설명해야 한다.

어려운 숙제지만 최고의 기회이기도 하다.

프레젠테이션에 미래가 달려 있다.

최선을 다해 준비해야 한다.

다이키의 가슴이 뛰기 시작했다.

케냐에 있는 가키누마 지점장은 자료 작성에 많은 도움을 주었다. 개요는 짧게, 대책과 제안은 구체적으로 쓰라는 게 가키누마의 조언이었다.

도표 작성은 다지마 유스케의 도움을 받았다. 때때로 공허한 눈빛을 볼 수 있었지만 우울증을 앓는 사람치고는 평온해 보였고 직무능력은 여전히 뛰어났다.

안부인사차 도모미에게 이메일을 보냈다. 도모미는 마침 휴가라서 2주일간 일본에 와 있다고 답장을 주었다. 다이키는 빡빡한 일정을 쪼개 도모미와 약속을 잡았다.

도쿄에서 만난 도모미는 아프리카에서 볼 때와는 사뭇 다른 분위기였다. 흰 레이스 옷깃이 달린 감색 블라우스와 회색 플레어 스커트가 도회적인 세련된 이미지를 주었고 찰랑거리는 긴 생머리는 하얀 얼굴을 더욱 돋보이게 했다. 빨간 립스틱을 바른 촉촉한 입술에서 윤기가 났다.

나 만난다고 신경 썼나?

왠지 마음이 두근거렸다.

"도모미 씨, 아프리카에서보다 훨씬 여성스러워 보여요."

"네? 그게, 무슨 소리예요?"

도모미의 얼굴에 살짝 홍조가 돌았다.

"다이키 군이야말로 남자다워 보이는데요. 말라서 이목구비가 더 또렷해졌나?"

"그, 그런가요?"

이번엔 다이키가 민망해하며 머리를 긁적였다.

좋은 분위기가 이어질 것 같은 예감이 들었다.

하지만 도모미는 이내 사무적인 태도를 보였다.

"프레젠테이션은 무엇보다 준비가 중요해요. 자료를 만들면 최소한 세 번은 소리 내서 연습할 것. 자료를 뻿뻿이 읽기만 하는 건 절대 피해야 해요."

실질적인 충고가 돌아왔다. 국제사회에서 활동하는 도모미는 프레젠테이션의 중요성을 잘 알고 있다.

"사람들 마음을 사로잡을 수 있느냐 없느냐가 관건이에요."

도모미는 다이키의 눈을 보며 강조했다. 여러 조언을 해줬지만 정작 마음에 남은 건 대수롭지 않은 한마디였다.

아프리카에서 또 만나요.

프로젝트가 실현되길 바란다는 말일까? 혹시 기다려주겠다는 뜻일까?

양쪽 다라고 믿자.

반드시 다시 간다.

이곳에서 프로젝트를 구상하고 그곳에서 완수한다.

다이키는 책상 밑으로 주먹을 꽉 쥐었다.

다카미 부장의 인사가 끝나고 드디어 차례가 왔다.

"그럼 무라카미 군, 발제 부탁합니다."

"무라카미 다이키입니다."

다이키는 단상 위로 올라가 큰 목소리로 자신을 소개했다. 크게 내뱉은 심호흡 소리가 어색했는지 웃음소리가 들렸다. 다이키는 여유 있는 미소를 띠며 슬라이드를 켰다.

사방에서 키득거리는 소리가 났다. 다이키는 곧장 본론으로 들어갔다. 목차를 슬라이드 두 번째 장에 배치하는 게 좋다고 대학에서 배웠지만 그럴 필요는 없다. 바쁜 업무시간을 쪼개서 온 사람들이니 처음부터 핵심으로 들어가 논리를 펼쳐야 한다. 서두가 길면 자리를 뜨는 참석자가 많아진다.

"저는 파상풍으로 쓰러져 런던으로 갔습니다. 그곳에서 잠비아 노래와 만났습니다."

웃음소리가 더 커졌다. 비웃는다기보다는 우호적인 느낌이었다.

"중도하차하듯 런던으로 건너가 실의에 빠져 있을 때 거리 공연으로 들은 잠비아 노래가 제 마음을 사로잡았습니다. 문득 이렇게 훌륭한 음악이 왜 알려지지 않았는지 궁금해지더군요. 그래서 조사를 시작했습니다."

리모컨으로 슬라이드를 넘겼다.

"우선 동아프리카 경제와 엔터테인먼트 산업현황, 이 산업의 비교우위에 대해 발표하겠습니다. 전력자원, 수자원, 관광자원과 같은 경제 인프라에 대해 이야기하고, 잠비아 엔터테인먼트 산업의 잠재력과 제약조건을 정리한 다음, 개발투자에 관해 제안하고자 합니다."

우선 산업별 통계수치를 간략하게 발표하고 투자여건과 리스크에 대해 설명을 시작했다.

"전력수급은 어디나 할 것 없이 심각하여 계획 없는 순환정전이 계속되고 있습니다. 시도 때도 없이 발생하는 아프리카의 정전에 비하면 동일본 대지진 때 경험한 순환정전은 고민거리도 안 됩니다. 그와 동시에 전기가 얼마나 소중한지 알게 됩니다."

다이키는 청중을 둘러보며 숨을 한 번 내쉬었다가 다시 말을 이었다.

"잠비아는 대규모 하천이 흘러 수자원이 풍부하므로 수리사업의 전망은 아주 밝습니다. 현재 수력발전량은 1,985메가와트에 달합니다. 다만 이 전력을 수년간의 계약으로 외국에 팔고 있기 때문에 자국 내에서 급격히 증가하는 전력수요에 대응하지 못하고 있습니다. 하지만 수력발전의 잠재력은 매우 우수합니다. 최근에는 중국자본이 들어와 750메가와트 규모의 수력발전시설을 건설하고 있습니다."

에너지자원개발부 과장이 끼어들었다.

"이 자료… 2010년 통계네요. 자국 내 전력공급률이 18.5퍼센트에 불과하다면 전력수요는 계속 늘어나겠군요."

"네, 그렇습니다. 지금은 시골에서도 휴대전화를 사용하기 시작해서 수력개발을 더욱 서두르는 형편입니다."

"환경파괴 문제는요?"

"국제단체가 목소리를 높이고 있지만 가장 큰 논란거리인 주민 이주 문제는 우려할 만한 상황이 아닙니다."

"관개농지 비율은 어느 정도인가요?"

여기저기서 질문이 쏟아졌다.

"국가계획으로 천수답에서 관개농업으로 전환을 꾀하는 개발목표가 거론되고 있습니다."

다이키는 진땀을 흘리면서도 성심껏 대답했다.

"경작이 가능한 지역의 15퍼센트만 농지로 이용되고 있네요?"

식량부의 모리와키도 자료의 수치를 보고 질문했다.

"그렇습니다. 에티오피아와 비교하면 인구밀도도 적고 국토가 넓어서 많은 가능성이 있습니다."

발표 도중이라도 가차 없이 질문이 날아왔다. 세미나 진행을 맡은 다카미 부장은 통제를 포기하고 방관하듯 팔짱만 끼고 있었다.

사방에서 날아드는 날카로운 질문과 부정적인 의견이 다이키의 옆구리를 쿡쿡 쑤셔댔다. 청중들은 잠재력 여부보단 리스크 쪽을 더 심각하게 받아들였다.

"환율 리스크는 괜찮은가요?"

"정전 빈도는 어느 정도죠?"

"현지에 신뢰할 만한 인재는 있나요?"

"정부나 경제의 안전성은요?"

다이키는 잘 모르는 질문에는 자숙하는 표정으로 메모를 하며 즉답을 피했다.

풍토병이나 부상의 위험이 많아 아프리카에서는 생활이 힘들다는 의견도 나왔다.

직원에게 문제가 생기면 기업의 책임이 거론된다. 1990년대, 해외에서 직원이 사고를 당하면 대대적인 언론 보도가 나왔고 회사의 안전대책이 도마에 올랐다. 상대국의 불안한 치안은 도외시하고 기업의 관리부실만을 질타하며 책임을 추궁하는 목소리가 높았다. 그 결과 많은 기업이 직원 리스크 관리가 어렵다는 이유로 개발도상국 진출을 단념했다.

다이키는 자신의 예를 들며 예측 불가능한 사태에 대비하여 지역 전문가를 육성할 필요가 있다고 강조했다.

"파상풍에 걸렸을 때 현지 스태프나 현장에 밝은 여러 선배들의 적절한 대처가 주효했다고 생각합니다. 사견이지만 치명적이지 않은 문제라면 예방주사라고 생각하고 경험으로 축적하는 게 좋을 것 같습니다. 그렇게 쌓인 경험들을 통해 문제 해결을 위한 집단지성이 발휘될 테니까요."

"파상풍은 꽤 큰 문젠데요" 하는 목소리가 나왔지만 청중은 웃음으로 화답했다.

"거듭 말씀드리지만 현지 전문가는 중요하다고 생각합니다."

아프리카에서 오랫동안 근무하고 있는 가키누마를 염두에 둔 발언이었다. 고우카타 회장이 손을 들고 다이키가 제안한 '엔터테인먼트 산업'에 대해 질문했다.

"돈을 벌 수 있나?"

솔직한 질문에 사람들은 웃음을 터뜨렸다.

"서양의 엔터테인먼트 산업은 미디어믹스*가 진행 중인 유연한 비즈니스입니다. 아프리카에는 음악을 사랑하는 사람들로 넘쳐납니다. 경제성장을 통해 의식주를 충족한 중산층은 여가를 즐기기 시작했죠. 반드시 돈 벌 수 있습니다."

다이키는 볼에 홍조를 띤 채 당당히 대답했다. 눈치를 보고 싶지 않았다. 약한 모습은 금물이다.

"그럴 리가 없지. 꿈 이야기라면 재밌겠지만 현실적이지 않아. 현실을 전혀 모른다고. 아프리카는 수치로 들여다볼 때와는 아주 딴판이거든."

식량부 모리와키 과장이 부정적인 의견을 냈다. 다이키는 발끈

---

* 신문, TV, 라디오 등 여러 광고매체를 적절히 배분하여 최대한의 광고 효과를 노리는 전략.

하는 마음을 꾹 누르며 "소중한 의견으로 잘 새겨듣겠습니다" 하고 맞받았다.

사회공헌부의 아카쿠라 미나미가 긍정적인 의견을 풀어냈다.

"세계적으로 인정받는 일제 오디오를 아프리카에 수출하면 국가 브랜드를 더욱 높일 수 있습니다. 그 자체만으로도 의미 있는 일입니다. 경제산업부도 지원을 시작했고요. 최근 일본의 공적개발원조는 무조건적인 무상원조 대신 투자를 하는 방향으로 선회했습니다. 투자대상국을 기업의 해외진출교두보로 삼으려는 거죠. 개도국의 발전과 기업 진출을 동시에 고려한 프로그램을 기획한다면 조사비를 지원받거나 투자자금을 대출받는 일도 가능할 겁니다. 엔터테인먼트 산업은 정보통신산업이 부진한 아프리카에서 장차 신성장동력이 될 거라고 생각합니다."

아카쿠라는 다이키를 지원하듯 열변을 토했다.

"2012년에 아프리카개발은행의 아시아 대표사무소는 베이징이 아닌 도쿄에 문을 열었습니다. 이 또한 고무적입니다. 아프리카 국가들은 자국의 경제발전을 위해 일본이 투자나 무역을 더 확대하길 바라고 있습니다. 정치적으로도 일본은 아프리카와 긴밀한 관계를 맺어야 합니다. 리스크를 떠안더라도 진출하겠다는 의지만 있다면 정부금융기관도 적극 협조해줄 것입니다."

회사 일을 봉사활동과 혼동하는 거 아니냐고 말하는 간부들도 있었다. 하지만 아카쿠라는 논리정연하게 반론을 폈다.

"기업의 사회적 책임은 봉사활동이 아닙니다. 회사의 이익을 생각하며 장기계획을 세우는 것입니다. 사회공헌부에서 계기를 만들어 아프리카와 친숙해지면 기업 규모의 투자로 발전시킬 수 있다는 계산이죠. 그러기 위해 우선 신뢰관계를 구축하고 인재를 등용해야 합니다. 지속적이고 종합적인 전략 차원에서 말입니다."

간부들의 미온적인 반응에 다이키가 밀어붙였다.

"저는 입사한 지 5년밖에 안 됐습니다. 다시 말하면 앞으로 일할 시간이 많이 남았다는 뜻입니다. 선배님들은 향후 10년만 생각하면 될지 모르겠지만 우리 젊은 세대는 10년 이후의 일들도 계획해야 합니다. 따라서 현재의 리스크만 생각하고 머물러 있는 대신 장래의 돌파구를 지금부터 준비하고 행동에 나설 필요가 있습니다. 아프리카는 미래의 대륙입니다. 우리 젊은 세대가 비즈니스를 하는 데 있어서 피해갈 수 없는 개척지입니다."

타성에 젖어 지내다가 정년퇴직을 맞이하는 사오십 대들에게 던지는 도전장이었다. 뒷좌석에 앉아 있던 시스템부 부장 가마이시가 "바보, 말이 지나치잖아" 하고 중얼거렸다. 다카미 부장은 안색이 살짝 변했지만 진지한 눈빛으로 다이키를 보았다. 보잘것없는 다이키다. 그러나 열정적으로 의견을 피력하는 모습에 사람들은 감명을 받았다. 스마트하지는 않아도 애쓰고 있는 심정이 겉으로 드러나 듣는 사람에게 전해졌다. 에둘러 표현하지 않고 자신감을 가지고 당당하게 이야기하는 것. 다이키가 아프리카로 향한 꿈을 진솔하게 전달할 수 있는 최선의 방법이었다.

"오빠, 어지간히 하고 목욕이나 하지?"

"잠깐만. 이메일 하나만 보내고."

"내일 하면 되잖아."

사요미가 바닥에 앉아 컴퓨터를 두드리는 다이키의 머리에 수건을 올렸다. 다이키는 수건을 팽개치고 성가신 표정을 지었다.

"뭐야, 방해하지 마."

"칫, 방해할 거야."

사요미가 앞에 우뚝 서서 입을 삐죽였다. 다이키는 힐끔 사요미를 쳐다보고 다시 모니터로 눈을 돌렸다.

"지금 케냐에 메일 보내는 중이야."

사요미는 바닥에 떨어진 수건을 다이키 앞으로 다시 내밀었다.

"그보다 일단 목욕부터 하고 환기나 시켜. 아프리카 공기와 일본 공기가 뒤섞여 이 방이 어째 이상해졌어."

"아, 정말, 알았다니께. 그런데 지금 막 지점장님이 답멜을 보내서 또 답장해야 돼."

둘이 있으면 때때로 사투리가 튀어나온다.

"오늘로 세미나 끝난 거 아냐?"

"난 글로벌한 일을 하고 있으니께 24시간 대기여."

"우와, 집에서는 컴퓨터 좀 끄고 다 잊어버리면 좋을 텐데."

"컴퓨터를 꺼도 스마트폰으로 확인할 수 있잖여. 그러면 메일에 답장을 쓰고 싶고, 긴 문장을 쓸 때는 컴퓨터도 켜고 싶어져."

"그렇게 일하다 보믄 워커홀릭 되는디."

"남자에게는 할 때 해야 한다는 마음가짐이 필요한 벱이여."

"그래서 지금이 그 할 때여?"

"그려. 남자한테는 그 때가 있다고."

"그럼 특별히 뭐 하나 알려주려고 했는데 그만두지 뭐."

사요미가 눈을 가늘게 떴다.

"뭐야, 뜬금없이."

"목욕하고 나오면 말해줄게."

"그런 게 어딨어."

"알았으면 빨리 해. 밤새 그러고 있으면 시차 극복은 하지 못해. 그러면 일도 잘할 수 없을걸."

일일이 건방진 소리를 하는 사요미였다. 하지만 이렇게 티격태격할 수 있는 건 역시 가족이기 때문이다. 이런 가족의 소중함을 깨달은 것도 잠시나마 떨어져 있었기 때문인지 모른다.

"알았어. 한 통만 더 보내면 돼. 지금 보내면 지점장님이 바로 체크하실 거야."

"네에, 그러셔요. 마음대로 해. 목욕물 다 식어도 몰라."

사요미는 포기하고 몸을 돌렸다. 누이동생의 따뜻한 마음을 느끼며 다이키는 나이로비의 가키누마 지점장에게 세미나 때 있었던 질의응답에 대해 추가로 보고했다.

이런 일은 단숨에 해치워야 한다.

"좋아."

문장과 내용을 확인한 후 전송 버튼을 클릭했다. 화면으로 빨려들어간 메일이 멀리 아프리카 대륙으로 날아갔다.

도모미에게도 짧은 메일을 보냈다.

〈세미나 무사히 끝났습니다. 자세한 얘기는 나중에 해드릴게요.〉

아직 가냘프게나마 연결되어 있다. 도모미에 대한 마음은 즉흥적인 게 아니라고 말하고 싶었다. 하지만 지금은 그런 말을 할 단계가 아니다. 아프리카로 돌아갈 수만 있다면 다시 한번 도전해 보고 싶었다. 아프리카 프로젝트와 도모미에 대한 마음은 하나가 되어 떨어지지 않았다. 남자가 최선을 다하게 되는 동기는 의외로 단순하다고 누군가 말했었다.

다이키는 가볍게 샤워로 땀을 씻어내고 욕조 안으로 들어갔다.

따뜻했다. 너무 뜨겁지 않도록 사요미가 온도를 맞추었거나 시간이 너무 지나 알맞은 온도가 된 걸지도.

피부에 온기가 전해졌다. 어깨의 힘을 빼고 목까지 담갔다. 몸 속 깊은 곳이 술렁거려 다이키는 후우, 숨을 내뱉었다.

"오빠, 물 온도 어때?"

"최고야."

천국에 온 기분이었다. 3개월의 출장 동안 욕조에 몸을 담그지 못했다. 따뜻한 물에 몸을 담그고 있으면 이곳에 태어나서 다행이라는 생각이 든다. 다른 나라에서는 맛보기 힘드니까.

"저기, 나, 결혼하기로 했어."

뭐?

다이키는 욕조에서 상체를 일으켰다.

"… 상대는?"

"오빠가 모르는 사람."

"사귄 지 오래됐어?"

"응, 1년 정도."

"한 번도 말한 적 없잖아."

"물어본 적도 없잖아."

어떻게 된 거지. 다이키는 고개를 갸웃거렸다. 자신의 문제에만 정신이 팔려 동생에게 너무 무심했던 걸까?

"몇 번인가 말하려고 했는데 바빠 보이기도 했고 집에는 늘 늦게 들어와서 말할 기회를 놓쳤어."

"부모님께 말씀드렸어?"

"아직. 하지만 엄마한테는 살짝 비쳤어."

"무슨 일 하는 사람이야?"

"지방공무원."

"흠, 어디?"

"야마구치 현."

"뭐? 그럼…."

"응, 고향으로 돌아갈 거야. 그 사람, 지금은 도쿄에 나와 있는데 내년 봄에 야마구치 현으로 돌아가. 나도 같이 갈 거고."

"어머니가 좋아하시겠네."

"응, 그러시겠지."

"넌 괜찮아?"

"응, 시골도 나쁘지 않아. 평온하게 살고 싶어."

도쿄로 나오고 싶다고 한바탕 소란을 피운 후 다이키의 아파트로 이사 온 것은 사요미가 스물두 살 때였다. 야마구치 현에 있는 여대를 나와 잠깐 그쪽 우체국에서 근무했지만 너무 무료하다며 몇 개월 만에 퇴직했다. 그러곤 어머니의 설득을 뿌리치고 가출하듯 도쿄로 왔다.

그로부터 3년이 지났다. 사내연애를 하다가 실연하기도 하고 다시 직장을 옮겨 파견사원도 되고….

그녀 나름대로 열심히 살아왔다고 생각한다. 하지만 사요미에게 도쿄는 결코 따뜻한 도시가 아니었다. 실망도 많이 했을 것이다.

그런 사요미에게, 과연 오빠로서 힘이 됐었을까?

"미안. 앞으로는 오빠를 돌봐줄 수 없어서 좀 걱정이 되네."

"헐, 돌봐준 건 나잖여."

"빨래니 청소니, 내가 다 했는디."

확실히 많은 일을 했다.

그렇게 생각하자 누이동생과 지냈던 날들이 애틋하게 느껴져 가슴이 먹먹했다.

"오빠, 부모님은 걱정하지 않아도 돼."

"뭔 소리야?"

"부모님은 내가 잘 보살필게. 그러니까 오빠는 하고 싶은 대로, 전 세계를 무대로 열심히 살아."

"내 걱정은 하지 마."

다이키가 욕실 문 뒤의 누이동생에게 말했다. 뿌연 유리문 너머로 사요미가 어른거렸다.

"뭐, 당연한 말이지만 오빠를 위해 야마구치로 돌아가는 건 아니야. 그런데 그게, 우연히도 고향 남자를 만났어. 나는 거기에서 살아도 좋을 것 같아. 그럼 나 먼저 잔다."

"그래."

"잘 자."

자신의 뒤만 졸졸 따라다니던 사요미가 결혼하기로 결심했다. 따라갈 상대가 따로 생긴 것이다. 건방지고 잔소리 심한 동생이지만 다른 사람을 배려하는 마음 하나는 따뜻하다. 분명 태양처럼 가족을 환하게 비춰줄 것이다.

혼자가 된다고 생각하니 쓸쓸하기도 했다. 그러나 오빠로서 할 수 있는 모든 것을 해주고 싶었다.

다이키는 더욱 마음을 다잡았다.

사요미의 새로운 출발을 멋진 모습으로 축하해 주고 싶다. 상대방 가족 앞에서 누이동생이 자랑스럽게 여길 그런 일을 해내고 싶다.

아프리카에서 도쿄, 도쿄에서 고향인 야마구치로 생각이 마구 날아다녔다. 작은 욕실 안 욕조라는 우주선을 타고 세계로 향하는 문을 열어젖힌다.

"좋아, 할 수 있어!"

다이키는 첨벙 물보라를 일으키며 일어섰다.

회장실로 불려간 것은 다음 날이었다.

다카미 부장과 함께 임원실이 있는 꼭대기 층으로 올라갔다. 엘리베이터에서 내리자 비서가 미팅 일정을 확인하고 재빨리 일어나 오른손으로 회장실 문을 가리켰다.

"계신가요?"

등을 살짝 움츠리고 다카미가 물었다.

"기다리고 계십니다."

비서가 카펫이 깔린 복도로 두 사람을 안내했다. 다이키는 양쪽 벽에 걸린 멋진 유화에 시선을 빼앗겨 두리번거리다가 카펫에 발이 걸려 앞으로 고꾸라질 뻔했다. 서둘러 팔을 뻗었는데 하필이면 액자 테두리에 부딪혔다. 다이키는 식은땀을 흘리며 다시 반듯하게 그림을 걸었다. 종종걸음으로 다카미 부장을 쫓았다. 회장실로 들어가기 전에 자세를 바로하고 심호흡을 했다.

왜 허둥대는 거지?

기대감으로 가슴이 뛰어 머리가 어지러웠다.

아프리카로 가는 문….

이 문 너머에 새로운 세계가 기다리고 있을 것만 같다.

문을 열자 소파에 마주 앉은 남자 두 명이 다이키 쪽으로 몸을 돌렸다. 커다란 창유리로 들이치는 오후의 햇살을 정면으로 받아 모든 게 흐릿해 보였다. 빛에 익숙해지자 사물의 형체들이 제자리를 찾아갔다.

소파에 앉아 있는 사람은 고우카타 회장, 다른 한 사람은 식량부의 모리와키 과장이었다.

"그래, 고생이 많지?"

고우카타 회장은 다이키에게 눈길을 주며 미소를 보냈다.

다이키는 바른 자세로 깊이 허리를 꺾어 인사했다. 왜 모리와키가 여기에, 하는 의문이 머릿속에서 빙글빙글 맴돌았다. 현지에서는 온갖 구박을 했고 어제 프레젠테이션에서도 심술궂은 말을 던졌다. 이 중요한 때 무슨 말을 했을까. 힘들게 진행해온 아프리카 진출에 찬물을 끼얹어 원점으로 되돌린 것은 아닐까.

다이키는 경계심으로 몸이 바싹 타들어갔다.

"앉게나."

가죽 소파는 마찰음을 내며 다이키의 몸을 받아들였다. 스프링이 딱딱해 등이 저절로 펴졌다.

"짐작했을지 모르지만, 자네에게 아프리카 근무를 맡기고 싶다."

회장은 단도직입적으로 결론부터 말했다.

"넵!"

다이키는 흥분한 목소리로 대답했다. 좋았어, 하고 마음속에서 주먹을 움켜쥐었다.

스스로 기회를 만들었다. 자신이 원하고 행동하여 손에 넣은 기회다. 그런 만큼 책임감도 막중하지만 시키는 대로만 하면서 책임을 전가하는 것보다 훨씬 낫다.

고우카타 회장은 예순두 살. 지난 6월에 사장 자리에서 물러나 회장에 취임했다. 사장이었던 6년 동안, 강한 리더십을 발휘하여 불황을 극복해냈다. 하지만 전체를 아우르며 무턱대고 밀어붙이기보다는 발전적인 일을 하는 게 좋다며 사장직을 사양했다. 그러곤 실적이 부진한 분야를 찾아 활동했다. 입버릇은 '꿈이 있는 일을 하자'다.

"당장은 케냐 근무지만 동아프리카 전체를 맡아주게."

"네, 알겠습니다."

"장차 남아프리카공화국의 요하네스버그에도 지점을 개설해서 자네에게 맡길 생각이네. 우선은 케냐를 발판으로 삼아 그곳에서 경험을 쌓도록 해."

"열심히 하겠습니다."

볼이 뜨겁게 타올랐다. 옆에 앉은 다카미는 흡족한 듯 팔짱을 끼고 있었다.

회장이 말을 이었다.

"남아프리카공화국은 한 걸음 앞서 있는 중진국이네. 교통의 요충지이기도 하니까 비즈니스를 아프리카 내륙으로 전개하려면 여기는 확실히 확보해야 해."

"네, 알겠습니다."

"그리고 잠비아 말인데…."

왔다! 다이키는 마음속으로 펄쩍 뛰었다. 자연스레 자세가 앞으로 쏠렸다. 눈에 빛이 나고 심장이 당장이라도 터질 듯 질주하기 시작했다.

하지만 고우카타 회장은 쓴웃음을 지으며 "엔터테인먼트 산업은 안 돼" 하고 금방이라도 침을 흘릴 듯한 다이키를 밀쳐냈다.

확실하고 단호한 부정이었다. 노골적으로 실망한 표정을 드러낸 다이키에게 다카미 부장이 어이없다는 듯 말했다.

"너 정말 엔터테인먼트 산업을 진행할 생각이었어?"

생각지도 못한 말투에 다이키는 불만스러운 기색으로 대답했다.

"물론입니다."

"너, 정말 바보구나."

모리와키도 어처구니없다는 표정으로 맞장구를 쳤다.

"바보인지도 모르지만 저는 늘 진지합니다."

상사 세 명을 앞에 두고 다이키는 엉뚱한 화풀이를 하고 있었다. 하지만 몸을 늘여 어른 시늉을 해봤자 소용없다. 그저 남자다움만은 보여주자 싶었다.

"뭐, 그건 알았네. 자네의 의욕만큼은 충분히 전해졌다고."

회장의 긍정적인 반응에 다이키는 씩씩하게 대답했다.

"네, 정말 고맙습니다."

모리와키는 배를 잡으며 웃음을 참았다. 다카미는 다이키에 관한 권한을 회장에게 다 떠넘긴 만큼 제삼자의 모습으로 희미한 미소만 떠올렸다.

회장은 "생각지 못한 곳에서 소문을 들었네" 하고 의미심장한 말을 했다.

"얼마 전에 런던에 출장을 갔었는데 재영 일본 대사가 그러더군."

"무슨 문제라도…?"

"고노 가쓰미 군이 어느 뮤지션을 도와 일본인 모임에서 모금 활동을 한다던가."

다이키는 무슨 말이 나올지 알 수 없어서 손에 땀이 찼다.

"그리고 그 활동의 발단이 자네라던데…."

다카미 아프리카개발부장이 다이키 대신 고개를 숙였다.

"정말 죄송합니다."

"큰 문제가 생긴 건 아니야. 다만, 재외 일본인 모임은 좁은 사회라서 눈에 띄는 행동은 금방 소문이 나."

"정말, 곤란하게 해드렸습니다."

"아니, 대사는 우리 회사 젊은이들이 활기 넘친다고 하더군. 업무에 지장을 주지 않는다면 상관없어."

다이키는 바짝 움츠러들었다. 쿨한 고노가 도와주고 있었다. 한번 뭔가를 시작하면 철저히 해야만 직성이 풀리는 남자다. 분명 자금모집책이 되어 동분서주하고 있을 것이다.

"하지만 엔터테인먼트는 아니야. 잠비아에서는 다른 사업을 검토하고 있다."

"네?"

"농업투자다."

"… 자원이 아니고요?"

"농산물도 자원이야."

"그, 그건 그렇습니다만…."

모리와키의 말에 다이키는 마지못해 수긍했다.

"그럼 모리와키 과장의 설명을 들어볼까?"

고우카타 회장은 모리와키에게 말을 넘겼다. 모리와키는 앞에 있는 클리어파일에서 몇 장의 종이를 꺼내 자세를 고쳐 앉았다.

잠비아에 대한 농업투자계획이었다. 다이키는 서류를 눈으로 훑었다. 1만 헥타르 규모의 농지를 99년간 임차한다는 기획안에 광대한 사바나 사진과 수자원 관련 사진이 첨부되어 있었다.

"농지 1만 헥타르라고요? 쉽게 상상이 되지 않는데요."

"간단히 말하면 10킬로미터 곱하기 10킬로미터. 일본으로 치자면 전후 대규모 사업으로 유명한 아이치 농업용수 토지개량구역과 맞먹는 면적이지."

"그 토지를 개간하는 건가요?"

"사업계획으로는 30퍼센트가 커피, 60퍼센트가 카사바, 나머지는 부가가치가 높은 환금성 작물이야. 관개시설 정비를 해서 거주지역도 만들 예정이다. 커피는 나무를 심고 4~5년이 지나야 수확이 가능하기 때문에 우선은 카사바가 주요 작물이지."

"식량 확보인가요?"

"아니, 바이오에탄올*을 만든다."

"카사바를 심으면 토지가 황폐화된다고 들은 적이 있습니다."

"그건 1980년 이야기야. 심은 채 내버려두고 연작하면 어떤 작

* 사탕수수, 밀, 옥수수, 감자 등 녹말작물을 발효시켜 차량 등의 연료첨가제로 사용하는 친환경 연료.

물이나 다 문제를 일으켜. 지금은 기술이 발달해서 토지를 잘 관리하면 얼마든지 수확 가능하지. 아시아에서 일본 전문가가 토지 개량과 카사바 생산에 공헌해 기아 퇴치에 한몫했지만 앞으로는 카사바가 친환경 에너지원으로도 주목받을 거야."

"과장님은 식량부에 계신데 에너지와도 관계있나요?"

모리와키는 씨익 하고 입꼬리를 올렸다.

"아프리카는 넓어. 작은 단위로 쪼개 행동하면 비용만 들고 효율은 떨어지지. 거기 가면 일단 머리를 유연하게 만들고 뭐든 장사가 된다 싶으면 계획을 세워 진행해야 해. 에너지도, 농업도, 공업도 마찬가지야. 아주 작은 아이디어와 자금만 있으면 아프리카에선 얼마든지 기회가 있어."

"하지만 에티오피아에서는 비관적이셨잖아요."

"하하하, 같은 아프리카라도 나라는 많아. 한국, 중국, 일본, 북한이 저마다 다르듯 이웃나라인데도 전혀 다르기도 해. 에티오피아는 인구가 많고 농지는 포화 상태야. 커피만 해도 유기농으로 재배하고 있지만 농법이 체계적이지 않고 소규모라 품질이 제각각이지. 거래하기 힘들어. 브랜드 이미지만으로 겨우 살아남았어. 오히려 인구가 적고 토지가 광대한 잠비아에서 대농장을 경영하는 편이 더 경쟁력 있어."

"대농장을 비판하는 소리도 많지 않은가요?"

"농노 말인가?"

"네…."

다이키는 얌전히 고개를 끄덕였다.

"분명 안 좋은 역사는 있어. 토지를 갖지 못한 농노가 혹독한 처지에 놓이기도 했었으니까. 하지만 토지를 분할해서 모두에게 나눠준다고 다 잘된다는 보장도 없어."

모리와키는 계속해서 말했다.

"농업은 중노동이라 기계화되지 않으면 할 사람이 없어. 개도국의 농업 문제 가운데 하나가 노동력 부족이야. 불볕더위에 허리 숙이고 중노동하는 것보다 환기 잘되는 봉제공장에서 안정적으로 일하는 편이 더 낫다고 생각하는 젊은이들이 늘고 있어. 봉제공장은 회사 조직이야. 종업원은 휴가도 받을 수 있고 수입도 안정적이지. 하지만 소농의 생활은 힘들어. 어렵게 농사지어도 농작물을 다 팔 수 있으리라는 보장도 없고. 그렇다면 관리를 받는 대규모 플랜테이션에서 일을 하고 월급을 받는 편이 더 자유로울 것 같지 않나?"

그의 말은 국제단체가 주장하는 논리와 정면으로 대치했다. 그들은 공장식 농업을 비판하며 소농을 지원해야 진정한 국제협력이 이루어진다고 말한다. 그런 주장에 동조하는 사람들이 많이 있는데 과연 기업이 이익을 전면에 앞세운 대규모 농업을 전개해도 괜찮을까? 다이키는 눈을 가늘게 뜨고 납득하기 어렵다는 듯 입 모양을 일그러뜨렸다.

"이익을 내지 않으면 지속적일 수 없어."

모리와키는 단언했다.

"자선사업 성격의 공정거래를 하는 동안은 지속성을 보장받기 힘들어. 개인의 선의만으로는 계속할 수 없다고. 유기농도 농약을 전혀 쓰지 않으면 손길이 많이 가고 비용도 올라가. 효율성을 중시하는 농장 경영을 해야 해. 나는 종업원과 함께 이익을 창출하고 지속적인 고용이 가능한 농업을 목표로 하고 싶다."

"하지만 농약 살포는…."

"유럽의 유기농 농장을 본 적 있나?"

"어, 아뇨."

"그건 공장이야. 병해충이 들어오지 못하도록 주위를 완전히 막아놨고, 온도나 습도도 컴퓨터로 관리하고 있어. 물은 드립관개*로, 최소한만 사용해. 노동자는 걸어 다니지 않아도 되도록 레일 위에서 움직이고 허리를 굽히지 않아도 되게끔 작물의 높이를 수정했어. 이제부터 아프리카에서 농업을 하려면 최첨단 기술로 승부를 걸어야 해."

전혀 예상치 못했던 강한 발언이었다. 다이키는 깜짝 놀랐다. 그의 어디에 이런 에너지가 남아 있었던 걸까.

"일본은 전후 식량난을 겪으며 1970년대 인도네시아나 필리핀으로 농지 개척을 위해 진출한 적이 있어. 가격폭락이나 품질관리 문제로 사업이 대실패해서 결국 손을 뗀 괴로운 역사도 있지. 나 역시 브라질에서는 쓴맛 단맛 다 봤어. 하지만 아직 가능성은 있어. 계속 도전하지 않으면 기다리는 건 죽음뿐이야. 아프리카는 마지막 개척지지."

고우카타 회장이 동의하듯 고개를 끄덕였다.

"나는 사장 시절, 소극적인 자세를 취하는 내 자신에 위기감을 느꼈다네. 전무, 상무 때도 큰 리스크를 부담하고 싶지 않으면 안전한 길을 선택했지. 하지만 사실은 낭만적인, 꿈이 있는 일을 하

---

* drip irrigation, 용수 절약을 목적으로 과수 등의 뿌리 근처에만 물방울을 떨어뜨려 물을 대는 방법.

고 싶었네."

다이키는 회장의 말에 자세를 바르게 했다.

"현장에서 물러난 내가 바람막이로는 믿음직스럽지 않다고 생각할지도 모르겠지만 스기모토 전무에게도 잘 말해두었네. 모리와키 과장에게 내용을 잘 듣고 다카미 부장과 함께 아프리카 프로젝트에 힘써주기 바라네."

회장의 말에 다이키는 가슴이 뜨거워졌다.

"너, 진심이지?"

모리와키가 다이키의 눈을 보며 한 번 더 다짐을 주었다.

"저는 늘 진심입니다."

다이키가 힘주어 대답했다. 속으론 또 건방지게 대답하고 말았다고 후회했다. 하지만 모리와키는 만족한 듯했다.

"우선 임차권을 따야겠지. 상세한 개발계획을 세우고 현지법인도 이익이 나도록 해서 어느 정도 잠비아의 유력자를 끌어들일 필요가 있어. 수자원이 풍부한 땅이라 유럽 여러 나라나 중국도 노리고 있을 거야. 우리는 주변 도로정비와 전기배선을 패키지로 제시하고, 아프리카개발은행과 일본 수출입은행에서도 협조 융자를 받을 수 있다는 걸 어필할 생각이다."

"알겠습니다."

"좋아, 이상이다. 무라카미 군은 3월부터 케냐의 나이로비에서 근무하며 가키누마 지점장의 지시를 따르게. 잠비아 안건에 대해서는 모리와키 과장과 자주 의사소통을 하며 현장에서의 협상을 적극적으로 전개하기 바라네."

"네."

"다른 질문 있나?"

"앗, 그런데 엔터테인먼트 산업은요?"

다이키가 다시 한번 물었다.

순간 분위기가 어색해졌다.

황당한 표정의 회장을 곁눈질하며 모리와키가 서둘러 입을 뗐다.

"바보 같으니, 알아서 해. 하지만 메인 사업에 지장이 생기면 용서 못 해."

"넵!"

다이키는 환히 웃으며 대답했다.

에필로그

아직 멀었어. 이제부터니까.
냉정하고 침착하게, 언제나 열정적으로.
난 절대 포기하지 않아.

다이키는 원형으로 펼쳐진 야외음악당의 객석 뒤쪽에서 무대를 바라보았다.

앞줄에 나란히 선 아이들이 선창을 하면 뒷줄의 어른들이 코러스를 이어간다. 신에게 바치는 기도처럼 두 손을 하늘로 올린 합창단이 온몸을 자유롭게 흔들어대고 흥겨운 아카펠라 리듬에 관객들도 함께 어깨를 들썩인다.

새파란 하늘에 뭉게구름이 떠 있고, 바람이 살랑대는 숲에서 맑은 새소리가 들려온다. 자연의 소리도 합창단의 노래에 녹아들어 음악이 된다.

관객 1,200명의 박수를 받으며 합창단은 양옆 사람들과 손을 맞잡고 깊이 고개를 숙였다. 아이들의 상기된 볼이 자랑스럽게 빛났다.

무대에 섰던 서른 명이 우르르 퇴장하자 방송국의 마이클 룬그가 단상 왼쪽에서 올라왔다.

"그럼 15분 동안 휴식 시간을 가진 후 오늘의 특별 손님을 모시겠습니다. 화장실은 차례대로 깨끗이 이용해주시기 바랍니다. 쓰레기는 함부로 버리지 말아주십시오. 예절을 지켜 기분 좋은 음악을 들을 수 있도록 협조 바랍니다."

안내방송을 마치자 청중이 웅성거리며 자리에서 일어났다. 분위기는 단숨에 화기애애해졌다.

무대 뒤쪽에서 스태프들이 부산히 움직였다.

"좋아, 가자!"

영국인 무대감독의 신호에 음향장비와 드럼과 전자피아노가 무대로 옮겨졌다.

영국과 일본에서 온 자원봉사 스태프들이 잠비아 현지 스태프에게 지시를 내리며 바쁘게 돌아다녔다. 길게 늘어진 전깃줄에 발이 걸려 넘어질 뻔한 흑인 스태프를 보고 일본인 스태프가 달려와 잡아주었다.

무대감독은 무대 옆에서 스피커 위치를 확인하며 조명을 점검했다. 보조감독이 무대 중앙으로 걸어가 스포트라이트 아래 섰다.

오늘은 야외음악당의 오프닝 콘서트다.

오후 3시부터 지역 합창단의 노래가 이어졌고, 이제 보비들 차례가 됐다.

런던에서 만난 보비와 짐은 잠비아에서 히트곡을 연달아 발표하여 지금은 스타가 되었다. 함께 공연했던 게이고도 아득히 먼 리빙스턴까지 우정출연을 위해 달려왔다.

다이키는 지난 2년을 돌이켜보았다.

도중에 몇 번이나 고비가 있었지만 드디어 한 걸음을 내딛었다.

2년 만에 야외음악당이 세워졌고 소음악실과 녹음실이 차례로 들어섰다. 주변 정비도 진행되어 인근 도로변에 민간인이 운영하는 레스토랑과 선물가게들이 속속 문을 열었다. 이 음악당이 지역개발의 새로운 신호탄이 된 것이다.

초기자금은 고노의 도움을 받아 크라우드 펀딩으로 모집했다. 프로젝트가 진행되자 정부금융기관도 대출에 도움을 주었다. 교회의 지원은 금전적인 면뿐만 아니라 지역주민들을 이해시키거나 주민 참여를 유도하는 측면에서 이뤄졌다.

오프닝 이벤트는 일본 음향업체가 주요 스폰서가 되었다. 가키누마의 설득으로 고료상사도 협찬사에 이름을 올렸다. 스크린 옆에 협찬기업의 홍보 현수막과 빅토리아 폭포를 소개하는 관광국의 포스터가 나란히 붙었다.

이 행사는 텔레비전으로도 방송될 예정이라 일본에서 온 기술진이 잠비아의 젊은 스태프에게 지도해주었다. 새로운 장비에 낯설어 하던 잠비아 사람들이었지만 열정과 끈기로 기술을 배워나갔다. 처음에는 난색을 표하던 정보국도 선거를 앞두고 여론이 악화될까 봐 결국 행사를 허락했다. 잠비아에서 반중국 감정이 높아진 탓에 서방 여러 나라의 의견도 무시할 상황은 아니었다.

"드디어 여기까지 왔군요."

카투투가 다이키에게 말했다.

"대기실 뒤는 어때요?"

"엉망진창이죠. 하지만 영국 팀이 잘 이끌어주고 있습니다."

"다행이네요."

"관객 매너도 나쁘지 않아요."

"반복해서 방송한 게 효과가 있었나 봐요."

'연주 중 이동은 금지해주십시오. 담배는 피워선 안 되며 휴대전화 전원은 꺼주십시오. 비디오 촬영은 금합니다.'

이런 안내방송을 수차례 내보냈다. 야외음악당을 순수하게 음악을 즐기는 장소로 만들자는 취지였다.

"관람 태도가 좋아진 건 도모미 씨와 교회 사람들 덕분입니다."

"이것도 교육의 일환이라고 하던데요."

"네, 매너교육이죠."

다이키는 도모미의 지원에 감사했다.

막연했던 꿈을 실현할 수 있었던 것은 그녀 덕분이다.

가슴은 뜨겁게, 머리는 차갑게.

개발도상국에서 일할 때의 마음가짐을 늘 잊지 않게 해주었다.

냉정하고 침착하게, 언제나 열정적으로.

몇 번이나 도움을 받았다.

좌절하고 싶은 순간에 격려해주었고 해결책을 찾아내기 위해 힘을 빌려주었다.

그 하나하나를 떠올릴 때마다 가슴이 뭉클했다.

스피커에서 웅웅대는 소리가 났다.

관객은 좌석으로 돌아와 아티스트의 등장을 기다렸다.

왼쪽 음악실에서 먼저 등장한 짐은 관객의 환호에 두 손을 흔들며 드럼과 퍼커션 앞에 앉았다. 이어서 스페인에서 날아온 베이시스트 후안 로드리게스, 기타의 나가라 게이고가 우렁찬 박수갈채와 함께 등장했다. 영국인 피아니스트와 색소폰 주자가 무대에 올라서자 회장은 더욱 기대감으로 부풀었다. 피아노 건반이 울리고 퍼커션이 합세하자 다섯 명은 눈과 눈으로 호흡을 맞췄다. 마지막으로 보컬인 보비가 나타나자 관객의 환호성은 더욱 커졌다. 다이키는 게이고의 무대를 자랑스럽게 바라보았다.

나가라 게이고는 그후 인터넷에서 주목을 끌어 세계 각국에서 솔로로 활동했다.

파리에서 보았던 길거리 뮤지션

이탈리아, 피렌체에 울려퍼진 노랫소리

폴란드의 크라쿠프에서 노래 부르는 동양인

길거리에서 노래하는 모습을 촬영한 행인들이 게이고의 연주 동영상을 소개하면서 팬은 점점 많아졌다. 같이 연주하는 동료도 서서히 늘어나 이벤트가 있으면 합주를 하며 서로의 음악을 알렸다. 잠비아 콘서트는 여행에서 인연을 맺은 동료들이 한마음으로 이루어낸 음악의 결정체였다.

첫 곡으로 보비의 대표곡이 나왔다.

짐이 랩을 하고 게이고가 화음을 넣었다.

어스름한 하늘에 긴 날갯죽지의 제비갈매기들이 무리를 지어 날아갔다. 장밋빛 새털구름 너머로 저녁 해가 어두워진 하늘을 황금색으로 물들였다.

세 번째 곡이 시작되었을 때 양옆의 노란 조명이 불을 밝혔다.

와! 하고 탄성이 일었다.

무대가 더욱 또렷하게 보였다.

조명이 초록색으로 변하고 하얀 스포트라이트 불빛이 보비를 비추었다.

"여러분, 멋진 저녁입니다!"

보비가 인사했다.

"오늘 이렇게 와주셔서 정말 감사합니다."

연주회가 낯선 잠비아의 관객들은 다소 망설였다. 관광객 속에 앉아 있던 스태프들이 무대의 흥을 돋우기 위해 박수와 환호성을 보냈다. 어른들은 어리둥절하여 가만히 있었지만 아이들은 눈을 동그랗게 뜨고 벌떡 일어나 힘차게 박수를 쳤다.

"여기에 음악을 즐길 수 있는 장소가 생기다니 정말 감격스럽습니다. 여러분, 정말 고맙습니다!"

보비는 들어올린 두 주먹을 꽉 쥐며 카메라를 향해 환히 웃어 보였다. 다이키는 힘껏 박수를 쳤다.

이 장면이 전 세계로 중계된다는 사실이 무엇보다 자랑스러웠다.

"다음은 멀리 일본에서 와준 친구, 게이고의 무대입니다. 꿈꾸는 청년의 여행을 노래한 곡입니다. 들어주십시오."

스포트라이트가 기타를 든 게이고를 비추었다.

더욱 어두워진 하늘을 별들이 수놓았고 피아노에서 흘러나오는 맑은 선율이 모두의 마음을 파고들었다.

"정말 감동적이다…."

언제 왔는지, 도모미가 옆에 서 있었다.

스태프용 노란 티셔츠에 청바지 차림이었다.

"마침내 해냈어요."

다이키가 말했다.

도모미는 미소 지으며 하늘을 올려다봤다.

애수에 잠긴 진한 색소폰 반주에 맞춰 게이고가 고음의 발라드를 노래하기 시작했다.

"여기까지 올 수 있었던 건 모두 도모미 씨 덕분이에요."

"아직 멀었어요, 이제부터가 진짜 승부잖아요?"

"네, 알고 있습니다."

"농장 경영도 계속 문제가 발생하고 있다고 들었는데요."

"뭐, 괜찮습니다. 아프리카는 매일이 문제니까요."

도모미는 쿡 웃으며 "많이 강해졌네" 하고 대꾸했다.

"나, 생각보다 끈질겨요."

"응. 제법."

"다이키만성이죠."

"무지 썰렁하다."

"여전히 남자로 보이지는 않나요?"

"하하하. 또 그 말."

"몇 번이고 할 겁니다."

"하하하."

"대충 웃어넘기려고 하지 마세요."

"질리지도 않나 봐. 우리 도련님은."

"아직도 어린아이 취급인가요? 이제 그만 남자로 인정해주시죠."

"100년쯤 더 지나면."

"으윽…."

발라드의 느린 멜로디가 좀더 빠른 템포로 바뀌었다.

보비가 노래에 합세했다.

메모리 오브 아프리카….

아직 멀었어. 이제부터니까.

난 절대 포기하지 않아.

다이키는 다짐하고 또 다짐했다.

별이 빛나는 사바나 저 멀리에서 코끼리 울음소리가 들려왔다.

그래도 열정과 희망이 답이다

《안녕, 아프리캇》은 세계를 누비며 꿈을 펼치고자 하는 젊은 상사맨의 도전기이자 성장기다. 굳이 장르를 나누자면 경제소설이라고 할 수 있지만 단순한 정보나 지식을 알기 쉽게 전달하는 것에서 그치지 않고 감동과 재미를 가미하여 가독성을 높였다.

열정적인 청년의 눈을 통해 침체된 일본 경제를 재검토하는 이 소설은 우리에게도 시사하는 바가 크다. 일본뿐 아니라 전 세계가 경제 위기를 겪고 있는 요즘, 각 기업은 대안을 찾을 수밖에 없기 때문이다. 자국의 경제성장률이 한계에 달해 자연스레 해외에 눈을 돌리게 되는 상황에서 이 책이 내미는 대안은 아프리카다.

무역상사 직원인 다이키는 가난한 아프리카 사람들과 함께 성장할 방법을 모색한다. 안정보다는 모험을 택하고, 가만히 있기보다는 몸으로 부딪혀 배워가며 스스로 길을 열어가는 주인공의 모습은 무기력한 삶에서 벗어나라고 우리를 채근한다.

무한한 가능성을 가졌지만 경제 인프라는 여전히 부족한 아프리카 신흥국에서 비즈니스를 한다는 건 만만치 않은 일이다. 수많은 리스크가 산적해 있어서 시작도 전에 지치기 일쑤고 성과를 낸다는 건 하늘의 별따기다. 주인공이 방문하는 나라들을 쫄래쫄래 따라가다 보면 아프리카의 경제를 낙관하기도 하고 이내 절망하기도 한다. 과연 아프리카는 서구 열강으로부터 진정한 의미에서 독립한 것인가 하고 말이다. 내가 만약 상사맨이라면 다이키처럼 무식하고 용감하게 아프리카 근무를 지원할 수 있을 것인가. 병에 걸려도 변변히 치료받을 수 있을지조차 모르는 땅에서….

이쯤 되면 이 책을 보는 독자들은 충분히 아프리카에 대한 정보—물론 그것이 부정적인 것이든 긍정적인 것이든—를 획득하고 놀랄지도 모르겠다. 지금껏 알고 있던 아프리카와는 많이 다른 검은 대륙의 실상을 보면서 말이다. 바로 그때 독자들은 뭔가 놓치고 있음을 알아챈다. 그건 바로 아프리카 대자연의 모습이다.

인간은 수에즈 운하를 건설하고, 폭포의 물을 이용해 수력 발전을 하며, 뜨거운 지열을 에너지로 만든다. 하지만 태초의 지구, 원시 지구의 생명력 앞에서 인간의 경제활동은 그리 큰 의미를 갖지 못한다. 대자연에 적응하여 사는 사람들에게 물건 하나 판다고 크게 달라질 것도 없다. 파상풍으로 사경을 헤매다가 다시 아프리카로 돌아온 다이키가 회의를 품는 이유다. 그러나 결국은 한 발짝 더 나아가 자연과 화합하고 그곳 사람들과 상생하는 프로젝트를 구상한다.

아프리카는 경제 논리로 접근하기보다는 가슴으로 다가가야 할 대상이다. 위대한 대자연 속에서 꿈을 좇아 돌진하는 다이키. 우리는 그를 보며 한 사람의 꿈이 열정과 희망이라는 촉매를 만날 때 어떤 화학반응을 일으킬 수 있는지 다시금 깨닫는다.

김해용

마쓰무라 미카

도쿄 출생. 추오대학 경제학부를 졸업하고 쓰쿠바대학 대학원에서 경영학 석사 학위를 취득했다. 2009년《이권 성역, 로로 종그랑의 노랫소리》로 제1회 시로야마 사부로 경제소설 대상을 수상했다. 집필 틈틈이 현재도 국제개발 컨설턴트로서 전 세계를 누비고 있다.

김해용

일본문학 전문 번역가. 경희대 국문과를 졸업했다. 출판 편집자로서 다수의 만화와 소설을 번역했다. 주요 번역 작품들로는 오쿠다 히데오의《나오미와 가와코》,《방해자 1~3》, 다니 미즈에의《추억의 시간을 수리합니다 1~2》, 오카다 다카시의《나는 왜 혼자가 편할까》등이 있다.

안녕, 아프리캇

발행일 2017년 1월 20일 초판 1쇄

지은이 마쓰무라 미카
옮긴이 김해용

펴낸이 김도연
펴낸곳 달콤한책
출판등록 2012년 4월 19일 제300-2012-64호
주소 03022 서울시 종로구 창의문로 11길 5, 202호
전화 070-8202-3382 **팩스** 02-6008-3397
이메일 sweetbooks@sweetbooks.net
홈페이지 www.sweetbooks.net
페이스북 facebook.com/dalcombooks
트위터 twitter.com/dalcombooks
ISBN 979-11-957546-3-2 03830

이 도서의 국립중앙도서관 출판예정도서목록(CIP)은 서지유통정보지원시스템 홈페이지(http://seoji.nl.go.kr)와 국가자료공동목록시스템(http://www.nl.go.kr/kolisnet)에서 이용하실 수 있습니다. (CIP제어번호: CIP2016029599)